幸福的人度

张华 著

北京出版集团
北京出版社

图书在版编目（CIP）数据

幸福的尺度 / 张华著. — 北京：北京出版社，2024.3
ISBN 978-7-200-18600-0

Ⅰ.①幸… Ⅱ.①张… Ⅲ.①随笔—作品集—中国—当代 Ⅳ.①I267.1

中国国家版本馆CIP数据核字（2024）第018691号

项目统筹：王曷灵
责任编辑：宋佩谦　王亮鹏　张　晓
责任印制：武绽蕾
装帧设计：王子薇

幸福的尺度
XINGFU DE CHIDU

张华　著

*

北 京 出 版 集 团
　　　　　　　　　　出版
北 京 出 版 社

（北京北三环中路6号）
邮政编码：100120

网　　址：www.bph.com.cn
北京出版集团总发行
新 华 书 店 经 销
河北环京美印刷有限公司印刷

*

787毫米×1092毫米　16开本　20.25印张　259千字
2024年3月第1版　2024年3月第1次印刷

ISBN 978-7-200-18600-0
定价：68.00元
如有印装质量问题，由本社负责调换
监督电话：010-58572393
编辑部电话：010-58572414；发行部电话：010-58572371

思想的魅力

汪 政

张华的随笔集《幸福的尺度》即将出版，嘱我在前面写几句话，我自然十分乐意。

收在这本集子中的文章我读过不少，是在张华自己的公众号"五点出发"中。我也开了一个公众号，刚开的时候还很兴奋。记得一开始，我三天两头就去更新。一个朋友看到后私信我说，你这频率可以啊，和我以前差不多，希望你坚持。不过，坚持很难。果然如此，没过多久，我的公众号就放那儿不动了，有时几个月都不更新。张华的不一样，他的公众号一直很活跃，经常是一早醒来，微信里"五点出发"就跳了出来。公众号是不是经常更新原因很多。就张华来说，与年轻人熟悉新媒体、利用新媒体有关，但更与他的生活方式、思考方式有关。他好像在不停地记录和思考，"苟日新，日日新，又日新"，他真的做到了。关注过"五点出发"的人一定有这样的感觉，张华就是这样一个勤于思考、善于思考的人。

如果要对"五点出发"的公众号文章做一个概括的话，可以称之为思想的轨迹，这也是这本随笔集内容上的特色。

人人都在生活，但不是人人都在思考，更不是人人都在记录自己的思考，用思考为自己的生命留痕，为自己塑型。我们天天都在动脑子，但这并不能说我们天天都在思考。所谓思考一定是有目的的，一定是自觉的和专注的，它是我们的一种特别的行为。我们天天都在考虑问题，但是我们并不是都把这些问题上升为思想，把它从"考虑"中提炼出来，把它们对象化，成为我们认真思考的内容。而一旦如此，它就成为一个自满自足的议题，会有它的缘起，它的发展，它的推理与结论。我们会调动此前的积累，获得充足的证据，使其牢固；我们会引入与此相同或相异的内容，进行比较，使其独特；或者，借助其他理性的力量，进行拓展，使其深入。一个习惯思考的人会使这些变成自己的日常生活，更准确地说，他总是会让自己的思考伴随自己的生活，或者，总会在完成某项工作时将其纳入思考的程序，复盘、假设、类比、论证、推演，享受思维的乐趣。因此，与专业的思想家哲学家不同，张华是日常生活的思想者。他不以思考为职业，不为思考而思考。他很少从个人生活之外去寻找思考的论题，他思考的对象就是他的生活。遇到的事，碰到的人，时令与节候，读书与休闲，故乡与远方，历史与现实，甚至做一回体检，打一次扑克……什么都能引发思考，什么都可以启发他人生的感悟，成为他思考的对象。所以，读过《幸福的尺度》，我们就知道了张华，或者说，它就是张华。思考是张华的直接现实。

　　如果这样定性《幸福的尺度》，只不过指出了它与张华生活的关系，却未能见出这本书的力量，当然，也就未能体会到张华这些年生活的坚实，换句话说，也就未能体味到张华思考的独特性。这个独特性就是实践。而这也许是这本随笔集最大的特色、最大的亮点。随笔是"五四"新文学以来最为活跃也最为普及的文体，略一思考，随便就能举出许多随笔大家来。而且，思想也确实是随笔的文体特征之一，所以随笔又常常称作随感。我不是要将张华的随笔与那些耳熟能详的大家比肩，更不是说这本《幸福的尺度》达到了某种思想的高度。但是，将思想与自己的日常生活紧密结合，特别是将思想与自己的社会实践紧密相连，还确实是它的长处。张华的文章就是他的实践，他的实践就是他的文章，这大概不多见吧？

我们可能从来没有在一个人的思想与实践的框架中思考过随笔写作的问题，因为这要将人与文比照起来一起看。而一旦这样去看，就会发现张华文字的魅力，它让我们感受到，与实践结合起来的思想是最有力的思想，也是最有生命力的思想。一个具有思想力的人总是能将他的思想体现在他的实践中，同样，他又能将他的实践转化为深刻的思想。一个思想型的实践者在他的实践中总能体现出思想的光辉，又总能在他的思想成果中体现实践的分量。所以，我要再次强调，我们不能以一个作家身份、一个随笔作者的身份去阅读《幸福的尺度》，而要从一个社会实践者、实验者、探索者的角度去阅读它。这样，它就不仅是一本随笔、一本思想的记录，而是一本社会实践者的田野笔记。

仔细阅读《幸福的尺度》，会发现两个关键词，也是高频词，那就是张謇和新疆。这是张华这几年着力思考的对象，也是他在实践中大胆探索、用力甚勤、收获最多的领域。张华基层工作的第一站就是张謇的故乡江苏海门长乐镇，这让张华对这位中国近代著名实业家有了深入的了解。短短几年，张华举全镇之力建成了国内理念最新、布局最美、展品最全的张謇纪念馆。正是这一过程使张华成了一名年轻的张謇研究专家，出版了专著《一个伟大的背影》。如果说张华的张謇研究有什么独特的地方，那就是他对张謇当代意义的充分认识，并有意识地在自己的工作实践中发扬光大。在他看来，张謇并没有远去，因为张謇虽然是从传统走出来的，但他开辟的却是新时代的事业。这个从传统走出来的晚清状元做的都是四书五经里没有的事情，都是开天辟地"第一"的事业。他的事业几乎无所不包，涉及政治、经济、教育、社会保障等广泛的现代社会领域，给传统中国的现代社会生活转型创立规矩、模范成型，其影响之大已经到了让我们身处其中而习焉不察的地步。所以，与其说张謇开创的是事业，不如说他创造的是生活，这种生活一直延续到现在。因此，张华主张科学地传承张謇精神，他对张謇的事业作了仔细的梳理与分析，对张謇在各个领域的实践与主张进行了认真的研究和评价，认为张謇的许多"先进的理念，即使放在当下，仍然可圈可点。在新的历史时期，如何更好地传承张謇的家国情怀、国际视野、责任意识、勤勉品格、坚强意志等"都是具体而现实的课题。

如果说张华在海门工作期间对如何在现实层面传承张謇精神还处在萌芽阶段的话，那么他的九年援疆，终于将这一理念落地生根。我特别向读者推荐这本书的第六辑《他乡的故乡》，这是张华援疆工作的感悟，也是他援疆期间情感的结晶，更是他人生不可重复的历练的记录。他说："到了新疆，才知道什么叫边境、民族、文化、宗教、团结，什么叫朴实无华、一望无际、大漠孤烟、大美无言。"他这样感慨："来到新疆，是我这辈子最正确、明智、成功的选择。人生有两条路：一条叫经历，一条叫心历。有心历的人，才明白快感和幸福感的不同、欲望和需求的差异，才能看到那个一直存在、但不曾真正看到的世界。"而其中，以实践的方式读懂张謇是张华思想的升华。作家周桐淦先生考察南通援疆工作时采访了张华，周桐淦后来在长篇报告文学《和你在一起》里这样写道："张华在领悟张謇先生关于'父教育，母实业'的社会发展思想上，有其独到的见解。张謇说：'惟是国所以立，以民为天，民之生存，天于衣食，衣食之源，父教育而母实业。'张华认为，'父教育'与'母实业'不是先后关系，不是递进关系，而是父母之间的相互依存、相互补充、相辅相成、不可或缺的至亲至密关系，教育可以改良实业，实业可以辅助教育。用张謇先生的话说，'实业与教育迭相为用'。通过实业壮大国力，又通过教育为国家培育英才。"用当地干部的话说，"张华就是一位活脱脱当代实践版的张謇。张华对伊宁振兴教育、发展实业的思考与实践，脱胎于张謇在南通的实践，又融进了当代社会发展的鲜活理念，冷静、客观、务实，既有宏观思考，又有辩证分析"。在新时代党的治疆方略的指导下，这样的理念与实践在伊宁结出了丰硕的成果。在伊宁，张华和他的团队以及各行各业的援疆工作者将理想播撒在那片土地上，与新疆各族干部群众结下了深厚的感情，推动了伊宁经济与社会的全面发展，开创了许多前所未有的事业，创下了许多的"伊宁第一"。在我看来，说《幸福的尺度》是本随笔集真是说小了，张华是一个将文章写在大地上的人。

我经常向朋友和学生推荐"文章立身"这四个字，我不是说要像古代那样用文章博取功名，而是以文章的态度、文章的理念去安排我们的人生。我们生活的过程就是在写文章，人的一生就是一篇大文章。这样的大文章又是由人生不同阶段的小文章构成的。但不管大文章小文章，都要"立主脑"，都要谋篇布局，起承转合，都要修辞立诚，每个细节都不能马虎，每个词语都须推敲，都要虚心学习，借鉴别人的文章为自己所用，成就自己……看了张华的《幸福的尺度》，我又一次想到了这四个字。张华是一个天天在写文章的人。他以自己的笔写文章，更以自己的实践在写文章。当一个人的生活实践风骨精劲、元气丰沛时，他纸上的文章一定会自然洒脱、坚实饱满、触处生春。

谁谓不然？

祝贺张华新著问世，更祝他不断开拓新的人生境界，永远实践，永远走在思想的路上。

2023年10月26日

南京玄武湖畔

（汪政，文学创作一级，江苏省作家协会副主席、江苏省文艺评论家协会主席、中国小说协会副会长、中国作协理论评论工作委员会副主任。）

自　序

张　华

人生是一条寂寥的长河，有人喟叹"逝者如斯，不舍昼夜"；有人感慨"念天地之悠悠，独怆然而涕下"；有人向往"中流击水，浪遏飞舟"；有人小心翼翼，遥望彼岸，却被溅得浑身湿透、狼狈不堪。

那么，我们只能眼睁睁地让生命河流汇入大海吗？我的回答是不甘心，不甘心时光就这么悄然而逝，不甘心就这样无可奈何地老去，不甘心有这么多不甘心。

我始终坚信，对于每个人来说，追问人生意义是有意义的，追寻人生价值是有价值的。人不能两次踏入同一条河流，这是宿命，但可以试图打捞出一些东西。

我的打捞方式就是写作。

王小波说，人的一切痛苦，本质上都是对自己无能的愤怒。

是的，这话很扎心，但这是人生的常态。

写作不能减轻痛苦，跃然纸上的文字反而会加深痛苦。对某些隐密的角落、难言的苦衷，本可以走马观花、匆匆一瞥，却偏要看个究竟，拿着放大镜察看自己淋漓的伤口，愈加惨淡真切。

既然写作是痛苦的，那又何苦来哉？

这是一个很难回答的问题。

博尔赫斯说："我写作是为了光阴流逝使我心安。"

这个世界充满着诱感和鼓噪，对我来说，写作是一种自我修行和自我救赎，是"断念"和"放下"，是"自在"和"宁静"，是主动而幸福的"寂寞"和"孤独"，是超越时空的欣慰和满足。很多时候，我确实没有必要写，也没人逼着我写，在有些人看来，这多少有点儿荒唐可笑、不合时宜。

我选择写作，就像他人选择烟酒、麻将、游戏一样，每个人都有自由选择的权利。

我是个外表冷漠、内心深情的家伙。夜深人静时，我常陷入多愁善感的万千思绪之中，怀念某个儿时的场景、某个书中的细节、某个久未谋面的老友、某个已在另一个世界的故人。我试图用文字，记录那些微小但重要、不重要但有趣的事情，作为自己守望人生的坐标和注脚，安顿好那些感动、快乐、空想、窃喜、无奈、不屑、唏嘘、感伤等。我用文字安抚生活，用生活唤醒文字，不喜欢故作呻吟，不在乎别人怎么看，不在乎是否有掌声。对我而言，掌声和赞赏只是生活的点缀，而非追逐的目标。我自给自足，自言自语，自说自话，不奢望以此影响他人，只希望不要过多地被他人所影响。

这个世界上，很多东西并不属于我们自己，但毫无疑问，我写的每一个字都属于我。这就够了，毕竟在这个很不确定的时代里，找到如此确定的东西，是多么难能可贵。

如果我的这些小文，其中的某一篇、某一段，哪怕是某一句，能让你有所共鸣，会心一笑，那将是我莫大的荣幸。

每个人都有自己幸福的尺度，这些尺度，只有差异，没有高下。幸福的顶点高不可攀，起点却触手可及。真正的幸福，就是明白自己需要什么，放下琐碎的功利，化繁为简，欣然前行，以喜欢的方式度过一生。

做自己，比什么都重要。

目 录

书房的炉火　01

无事乱翻书 / 2
一种有意义的形式主义 / 8
古典心情 / 12
性情中人 / 16
此心光明 / 20
有趣灵魂的"天花板" / 25
"狠人"曾国藩 / 33
此心安处是吾乡 / 38
幸会余秋雨 / 41
人文的阳光 / 46
澄明之境 / 50
有文化可能更可怕 / 54

夜晚的朝圣　02

海门人的文化解读 / 60
海门话的文化解读 / 66
中国人的公共空间意识 / 74
审美的陷阱 / 78
无用之用 / 83
做一个坚定的"长期主义者" / 87
我的"张謇情结" / 93
一生把两件事做到极致 / 98
后喻文化 / 110
方言的密码 / 115

心中的浮云 03

- 我在医院思考了一下人生 / 120
- 手机入侵 / 125
- 笨人做不了最笨的事 / 128
- 人生的上限 / 133
- 关于"见识"的见识 / 138
- 不同的"风景" / 143
- 房东 / 147
- 掼蛋认识论 / 150
- 技术的宿命 / 156
- 敬畏专业 / 160
- 手机大脑 / 166

时光的注脚 04

- 幸福的红烧肉 / 170
- 露天电影 / 173
- 看电视 / 178
- 见字如面 / 182
- 所谓过年 / 186
- 此生有幸遇良师 / 189
- 教育的乌托邦 / 195
- 蜗居感怀 / 200
- 幸福的尺度 / 203
- 岁月有声 / 207
- 儿子的圣诞节 / 210
- 真的好温暖 / 212

05 寂寞的彼岸

- 人生的底层逻辑 / 216
- 没有道理的道理 / 220
- 车如人生 / 224
- 习以为常的"习以为常" / 228
- 最大的底牌 / 231
- 比较的陷阱 / 234
- 小人研究 / 238
- 我理解你的不理解 / 242
- 假如 / 246
- 误会 / 249
- 真话的底线 / 253

06 他乡的故乡

- 新疆五年 / 262
- 九度杏花开 / 265
- 新疆人的文化解读 / 269
- 歌舞新疆 / 275
- 新疆酒事 / 278
- 新疆时差 / 282
- 在新疆吃肉 / 286
- 甜美的任性 / 291
- 英雄的温度 / 296
- 新疆的风骨 / 300
- 痛饮新疆 / 305

后 记 / 309

01

书房的炉火

读书能慢慢塑造一个人的精神气象，
把人和人区分开来，
两个外貌衣着相似的人，
内心可能隔着几个银河系。

无事乱翻书

世界上只有一件事，没人和你争，也没法和你争，那就是读书。

读书是典型的个体作业，你不想读，谁也代替不了你。如果你发自内心地喜欢，就像"老房子着了火"，尽可以无法无天、为所欲为，谁也奈何不得。

如今，如此任性的事情已经不多了。

我刚毕业那年，还是一副学生模样，满肚子的不切实际，却又真真切切扮演着老师的角色。

对于读书，还有求学时的那份惯性，虔诚而天真。什么书都想读，什么书都想买，看到好书就两眼放光，挪不动脚步。因为当时痴迷贾平凹，我竟然用一笔"巨资"买了一套八卷本的《贾平凹全集》，属于典型的"冲动消费"。好在当时也是一人吃饱、全家不饿。买回来后便夜以继日、如饥似渴地读了起来，直读得昏天黑地、飞沙走石，然后又沉迷于各种仿写，有段时间颇有些"平凹附体"的感觉。

那时学校条件有限，我就和两个同事住一间集体宿舍。他们都是体育老师，二十出头，荷尔蒙分泌十分旺盛，每天晚上都在外面晃荡，宿舍常常就我一个人，孤单寂寞，形影相吊。

幸运的是，我找到了一个美好的出口。

多少个寒冬，多少个长夜，我和书们相依相守，上下五千年，纵横十万里，哲学、文学、美学、政治、经济、历史，孔子、孟子、苏东坡、李清照、博尔赫斯、欧亨利……我把孤独变成享受,把闲暇变成充实,把单调变成丰富,把嘈杂变成宁静。

卡夫卡说:"书是砸碎人们内心冰封的斧子。"那些文字打破了物质与精神、外在和内在、历史和现实的界限,让我驰骋在脚步到不了的地方,徜徉在一个更为广阔精彩的世界。读着读着,我感觉自己在生根发芽,有时甚至在开花结果。我仿佛看到那个狭长巷道的深处,有一个永不熄灭的火炬,那道超脱的灵光穿透有形的皮囊,给了我处变不惊、温柔安定的心境。

宋朝诗人李时可在《舟中夜闻读书》中写道:"临溪一舍竹疏疏,舟过时闻夜读书。姓字是谁何必问,定应不是俗人居。"意思是说,在小溪岸边有一间农舍隐在竹林里,乘船经过时听到朗朗的夜读声。诗人说不用打听这是谁的家,这夜读声就告知我们,这肯定不是一个鄙俗人家。

读书能慢慢塑造一个人的精神气象,把人和人区分开来,两个外貌衣着相似的人,内心可能隔着几个银河系。

至今,我对那段"饿着肚子饱读书"的难忘时光,仍有深深的眷恋。

那时,我的藏书已颇为可观,从墙上延伸到床上,繁杂而零乱。某一天,我突然发现常在手头的书找不到了,这让我感到很焦虑。后来,才发现原来是两位同舍的老兄上厕所时救急去了。

对于嗜书如命的我而言,事态有点儿严重。

无奈之下,我给校长写了封信,大意是:当前虽不至于"贫无立锥之地",但"无立书之地"已成事实。对于一个读书人来说,自己可以将就,但书们切不可沦落风尘,故请找一地方给予安顿……

可能这封信打动了校长,他特批了一间宿舍给我,虽然只有六七个平方，且常年照不到太阳，但这已破了例，我十分感动、万分满足。

又过了两年，书们再次膨胀，我又去找校长，校长很为难，学校除了一间闲置多年的厕所外，再无空余的地方。

俗话说："没有盐，卤也是好的。"我一咬牙，厕所也行！

经过一番打扫和改造，我搬到了那间厕所，我和书们终于能拥抱阳光了，这也算是"弃暗投明"吧。望着墙上自己安装的一排排简易书架，觉得这已是我理想的安身之所了。

我愈加放肆地读了起来。

几年后，我外出求学随后买房成家，这间厕所便交给了其他同事。没有想到的是，这间厕所竟然走出了好几位青年才俊。

我不懂风水，但明白厕所肯定算不上风水宝地，有道是"自助者天必助之"，对于我们这些凡夫俗子而言，勤奋和执着又何尝不是最好的风水？

读书人最大的尴尬，莫过于周遭的质疑和讥讽。

有道是"百无一用是书生"，人们在评价一个人的时候，不无怜惜地说："这是一个文人。"言外之意，这个人不通情理、不明世故、不切实际。

一次，台湾作家吴淡如应朋友之邀，去参加一场婚宴，坐在一位成功商人旁边。

席间，朋友走过来，向商人介绍吴淡如的身份："这是我大学同学。"

这本是一个无关紧要的话题，没想到言者无心、听者有意，商人听罢，不以为然地说："学历没用啊！不信你们看看，我不过小学毕业，可是我雇的职员都是大学生！"

商人的声音十分响亮，气氛一瞬间凝固起来。

吴淡如想了想，微笑着问他："既然学历没用，那你雇那么多大学生做什么？"商人听了，一时语塞，支支吾吾了半天，一个字也没说出来。

这位商人的轻视，其实是一种嫉妒，而嫉妒更是一种坦白的认同和变态的喜欢。

人有四重境界：不知道自己不知道，知道自己不知道，知道自己知道，不知道自己知道。

很多时候，我们犹如井底之蛙，看不清自己的面目，陶醉于井口那抹天空而浑然不知。

父子二人饮茶。

儿子问，为什么要读书？

父亲说，你读了书，喝这茶时就会说："此茶汤色澄红透亮，气味幽香如兰，口感饱满纯正，圆润如诗，回味甘醇，齿颊留芳，韵味十足，顿觉如梦似幻，仿佛天上人间，真乃茶中极品！"

而你没有读书，只能说："好喝，真好喝，真TM好喝！"

有趣的灵魂终究胜过好看的皮囊。多读一本书，人生就多了一份认知，心底就多了一份明白，行走坐卧就多了一份自信，纵然岁月油腻了你的身体，却无法油腻你的灵魂。

我最讨厌正襟危坐式的读书，就像林黛玉说的"必择静室高斋，或在层楼上头，或在林石里面，或是山巅上，或是水崖上。再遇着那天地清和的时候，风清月朗，焚香静坐，心不外想，气血和平，才能与神合灵，与道合妙"，这与其说苛刻，还不如说做作。

在我看来，"无事乱翻书"便是最佳的读书姿态，"半床明月半床书""风吹哪页读哪页"，一切如风行水上、月到中天般随性自然。

当你读一本书，不知不觉中，生命得以滋养，跟读这本书之前的你，已经不一样了。

书读多了，未必都能记住。记住的变成了知识，没有记住的变成了气质。你以为你忘了，在某个特定的瞬间，它会突然迸发出来，在灵光一闪之间蓬勃灿烂。

一次去湖南永州，我在春雨中路经柳子庙，便进去拜谒。

柳子庙依山傍水，规模很小，雅致清新，朴实无华，有些地方甚至有些破败。在正殿后墙上有一块《荔枝碑》，仔细一看，竟然是韩愈撰文、苏东坡手书，内容主要颂扬柳宗元的德政事迹，开篇第一句就说，荔枝红了，芭蕉熟了，就是纪念柳宗元的时节了。柳宗元贬谪后在永州的十年，是落寞、悲苦、忧愤的十年，他却做了很多得民心的好事，深刻改变了当地的政治环境和文化生态。有着同样被贬经历的韩愈、苏东坡，看懂了柳宗元的生命曲线，看懂了他心中的澎湃、委屈和喟叹。

我心里一惊，这不就是诞生《永州八记》的那个永州吗？

柳宗元经过一个小潭，听到水流的声音，如玉器碰撞般清脆动听，鱼儿游曳其间，没有一丝污秽，阳光普照，时光静美，精彩绝伦的《小石潭记》诞生了。

永州这个地方有一种毒蛇出没，这蛇做成药很管用。很多人为捕蛇而丧命，但沉重的赋税又让他们退无可退。柳宗元无能为力，深感愧疚和悲哀，于是便有了《捕蛇者说》。

中学时背诵这些文字，对永州并没有什么特别的感受，当自己踏上这片土地，意会那些触手可及的历史细节，脑海里沉寂多年的零散信号得以激活。

此时已近黄昏，春雨绵绵，行人寥寥，我在潮湿的空气里拥抱了一下柳宗元，瞬间读懂了他心中的永州。

一次，记者问霍金："这世界上最令你感动的是什么？"

他回答道:"大概就是遥远的相似性。"

无事乱翻书,就是"日拱一卒"的过程,就是"感受共情"的过程,就是"建立自我"的过程。无论风风火火还是冷冷清清,读下去,便从书中走出一个新的自己。那些你以为一辈子看不到的风景,一辈子遇不到的人,都会向你走来,全世界都会变得和颜悦色、面目可亲。

一种有意义的形式主义

小时候最大的幸福莫过于过年。

过年就像乐曲的华彩段落，节奏和调性都有明显变化。腊月十五以后，家里会来一次大扫除，把屋檐下的蜘蛛网和角落里的灰尘搞得干干净净。每家每户忙着把红薯切片、煮熟、晒干，然后放入土灶烧热的铁锅里翻炒，空气中洋溢着甜蜜而诱人的味道。

当然，所谓的过年远不止这些。孩子们放寒假了，看着父母收拾鸡鸭鱼肉，咽着口水努力把目光收回到寒假作业本上。

根据老家的习俗，过年时每家每户都要蒸糕，这是一门技术活儿，更是耐心活儿。为了吃到新鲜出笼的糕，孩子们等啊盼啊，可到后半夜好不容易出笼时，早已进入了梦乡。

但这丝毫不会影响孩子们的心情，因为过年的美事实在太多了。

过年了，哪怕家境再困难，大人们都会想方设法给孩子们置办一套新衣服。在我印象中，那叫"做衣服"。要先去百货商店选布买布，然后找裁缝量尺寸，用那种扁扁的粉笔在新布上记下各种数据，裁缝会说年底好忙，多少天以后才能取成衣。那时开始便有了盼头，掰着手指度日如年，直到哪天去取衣试穿，那颗悬着的心才算落了地。拿回去也只能看看，到了除夕夜把它放在枕头底下，半夜醒来摸一下，心里无比满足，熬到天亮才迫不及待地穿戴整齐，向小伙伴们炫耀一下，感觉整个人由内而外都是新的。

除夕是最重要的，家里要贴春联、贴福字，面粉现熬的浆糊，手指捵起来热乎乎的。黄昏时分，可以隐约听到零星的鞭炮声，随后便逐渐密集起来。老人们要组织全家"守岁"，哪怕平日里再节俭，那一晚也要把灯开个通宵。

大年初一更不能随便，餐桌上要有青菜烧豆腐，寓意着"一清二白"的好彩头，还要有红枣煮糕，寓意生活甜美、步步高升。孩子们最看重的，还是那压岁钱，那时候的钱才叫钱，孩子们平日里几乎身无分文，有了这笔"巨款"就可以心满意足地"挥霍"去了。父母们也会最大限度地展示他们的大度宽容，成全孩子们那段可以适度任性的短暂时光。

这样的气氛一直延续到正月十五，似乎每一天都热气腾腾、闪闪发光。元宵节过后，日子如河水般平静下来，那些被暂时抛在脑后喧嚣而杂乱的事又冒了出来，大家便去烦恼着各自的烦恼了。

现在过年没有了以前的年味儿，不再像小时候那样期待大年初一的到来，没有了对新衣服的期待和兴奋，没有了准备年货的兴致和冲动，不用纠结年夜饭该吃些什么，除了在手机上发祝福、抢红包时看看春晚，感觉不到什么特别之处。以前，没出十五都叫过年，而现在没到初五就感觉索然无味了。那时人们经常会说"开心得像过年一样"，现在很少听到有人这么说了。是的，不愁吃、不愁穿、不愁花，在平淡的生活中，过滤了那些不该过滤的仪式后，还有什么特别之处呢？

《小王子》里狐狸对小王子说："你每天最好在相同的时间来。比如说，你下午四点钟来，那么从三点钟起，我就开始感到幸福。时间越临近，我就越感到幸福……但是，如果你随便什么时候来，我就不知道在什么时候该准备好我的心情……应当有一定的仪式。"小王子问："仪式是什么？"狐狸说："它使某一天与其他日子不同，使某一时刻与其他时刻不同。"

过年是一种最典型的仪式感，它有一种强烈的自我暗示，能让日子变慢、变长、变宽、变重，变得面目可亲、触手可及。

不断接近幸福的那个过程，才是最幸福的。

古人其实深谙此道。

新婚之夜，要拜天地、拜高堂、夫妻对拜、跨火盆、进洞房……这种仪式延续至今。女儿出嫁那天，把女儿送上婚车的那一刻，把女儿的手交给男方的那一刻，很多父母都会情不自禁地泪流满面。大家都知道，这不过是一个仪式，以后女儿可以随时回来，但这种仪式刹那间就像触发了一个按钮，提醒人们，这是一生中最重要的时刻，让人心生虔诚和敬畏。

古人看书前要沐浴、更衣、焚香。男子年满20岁要行加冠礼，女子年满15岁要行笄礼。拜师时，要给老师呈上芹菜、莲子、红豆、枣子、桂圆、干瘦肉条等六种礼物，再倒茶敬茶、三叩九拜，仪式冗长而繁杂。

从实用主义的角度，这些东西有用吗？肯定没有。但值得吗？绝对值得！

有一天，我突然想明白了，日子就摆在那儿，不咸不淡、不温不火、不紧不慢，给它们起个名字便成了节日。为什么要有节日？就是为了让生活有起伏、有期待、有分量、有滋味，不然，日复一日，年复一年，生活该是多么无趣、无聊、无奈啊。人的生老病死也是如此，出生、满月、周岁、入学、毕业、工作、结婚、生子、退休等，每个节点都标注了生活的意义和内涵，生活便有了涟漪，有了层次感和节奏感，最终压缩成人生的年轮。

效率是仪式感最大的敌人，它省略了很多形式、情境、步骤，一切都直截了当、直奔主题，人们随着时光一路飞奔，直到终点，才发现手里握着的并非自己需要的，而一路的风景，都已错过。

我认识一个年近六旬的老汉，没有什么技术，工作就是在工地上打杂，每天早出晚归，他说自己最期待的事，就是忙完一天后带着一身尘土、满身疲惫回到家，哪怕天塌下来，都要享受一碗黄酒、些许小菜，然后带着满满的幸福感一觉到天亮，有时觉得自己就是为了这碗黄酒而活着。

谁都可以拥有这碗黄酒，但并非每个人都能拥有这样的心境。

我羡慕他，羡慕这种有意义的形式主义。

古典心情

很多年前,"电脑"还是一个很新鲜、很高级、很遥远的词。那时候的电脑,方头方脑,显示器后面拖着一个肥硕的屁股,开机后屏幕上闪烁着绿色的字节,发出"嗡嗡嗡"的声音。整个学校也就个把老师懂一点皮毛,所以电脑经常是用蓝布罩着,这样就愈显得贵重而神秘。我记得,有一个学长跟在老师后面学习,似乎每天都行色匆匆,手上拿着一个纸袋,装着据说是"磁盘"的东西,很自信、很得意的样子。后来学校里有了电脑房,难得上一次电脑课,每次换鞋进入,闻着电脑房那种特有的气味,心跳随之加速,有种莫名的紧张和激动。

谁也没有想到,若干年后,使用电脑已经像吃饭和喝水那么自然。更没有想到的是,手机成了移动的电脑,成了身体的一部分,出门可以不带脑子,但决不能忘带手机,当然还有充电器或充电宝。

如今,手机功能强大到几乎无所不能。以前出门可以不认字,靠一张嘴便可行走天下。现在出门全靠手机导航,一个从来没有听说过的地点,只要设置好目的地,一切行动听指挥便万事大吉。手机或网络出了问题,大家就像剪掉触角的蚂蚁,一下子失去方向,晕头转向、无所适从了。

强大的网络,以惊人的速度改变着一切,颠覆着一切。在这里,可以购物、恋爱、聊天、装酷,可以打游戏、炒股票、骂大街、耍流氓。在这里,上演着喜剧、悲剧、闹剧、恶作剧。在这里,有洞见、偏见、谬论、谣言、谩骂。在这里，缤纷的"马甲"满天飞，性别变换空前自由，七尺男儿可变身窈窕淑女，大家闺秀秒成帅哥猛男。

在这里，我们与大洋彼岸的陌生人聊得热火朝天，却和邻居形同路人；在这里，我们可以有无数网友，身边却没有几个推心置腹的朋友；在这里，我们总能口吐莲花、滔滔不绝，在现实生活中，面对一个活生生的人却无言以对。

网络是美好的，也是虚幻的，人们已经无法搞清，到底是网络给我们带来了美好的虚幻，还是虚幻的美好。

曾看过一个古代的故事：两个邻居各养了一头猪，大小、外形都十分相似。一天，一个人的猪不见了，他就跑到邻居家说那是我的猪。邻居不说话，笑了一下，把猪给了他。晚上，失去猪的那家的猪回来了。他很惭愧地把猪还给邻居，邻居还是一笑，收了下来。

这事放到现在，那可就另当别论了。网络处于低门槛、去中心化的开放状态，谁都可以来发言，谁都可以来争论，大家都像打足了气的皮球，脾气很大，一有争论就言辞激烈，一有流言就断章取义，一有猜测就捕风捉影，一有辩解就道德绑架。生活中的愤青们也聚集在这里，衍化成一种叫作"喷子"的生物，看到一个观点，不管是否客观，是否善意，甚至还没有来得及看完，就炮火纷飞、鸡飞狗跳。在现实生活中无比压抑的人们，在这里找到了发泄通道，发泄完，顿觉神清气爽。

古人那种充满理解、宽容、大度的"相视一笑"哪里去了呢？

网络把我们推向了一个信息急剧膨胀的时代，扑面而来的信息让我们手忙脚乱、无所适从。越来越多的人习惯了"多任务操作"，一打开手机就忘了干嘛，一边发微信，一边刷抖音，一边见缝插针看新闻、打游戏、买东西。很多年以前，如果让自己的作品找到读者，只能在报纸杂志上发表。如今早已是全民写作时代，但凡能写出点什么，只要不违纪违法,就能轻而易举地"发表"。不幸的是,好不容易有了发表的地方,偏偏看的人又失去了耐心。大家习惯于碎片化阅读、手指阅读,一两千字的文章,已经很少有人看得下去了,指尖不停地滑动,浮光掠影地过一遍算是给了面子。更长一点的文章,索性就直接跳过。看到一篇感人的文章,常常还没来得及感动一下,就已跳到另外一篇。手机就是一个魔盒,有时想就这么随便看一下,但只要打开,耸人听闻的标题汹涌而至,诱人眼球的图片漫天飞舞,从微信到抖音,再到知乎和淘宝,不知不觉半天过去了,如顾城所言:"一切都明明白白,我们却匆匆错过。"

上个世纪,有科学家做过一个实验,把人关在一个小房间里,有吃有喝,但没有窗户,没有钟表,没有灯光,处于完全黑暗和安静之中。结果,大部分人在这种环境下待不过三天。如今,同样的环境下,如果没有手机,大部分人便会魂不守舍、坐卧不宁,估计连三个小时都熬不过去。

效率已成为一种不容分说的追求,无法躲闪的潮流。高速、高铁、快运、快递、快照、快印、快餐、速成、速算、速记、速食、秒懂、闪婚、闪离、闪辞、闪存、闪退……在这个疲于奔命的"加急时代",把日子过成了多米诺骨牌,在与时间的追逐中,把自己逼入一个个狭窄的空间。我们连等待动物和植物生长的耐心也没有了,在激素、农药、大棚、冷库的作用下,万物在病态中变异扭曲。林语堂在《生活的艺术》中写道:"让我和草木为友,和土壤相亲,我便已觉得心满意足。我的灵魂很舒服地在泥土里蠕动,觉得很快乐。"现在看来,抚平浮躁的心境,放慢奔跑的脚步,认真欣赏一朵花的盛开,仔细体会一阵微风的掠过,这是一种怎样的奢侈啊。

我倒有些羡慕古人,那时虽然没有网络,没有电视,没有手机,没有电灯,甚至没有钟表,大多用"掌灯时分""日上三竿""夜半三更"等模糊的计时方法,和"一个时辰""一袋烟""一盏茶""一炷香"等粗放的计时单位,时间是相对静止的,人们的活动趋向同一化、定时化、区域化,却能充分享受生活和自然的乐趣。

人生有时需要慢一些、简单一些,如此才能找回自己、沉淀自己。

宋人吴自牧在《梦粱录》中记载:"烧香点茶,挂画插花,四般闲事,不宜累家。"月上柳梢头,人约黄昏后,青灯阅黄卷,弹琴复长啸,这是多么令人向往的生活样式和时间叙事啊。看看那些祖上留下的非物质文化遗产,昆曲、剪纸、茶艺、糖人、园林等,都有一个缓慢的时钟在从容行走。古人云:"不为无益之事,何以遣有涯之生?"那是真正悟出慢的乐趣和真谛后的智慧之言,那种遥远的古典心情,才是令人向往的精神境界。

李叔同出家后,生活极为简朴。

旧友夏丏尊某日拜访,见午饭仅一碗白米饭、一碟咸菜而已。想起他曾经的锦衣玉食,夏问,这么咸的咸菜,你吃得下?

李叔同答:咸有咸的味道。

餐毕,一杯白水,不见半点茶叶。

夏复问,是否太淡?

李叔同答:淡有淡的味道。

毫无疑问,这样的味道,不是每个人都能品得出来的。

性情中人

有些人，注定只能识别无法定义。

我们常说某人是"性情中人"，那么何谓"性情中人"？这就难了。

有道是"真名士自风流"，真正的性情中人，有由内而外的气场，有源自灵魂的洒脱，有不管不顾的执着，有风风火火的炽热。

比如风流倜傥、才气侧漏的苏东坡，他年少成名，21岁赴京参加科举考试便名动京师，欧阳修读罢他的文章，说："快哉！老夫当避此人，放出一头地也。"

苏东坡每写一篇新作，大家都争相诵读，连皇帝都是他的铁杆粉丝。

居庙堂之高时，苏东坡单挑司马光，手撕王安石，他的命运很背，一生中不是被贬，就是在被贬的路上。

42岁时，苏东坡任湖州知州三个月，因"乌台诗案"锒铛入狱、险些丧命，后来死里逃生，被贬黄州。

即使如此，他照样好吃好喝，自创"东坡肉"，还把烧制过程写了下来，取名为《猪肉颂》：

净洗铛，少著水，柴头罨烟焰不起。待他自熟莫催他，火候足时他自美。黄州好猪肉，价贱如泥土。贵者不肯吃，贫者不解煮。早晨起来打两碗，饱得自家君莫管。

苏东坡为了解决温饱问题，在城东开垦荒地时，还不忘给自己取了个雅号——东坡居士。

57岁时，他被贬惠州。

他看上了广东特产——荔枝，写下了著名的"日啖荔枝三百颗，不辞长作岭南人"。

60岁时，他又被放逐到海南，那时的海南还是一块蛮荒之地，他在海边研究起了生蚝，深入骨髓的乐观旷达再次挽救了他。

有朋友拿野菜招待他，他说，"人间有味是清欢"。

这就是苏轼，他总能将"失意人生"变成"诗意人生"，纵然面临万般挫折，也能将它们变成美味佳肴。

苏东坡一生沉浮，饱经拂逆，他经得起世间的恶，也品得出人间的美，却没有变得尖酸刻薄，他最好的文章都是在最失意的时候写的。

林语堂先生认为苏东坡有明亮的人格魅力："苏东坡是一个不可救药的乐天派，一个伟大的人道主义者，一个百姓的朋友，一个大文豪、大书法家、创新的画家、造酒实验家，一个工程师，一个假道学的憎恨者，一位瑜伽术修行者、佛教徒、巨儒政治家，一个皇帝的秘书、酒仙、心肠慈悲的法官，一个政治上的坚持己见者，一个月夜的漫步者，一个诗人，一个生性诙谐爱开玩笑的人。"

沧海一声笑，滔滔两岸潮。苏东坡绝不委屈自己，不被生活磨去原有的棱角，我行我素，特立独行，逍遥自在，他简直就是一个快意人生的"钉子户"。

《小王子》中有一句话："所有的大人曾经都是孩子，只是有些人忘记了。而那些不曾遗忘自己曾经是个孩子的人，我们叫他们性情中人。"

苏东坡先生就是这么没心没肺、天真烂漫，堪称"性情中人"。

据说金圣叹被斩首时对狱卒说"有要事相告"，狱卒以为他会透露什么惊天动地的大事，匆匆取来笔墨，哪知金圣叹指着狱卒给的饭菜说：

"花生米与豆干同嚼，大有核桃之滋味。得此一技传矣，死而无憾也！"

刀起头落，从金圣叹耳朵里滚出两个纸团，刽子手疑惑地打开一看：一个写着"好"，另一个写着"疼"。

一位文友说，他读高中时，县委书记来校视察，路过他们班级时，语文老师正在讲古诗词。县委书记一时兴起，请下老师，自己上去讲了半个小时，上下五千年，纵横千万里，汪洋恣肆，口吐莲花，把学生们讲得不愿下课。事后一问，原来书记毕业于中文系，心中念念不忘的仍是自己的文学梦想。

说到性情中人，李敖算是一个。

他才华横溢、狂放不羁，他独步文坛、风流多情，或恃才傲物，或愤世嫉俗，或玩世不恭，嬉笑怒骂皆成文章。他写回忆录，趁机往脸上贴金，竟动用了十六个响当当的"不"字，标榜自己如何"倨傲不逊、卓尔不群、六亲不认、豪放不羁、当仁不让、守正不阿、和而不同、抗志不屈、百折不挠、勇者不惧、玩世不恭、说一不二、无人不骂、无书不读、金刚不坏、精神不死"。

李敖树敌无数，同时代的人里，想找一个他没骂过的人很难，可谓"打遍天下无敌手""人见人怕鬼见愁"。他终其一生都在战天斗地，最终也未能逃脱生老病死的自然规律。在绝症确诊后，他发表了一封公开信：

致我的家人、友人、仇人：

你们好，我是李敖，今年83岁。年初，我被查出来罹患脑瘤，现在刚做完放射性治疗。现在每天要吃六粒类固醇，所以身体里面变得像一个战场，最近又感染二次急性肺炎住院，我很痛苦，好像地狱离我并不远了。我这一生当中，骂过很多人，伤过很多人；仇敌无数，朋友不多。医生告诉我：你最多还能活三年，有什么想做、想干的，抓紧！

我就想，在这最后的时间里，除了把《李敖大全集》加编41—85本的目标之外，就想和我的家人、友人、仇人再见一面做个告别，你们可以理解成这是我们人生中最后一次会面，《再见李敖》及此之后，再无相见。因为是最后一面，所以我希望这次会面是真诚的，坦白的。不仅有我们如何相识，如何相知，更要有我们如何相爱又相杀。

对于来宾，我会对你说实话；我也想你能对我讲真话，言者无罪，闻者足戒。或许我们之前有很多残酷的斗争，但或许我们之前也有很多美好的回忆；我希望通过这次会面，能让我们都不留遗憾。不留遗憾，这是我对你的承诺，也是我对你的期盼。

对于来宾，不管你们身在哪里，我都会给你们手写一封邀请信。邀请你来台北，来我书房，我们可以一起吃一顿饭、合一张影，我会带你去看可爱的猫，我会全程记录我们最后一面的相会，一方面是留作你我纪念，另一方面也满足我的一点私心：告别大陆媒体近10年了，我想通过这些影片，让大家再一次见到我，再一次认识不一样的我，见证我人生的谢幕。谢谢各位！

爱因斯坦赞美圣雄甘地说："后代的子孙，很难想象，在我们这个时代，曾经走过这么一位血肉之躯。"

李敖，有这样的血肉之躯，更有这般侠骨柔情。

李敖曾说过：我死了之后你们会疯狂地想念我的。

果不其然！

性情二字真的太过奢侈，"虽千万人吾往矣"，世上再无李敖，如此义无反顾、至情至性。

在我看来，所谓性情中人，就是你我都想成为却不敢成为的那种人。

此心光明

从新疆的独山子出发，有一条天路直插雪山，宛如一条巨龙盘卧天山，这就是被誉为"中国最美公路"的独库公路。

这是一条绝美之路，横亘崇山峻岭、穿越深山峡谷，这里云雾缭绕、大气磅礴，草原、云山、雪岭、湖泊、森林、荒滩扑面而来，大半个欧亚大陆的轮廓依稀可见。

这是一条险峻之路，堪称公路建设史上的绝唱。公路全长561公里，跨天山10条主要河流，翻越四个终年积雪的达坂，三分之一的路在万丈悬崖边上，五分之一的路底下是高山永冻层。

这是一条神秘之路，山外还是四十度的高温，进山便至零度以下，从夏天瞬间穿越到冬天，从火炉直接下降至冰川，可谓"十里不同天，一天有四季"。如此恶劣的气候条件，导致公路每年只能开放5个月，却更具吸引力。

这更是一条英雄之路，它修建于1974年到1984年，贯通后，使南北疆路程由原来的1000多公里缩短了近一半。十年间，部队官兵克服了常人难以想象的困难，在与世隔绝的天山深处，硬生生地在黄羊都望而却步的山脊上修建了通途。为此，13000多人奉献了自己的青春，2000多名官兵受伤致残，168名战士长眠于此，他们中最大的31岁，最小的18岁，每3公里就有一个含苞待放的英魂永远沉睡在天山的怀抱。

在天山中麓，有一座乔尔玛革命烈士陵园。这里，常常可以看见一位头发花白的跛脚老人，他曾经用一条腿换回了1500多条生命，又因为一个馒头、一句话在这里坚守了一辈子。

他叫陈俊贵，是个有故事的人。

1980年，刚刚入伍38天的陈俊贵随部队进疆修筑独库公路。4月的一天，他所在部队的1500多名官兵被暴风雪围困在零下30多度的天山深处，因电话线被大风刮断，与外界失去联系已断粮3天。此时，他的班长郑林书，奉命带领副班长罗强和战士陈卫星、陈俊贵，一行4人到42公里之外求救。

时间就是生命，为了尽快完成任务，他们只带了一支手枪和厨房里仅剩的20多个馒头出发了。

没有想到的是，计划一天一夜走完的路程，因一场罕见的暴风雪而延误。当走到22公里处的时候，雪越下越大，已逐渐没过了膝盖，他们每迈一步都要消耗很大的体力，随之呼吸也越来越困难。走到30多公里时，大家的手、脸都冻僵了，体力严重透支。

4人在大雪中互相搀扶艰难前行，走不动了就爬行，雪地里爬行两天两夜后，他们已饥寒交迫、寸步难行。

在一个背风的雪坑里，班长郑林书拿出了最后一个馒头，权衡再三后做出一个艰难的决定："我和罗强是党员，陈卫星是一名老兵，只有陈俊贵是个新兵，年龄最小，馒头让他吃。"陈俊贵说："那是我一生中吃过最艰难的一个馒头，好不容易咬了下去却怎么也咽不下去，喉咙哽咽着，每嚼一口，眼泪就唰唰地往下流。"

当陈俊贵吃完馒头，回头看班长和战友时，他们正在艰难地吃着雪……

走了没多远，班长郑林书倒下了，他用尽力气对陈俊贵说："我不行了，如果你能活着回去，就到我湖北老家去看望一下我的父母……"

那年，班长24岁。

匆匆用雪掩埋完班长后，副班长罗强带队继续前进，也牺牲在离班长不到3公里的地方。

也不知道爬了多久，最后，陈俊贵和陈卫星精疲力竭，昏倒在雪地里。

这时，恰有附近的哈萨克族牧民经过，将他们救起，并传递了救援消息，1500多名战友获救了。

陈俊贵因严重冻伤，在医院里救治了三年，落下了终身残疾。他复员回到了辽宁老家，被安排了工作。不久，他结婚生子，过上了平淡安逸的生活。

但此时，班长的生死嘱托在陈俊贵的脑海里始终挥之不去，考虑再三，他决定带着妻子和七个月的儿子去新疆，寻找班长家乡的详细地址，实现班长的遗愿。

回到新疆后才发现，原来的部队撤离并改编了，已无从寻找。为了兑现他的承诺，陈俊贵和妻儿在班长墓地附近安了家，抓住一切机会寻找有关班长家乡的消息。

在家人的眼中，陈俊贵并不是一个好丈夫或者好父亲，妻子说："下辈子，我不会再嫁给他。因为守天山，在墓地的地窝子住了9年，为了生存，我捡羊骨头卖钱，甚至在最困难的时候自杀过两次，一辈子也没有戴过一件首饰。"

数年以后，陈俊贵找到一条确切的线索，在湖北省罗田县白莲乡上马石河村找到了郑林书的姐姐和弟弟。当郑林书的姐姐知道陈俊贵的来意后，失声痛哭："林书参军第二年，父亲得了重病，不久就去世了，因为怕影响他的工作，家里就没有告诉他，所以直到弟弟牺牲时，他还不知道父亲去世的消息。母亲是前两年去世的，临终前还在念叨弟弟的名字。"

陈俊贵万分愧疚，又返回新疆，他决心为他的班长和牺牲的战友们守陵，秋去冬来，寒来暑往，这一守就是34年。

我数次走进乔尔玛革命烈士陵园。陵园不大，但吸引了很多游客，在饱赏沿路美景的同时，一批批游客都被深深地震撼。乔尔玛的天空没有眼泪，而我早已泪湿长襟。

三年前去参观时，迎面走来一位中等身材、身穿褪色军装的老人，用残疾的双腿支撑着瘦弱的身躯，原来他就是陈俊贵。我了解了他的事迹，沉浸在当年的情境中还没有走出来。此刻，主人公却又站在我身旁，用特有的口音，为大家讲解，平实而亲切，沉着而坚毅，仿佛不是在诉说自己的亲身经历。

最后，他说："我们班长要是活着的话，说不定现在孙子都抱上了。"

在场的所有人情不自禁泪眼婆娑。

从烈士陵园出来，又遇到陈俊贵的妻子，短发灰白，脸庞清瘦。

"我们没有你们想象中的伟大。"她淡淡地说。

是的，他们一辈子只做了一件事，但在羸弱的肩上，却有义薄云天的执着和一手擎天的豪迈。

远远望去，过路的游客们，已在纪念碑前摆上矿泉水和手编的花环，再为烈士点燃一支烟，在袅袅升腾的烟雾中，垂手伫立，恭敬肃穆。

绕过纪念碑，就是烈士陵园了。山花烂漫，彩蝶飞舞。一座座墓碑静卧在花草中，依次看过，都是一个个年轻的生命。

碑是立起的路，路是躺下的碑。

无论你去哪里，遇到谁，绝非偶然，都是你一生必然要遇到的人，他们一定会教会你一些东西。

　　这个世界功利而喧嚣，车流不息的街道，人头攒动的商场，每个人都在为自己的事情奔波忙碌，都在这薄情的世界里深情地活着。而这里，面对最坚定的信仰和最纯洁的灵魂，一切名利和杂念都让人自惭形秽。

　　离开陵园时，万里无云、阳光灿烂，穿过一个隧道后竟天色昏暗、漫天大雾，打开车灯，能见度仅有几米，整整一个多小时，汽车在独库公路上孤独爬行。

　　同行的人望着窗外，陷入了沉思。

　　此时，我突然想到了王阳明先生离世前说的那句话："此心光明，亦复何言。"

有趣灵魂的"天花板"

疫情期间，行动受限，心灵却是自由的，借机又读了一遍林语堂的《苏东坡传》。

在林语堂眼里，苏东坡是"元气淋漓，富有生机的人""是人间不可无一，难能有二的""我若是提到苏东坡，在中国总会引起人亲切敬佩的微笑，或许这话最能概括苏东坡的一切了"。

林语堂写这部传记时，年近半百，已是学贯中西的大学者。他在传记开篇中说："我写苏东坡传并没有什么特别理由，只是以此为乐而已。"正因为如此，他才写得坦诚深情、趣味盎然，毫不掩饰地流露出自己对于传主的偏袒和厚爱。

第一次读《苏东坡传》还是在学校里，古典文学老师推荐说，苏东坡是个有趣的人，你们一定要读一下，要读林语堂写的。

那时只觉好玩儿，粗粗读下来，对林语堂那段经典的文字的印象深刻：

"苏东坡是一个无可救药的乐天派、一个伟大的人道主义者、一个百姓的朋友、一个大文豪、大书法家、创新的画家、造酒实验家、一个工程师、一个憎恨清教徒主义的人、一位瑜伽修行者佛教徒、巨儒政治家、一个皇帝的秘书、酒仙、厚道的法官、一位在政治上专唱反调的人、一个月夜徘徊者、一个诗人、一个小丑。"

苏东坡满足了我们对于中国文人所有的想象和期待。

清代文学家张潮在《幽梦影》中写道："少年读书，如隙中窥月；中年读书，如庭中望月；老年读书，如台上玩月。皆以阅历之深浅为所得之深浅耳。"

再读《苏东坡传》，还是熟悉的配方，却已是不同的味道。

才气熠熠的苏东坡，21岁中进士，在388人中排名第二，要不是欧阳修误以为是学生曾巩，为了避嫌，他就是第一。

苏东坡的满分"高考作文"《刑赏忠厚之至论》，后来被收入《古文观止》。

唯有英雄识英雄。

当时的古文运动领袖、文坛老大欧阳修评价道：读轼书，不觉汗出，快哉！快哉！他甚至放言，我应该让出位置，给这个年轻人出人头地的机会。几十年后没人认识我欧阳修，大家一定只记得苏东坡。

欧阳修的预言成真了，"出人头地"这个成语也传了下来。

苏东坡30岁时便成为独步当时的大文豪，词能开宗立派，文能行云流水，书画亦能独领风骚，是罕见的通才、全才、天才型巨匠，成为宋朝实力派加偶像派的超级"大网红"，拥有巨量粉丝，去酒馆吃个便饭，大家要签名、要合影，必会引起一阵围观和尖叫。他一有新的作品，从皇上到乡间文人都争相转发、频频刷屏。

苏东坡曾任翰林学士知制诰，正三品，通俗地说就是皇帝的秘书，这个职务一般都是由最有名望的学者担任。他在任时起草了八百多道诏书，干得非常出色。

苏东坡后来官至礼部尚书，离宰相仅一步之遥。展现在苏东坡面前的，是一条金光闪闪的康庄大道，形势不是小好，而是大好。

苏东坡不会想到，等着他的，不是期待的惊喜，而是一路的荆棘。

性格决定命运，这句话简直就是为苏东坡量身定做的。

苏东坡有真才实学，却不趋炎附势、不溜须拍马，更要命的是，他还有"一肚子的不合时宜"，遇到自己不喜欢的人和事，"如蝇在食，一吐为快"。

于是，小人们不遗余力，无中生有，诬陷中伤，终因调任湖州之后的谢表被人弹劾，莫名其妙地得罪了当朝天子。

天子很生气，后果很严重。

一场荒谬的"乌台诗案"，苏东坡被泼了满身脏水，险些命丧牢狱。

在押期间，有一天晚上，一个黑衣男子走进苏东坡的牢房，一声不吭，躺下就睡。苏东坡不以为意，像往常一样进入梦乡。凌晨时分，黑衣男子拍了拍苏东坡的头，悄悄对他说：不用担心，安心睡觉。后来苏东坡才知道，黑衣男子是皇帝身边的太监，是来监视他的。太监回去告诉皇帝，苏东坡睡觉时鼾声如雷，睡得很安心，说明他问心无愧，大概率是被冤枉的。

在很多人的努力下，关押130天后，苏东坡终于走出了御史台。

都说大难不死，必有后福。

但对苏东坡来说，人生不如意之事十之八九，剩下一二是更不如意的。

上天没有眷顾这个有趣而伟大的灵魂。

他一生宦海沉浮，在政治上屡遭打击，从政40年，被贬33年，不是被贬，就是在被贬的路上，足迹遍布大半个中国。

他高开低走，越走越低，越走越远。

但不管到哪里，他都"拙于谋身、锐于报国"，都能穷善达济，造福一方。

苏东坡担任徐州知州，恰逢黄河决口，洪水淹没了街道，人们纷纷外逃。他挺身而出，奋不顾身抢救城池，喊道："吾在是，水决不能败城！"并在大堤上搭了个草棚，70多天吃住在现场，积极组织军民筑堤抢险，彻夜巡查，最终保住了全城人的性命。徐州人将这个救命堤称为"苏堤"。

他在登州只做了五天官，下乡调研发现官府垄断食盐贸易的弊端，进京之后上书皇帝，废除了实行几十年的政策，此项政策历代承袭，当地受惠千年。

他在杭州任太守时疏浚西湖，修筑了六座桥梁，在长堤两岸种植了芙蓉和杨柳，以此巩固堤岸，成就了著名的西湖十景之一"苏堤春晓"。百姓给他送万民伞，为他修建苏公祠。

最后，他又被贬到海南儋州，那里是天涯海角，再无退路。他兴办学堂、开坛讲学，开化这片荒蛮之地，使其"书声琅琅，弦歌四起"，数年后结束了海南没有进士的历史。

公元1100年，苏东坡遇赦北归，66岁客死他乡常州。

命运对苏东坡来说，实在有些残酷。

钱穆先生说：苏东坡诗之伟大，因他一辈子没有在政治上得意过。他一生奔走潦倒，波澜曲折都在诗里见。

国家不幸诗家幸，生活不幸文章幸。仕途的失意打开了苏东坡文学的灵性。

他的诸多惊世之作，都是情之所至、信手拈来，俯拾皆是名言金句，让无数诗词相形见绌、黯然失色。

苏东坡成了一个文化符号，谁敢说没有读过他的作品？

但作为一个官场失败的典型，苏东坡真的是太成功了。

鲁迅说，真正的勇士，敢于直面惨淡的人生。

泰戈尔说："生活以痛吻我，我却报之以歌。"

苏东坡做到了。

身处顺境，他能讲究。身处逆境，他能将就。

他历尽磨难九死一生，在理想与现实的博弈中超然物外，把生活过得有滋有味、热气腾腾。

这是苏东坡最大的魅力。

公元1080年大年初一，天寒地冻，风雪漫天。

家家户户都在欢度新年，苏东坡却在差役的押解下，离开京城踏上了被贬黄州的路途。

经过一个多月的艰难跋涉，他们终于抵达黄州。

作为一个有名无实的团练副使，一个带罪谪官，一个被朝廷监管的人，他没有俸禄，只有微薄的实物可领，生活万分窘迫。

亲友故旧纷纷与他断了来往。

这是苏东坡生命中最惨淡的一个冬天。

朋友为他在城东争取到一片废弃的坡地，苏东坡一见倾心，脱下文人的长袍，穿上农人的粗布衣服，开始了躬耕生活，"吾乃识字农人耳"，他给这片地取名"东坡"，自号"东坡居士"。

从此，朝廷少了一个"苏学士"，民间多了一个"东坡居士"。

因为东坡居士，黄州这个弹丸之地，在中国文学的版图上熠熠生辉。

谁也没有想到，在黄州，成就了他吃货的天性。

他说："自笑平生为口忙"。

他自己动手，研发制作性价比极高的美食。

猪肉并非当时人们的主要肉食，"价贱如泥土"，他却在这个上面动足脑筋，原因只有一个——穷。

他写的《猪肉颂》：净洗铛，少著水，柴头罨烟焰不起。待他自熟莫催他，火候足时他自美。黄州好猪肉，价贱如泥土。贵者不肯吃，贫者不解煮。早晨起来打两碗，饱得自家君莫管。

"东坡肉"就此横空出世。

后来，他又被贬去广东惠州，那是一个偏远蛮荒之地。

这次他将羊蝎子列入了自己的菜单。

惠州的街市每天只宰杀一只羊，他作为犯官，不能与达官贵人争抢羊肉，只能买下那些没什么肉的羊脊骨。回家后，他将其煮透，再用酒浇在骨头上，撒上盐用火烤，在筋骨结合处，剔得一点肉，就像吃蟹螯，味道好极了。

他给弟弟写信说，这种吃法很棒，只是啃得太干净了，围观的几只狗很不开心。

恰逢荔枝成熟，他在荔枝林大快朵颐："日啖荔枝三百颗，不辞长作岭南人。"

60多岁时，苏东坡被贬至更偏远的海南岛儋州。这样的处罚在宋代，仅次于死刑。

他想，这一去，恐怕很难活着回来了，就跟亲朋好友一一诀别。

儋州这个地方，"食无肉、病无药、居无室、出无友、冬无炭、夏无寒泉"，条件极其简陋。

作为"吃货"的苏东坡，在绝境中发现了鲜美的生蚝。

他写信给儿子，让他不要公开生蚝的秘密，因为担心京城的士大夫会跑到海南跟他争而食之。

有一次他访友归来，途中遇雨，向农妇借了斗笠和木屐穿上，引得孩子们大笑不止。在大家眼里，他哪是什么大学士，只是平平常常的邻家大叔。

他说，吾上可陪玉皇大帝，下可陪田院乞儿，眼见天下无一个不是好人。

如此洒脱旷达、随遇而安的苏东坡，让那些陷害他的小人们万分尴尬。

据说历史上以"东坡"命名的菜品达60多道。

一个吃货的最高境界，就是贬到哪儿就吃到哪儿，把人生中的"痛苦"变成舌尖上的"痛快"。

在历史的长河中，以吃而留大名者，苏东坡当仁不让。

他有诸多有关美食的文章传世，如《洞庭春色赋》《中山松醪赋》。还有脍炙人口的诗句，像《春江晚景》题画诗："竹外桃花三两枝，春江水暖鸭先知。蒌蒿满地芦芽短，正是河豚欲上时。"朋友聚会时的打油诗流传甚广："无竹令人俗，无肉使人瘦。不俗又不瘦，竹笋焖猪肉。"

去世前三个月，苏东坡给自己一生做了总结："身如已灰之木，身如不系之舟。问汝平生功业，黄州惠州儋州。"

黄州、惠州、儋州三地，正是他人生的苦难之地。

他终于把人间至苦，酿成了酒，甘醇而悠长，深沉而旷达。

孟子云："穷则独善其身，达则兼济天下。"苏东坡做到了。

林语堂说，苏轼留给我们的，是他心灵的喜悦、思想的快乐，这才是万古不朽的。

没有比苏东坡更豁达的人了，这种豁达，并非与生俱来，都是从苦难和煎熬中淬炼出来的。

余秋雨说，苏东坡"成熟于灭寂后的再生，成熟于穷乡僻壤，成熟于几乎没有人陪伴的孤独和寂寥"。

这种"成熟"，是一种明亮而不刺眼的光辉，一种圆润而不腻耳的音响，一种不再需要对别人察言观色的从容，一种终于停止向周围申诉求告的大气，一种不理会哄闹的微笑，一种洗刷了偏激的淡漠，一种无须声张的厚实，一种并不陡峭的高度。

台湾著名作家余光中这样写道："旅行，我不想跟李白，因为他不负责任，没有现实感；我也不想跟杜甫，因为他太苦哈哈，恐怕太严肃；而苏东坡就很好，我们可以做很好的朋友。"

好看的皮囊千篇一律，有趣的灵魂万里挑一。

林语堂形容苏东坡的一生是"人生的盛宴"。儒家喜其忠，道家喜其旷，佛家喜其空，文人喜其雅，平民喜其义。

对苏东坡来说，再多的溢美之词都显得苍白，对他最贴切的评价，莫过于：人生缘何不快乐，只因未读苏东坡。

复旦大学黄玉峰教授说："与屈原比，苏轼多了一份自我，少了几分愚忠；与陶潜比，苏轼多了一份经历，少了几分寒闲；与韩柳比，苏轼多了一份豁达，少了几分悲观；与李白比，苏轼多了一份责任，少了几分狂漫；与杜甫比，苏轼多了一份大度，少了几分怨言；与程朱比，苏轼多了一份童心，少了几分刻板。"

如果有一台穿梭机可以穿越时空，我最想见的那个人就是苏东坡。

"狠人"曾国藩

以前读过不少传记，感叹主人公能成就如此伟业。走近一看，噢，原来是天资聪颖、少年老成，常人的天花板或许只是他们的起跑线，他们如神仙下凡，随随便便、轻轻松松就可碾压大多数人。

唯独一个非常成功的人却是例外，他就是曾国藩。

曾国藩像极了我们芸芸众生。

他出身于平民家庭，祖上几百年间都是平头百姓。为了摆脱面朝黄土背朝天的困窘生活，他只能选择科举一途。然而他天资平平，这条路也走得跌跌爬爬。

相传一天黄昏，他在家里背一篇短文，读了很多遍就是背不下来。一个小偷蹲在房梁上已经睡了两觉，本想趁他背完书偷点东西，可左等右等，曾国藩就是背不下来。小偷一气之下跳了下来，指着他的鼻子说，这么笨还读什么书？我听都听会了，于是就将文章从头到尾一字不差地背诵了一遍，然后扬长而去，留下曾国藩在那里独自凌乱。

曾国藩从14岁起参加县试，接连六次榜榜落第、名落孙山。第六次发榜后，自觉考得不错，却被学台"悬牌批责"，认为他的文章"文理太浅"，被当成反面典型全省通报。

生性愚笨也就算了，曾国藩还一身毛病。他曾经也是愤青一枚，爱抽烟，心浮气躁，傲慢虚伪，懒惰贪玩，天天晚起，还流连"烟花巷"，贪恋女色。平时头脑中盘旋的，无非当官发财、出人头地、光宗耀祖。

刚到北京时，作为一个职场菜鸟，他还说过不少浑话，做过不少傻事，时时被人忽悠，处处被人吊打。

无论从哪个角度看，曾国藩都普通得不能再普通。然而此后的三十年中，他却官至直隶总督，成为晚清第一名臣，是少数实现立功、立德、立言"三不朽"的人物之一，被称为"千古第一完人"。

这么一只笨鸟，何以一飞冲天？

曾国藩的人生拐点出现在30岁那年，他立下了"不为圣贤，便为禽兽"的誓言，自此改号为"涤生"，意为改过自新、洗心革面。

世界上最远的距离，是嘴和手的距离，是说到和做到的距离。曾国藩和其他人最大的不同，就是能用自己后半生的行动说话。

我从有关曾国藩上百万字文献的字里行间，读出了一个狠人，那是曾国藩对自己的"狠"，是无比自律的"狠"，是不留余地的"狠"，是无人企及的"狠"，是超出想象的"狠"。

他首先想到一个狠招，就是记日记。

记日记也算狠招吗？当然是，至少曾国藩的是。

曾国藩从31岁起，从起床到睡觉，对自己的一念之差、一事之失都写进日记并"痛自警醒"。甚至那些现在看来见不得人的念头，他也会写进日记，其中有对耽于学业的懊悔，有对想去妓院的羞愧，有对脾气暴躁的不安，有对气量狭小的反思。他的日记犹如一把锋利的解剖刀，时时把自己割得皮开肉绽、鲜血淋漓。

他为自己定下了"日课十二条"，分别为："敬，静坐，早起，读书不二，读史，谨言，养气，保身，日知所亡，月无忘所知，作字，夜不出门。"通过日记不断记录，不断复盘，不断提醒。

比如，戒烟一直是曾国藩的一个痛点，他自我剖析道："30岁前最好吃烟，片刻不离，至道光壬寅十一月二十一日立志戒烟，至今不再吃。46岁以前做事无恒，近五年深以为戒，现在大小事均尚有恒。即此二端，可见无事不可变也。"

可贵的是，他的日记没有锁在抽屉里，像今天的微信一般，经常发到朋友圈，让别人在他的日记上评注，把自己的隐私、伤疤、不堪，赤条条地展现在朋友们的眼前，每天都生活在"如履薄冰、如临深渊、战战兢兢"之中。

他的日记，比卢梭的《忏悔录》辛辣千倍万倍。

曾国藩凭借这样的"日记疗法"，一个疗程就是30年，只在重病时，中断过2个多月，直到去世前一天，他依然在记日记。他戒了烟、戒了色、戒了懒，不再暴躁，不再狭隘，不再拖延。

翻过一座座高山后，曾国藩早已不是原来那个曾国藩了。

只靠记日记，当然成就不了曾国藩，他的另一个绝招便是"尚拙"，"唯天下之至拙能胜天下之至巧"，"勤""恒""拙"的笨功夫才是真功夫。

比如读书，他的方法很简单，那就是下笨功夫死磕自己："一句不通，不看下句。今日不通，明日再读。今年不精，明年再读。"把一本书慢慢读熟、读薄、读透，直到和自己融为一体。他认为做一件事，必须日日所思、夜夜所梦，不论难事易事，把"耐苦为吾辈立身之第一义"，"自如种树蓄养，日见其大而不觉耳"。

曾国藩打仗，靠的也是这种"尚拙"精神。他带领湘军之前，并没有多少带兵打仗的经验，也不懂什么用兵之道，只会用"六字诀"——结硬寨、打呆仗。他的作战原则就是"以静制动""自固为本"，从来不贪小利，不搞"四两拨千斤"那套。他所率领的湘军，每天要花4个小时行军，走30里，从不孤军冒进。一到宿营地，就安营扎寨，花4个小时挖沟修墙，并提出明确要求："作壕之法，外内重设，外壕广六尺，深八尺，内壕半之。"修好之后，晚上再把军队分为三班，轮流站岗。

湘军的营地就像一个热闹的大工地，部队好似一个民工建筑队，挖土不绝，施工不止。

当初投奔曾国藩的李鸿章对此大失所望，颇有嘲弄地说："吾以为湘军有异术也，今而知其术之无他，惟闻寇至而站墙子耳。"

太平军骁勇善战，总想跟湘军打场阵地战，可湘军就是守着阵地不动，从来不硬碰硬地短兵相接，即使在胜算很大的情况下也从不主动发动攻击，不给敌军决一死战的机会。

湘军攻打一个城市，不像诸葛亮、王阳明那样，用妙计智取豪夺，而是不停地挖沟，不是一天两天，而是一年两年，直到这个城市水泄不通、弹尽粮绝，再轻松拿下。

当时太平军给曾国藩取了个外号——"曾乌龟"。他也不管什么乌龟还是王八，只管步步为营、稳扎稳打。太平军明明知道是怎么回事，却偏偏无法破解，正是这种奇葩的"乌龟"战法，曾国藩和太平军较量了13年后，成了最后的赢家。

曾国藩弘志笃行、倔强刚性，身体禀赋却很差，一生与多种顽疾作艰苦的斗争。

30岁，正值壮年便开始耳鸣。

32岁，感觉自己"精神易乏，如50岁人，良可恨也"。

33岁，患上了眼疾。他在日记中写道："不能看书，眼蒙如老人。"

35岁，得了皮肤病，严重时，身无完肤，夜不成寐。随后，患了失眠症，每天只能睡三四个小时。

36岁，已经戴上了老花镜。

多年的劳累使曾国藩病魔缠身，如高血压，眩晕病，脾胃不好，经常腹泻、腹痛、腹胀，常伴有牙痛、多汗……上天和他开了个巨大的玩笑，许以"修身齐家平天下"的鸿鹄之志，却忽略了最基本的出厂设置，以此激发其意志所能达到的最大可能。

如果我们有这么多顽疾，可能早已认命，早已躺平。

曾国藩偏不，他以抱病之躯成就一番大业，顺便还留下2000多万文字，平均每年写作60多万字。

其实，每个人大致都知道一些学业事业精进的办法，但不得不承认的是，大多数人都无法坚持。坚持，听起来很容易，却常常是"反人性"的、痛苦的。为什么没人说，我要坚持抽烟、坚持喝酒、坚持打牌、坚持睡懒觉？因为追求安逸舒适才是人的天性。

我们身边很多人要坚持这个坚持那个，比如坚持锻炼、坚持写作、坚持练字、坚持减肥，最后都毫无悬念地半途而废了。

王小波说过，生活就是一个慢慢实锤的过程。

这个世界诱惑太多，昨天要打牌，今天要撸串儿，明天要喝酒，在不知不觉中经受一锤又一锤的敲打，褪去一身锐气，最终摸着日渐隆起的啤酒肚，活成了自己曾经讨厌的样子。

唯有曾国藩，没有背景，没有人脉，没有颜值，甚至没有一个合格的身体，却甘当笨人，甘做笨事，经年累月，含泪奔跑，迈过一个个台阶，翻过一座座山头，硬生生靠自己的坚持，杀出一条血路，慢慢熬出了伟大，修成了正果。

学者张宏杰说："自古圣贤可佩但不可学，唯有曾国藩可佩亦可学。"

曾国藩的路数，不复杂，不花哨，不起眼，但问题是，你能对自己下得了这样的狠手吗？

此心安处是吾乡

2018年3月,一年一度的"金扫帚奖"评选结果出炉,某演员因首次导演电影被评为年度"最令人失望导演奖"。

很多人可能从未听说过这个"金扫帚奖",更不知道"奖品"是一把扫帚。

这个奖评了9届,没有哪个明星亲自去领奖,因为这意味着颜面扫地、无地自容。

出人意料的是,他大大方方地出席了颁奖典礼。

他跟观众诚恳地说了声"对不起"。

他说,因为我爱电影、尊重电影、尊重观众、尊重在座的前辈,所以我一定要亲自来领奖。第一次当导演,确实欠缺经验,有很多不足的地方,希望这是第一次,也是最后一次。

当时,主持人特意给他一个宣传新片的机会。

但他婉言谢绝了:"今天来是很真诚地接受奖项,没必要来宣传我的新片。"

这个大胆而出色的表现,引来一片赞叹。

他算是一个内心强大的人,拿得起放得下,不会困在别人的眼光里,只会做自己认为该做的事。

台湾著名作家余光中也有一段参加颁奖的佳话。

有一次余光中应邀参加一个颁奖典礼,获奖的大多是文坛新秀,年纪比他小很多。

面对这种尴尬，满头白发的余光中在领奖时认真地说："一个人年轻时得奖，应该跟老头子一同得，表示他已经成名。但年老时得奖，就应该同小伙子一同得，表示他尚未落伍。"

古人说："谦谦公子，温润如玉"。余光中先生的处之泰然，安之若素，好似一块美玉，那么温润、通透、谦和。

我在基层工作的时候，每年都会去慰问镇上的百岁老人。有一次，见到一位102岁的老奶奶，身形矫健，耳聪目明，我觉得很惊讶，她的邻居们告诉我，这个老人"心非常大"，她中年丧子，当时却没有流一滴眼泪，还照样吃肉喝酒，大家当时都难以接受。她说："如果流泪能让儿子活过来的话，我哭瞎眼睛也愿意。可惜眼泪没有用，还不如把下面的日子过好。"

老人经常说，有些事情，只要你接受就不痛苦，不接受就会一直痛苦下去。与其焦虑纠结，消耗自己的能量，还不如欣然面对现实，活在当下就是最好的未来。

有位哲人说："世界没有悲剧和喜剧之分，如果你能从悲剧中走出来，那就是喜剧。"增强"钝感力"，做到"刻意接受"，可能就是那位老人长寿的秘诀吧。

我那时在乡镇工作，还认识一个老革命，他的经历几乎就是一部浓缩的中国现代军事史。他参加过南征北战、抗美援朝，和他同时出征的300多人中，只活着回来"两个半人"，他算"半个"，他在战场上多次负伤，肺切了一半，身上满是弹片。

我和他接触很多，记得他说得最多的一个词就是"感恩"，感恩党和国家，感恩社会，感恩生活，感恩当下，感恩还活着。

一个人彻悟的程度，恰等于他所受痛苦的深度。

他看到过战争的残酷，看到战友们在他身边一片片倒下，再也没能起来，死神无数次和他擦肩而过。

他经常和我说，他早已看透了生死，再大的事，在他眼里都是小事。

每当遇到挫折和烦恼，我都会想起他说的话，瞬间就会释然。

有一次，一个外地孩子骑自行车不小心把他给撞了，他不但没有怪罪，看到孩子穿着破旧，还拿出钱来接济他，自己却在医院住了半个多月。

老人见过人生的残酷和凌厉，却依然温柔向暖，这也许就是佛家所说的：因为懂得，所以慈悲。只有如此，才能放下过去，放下苦难，从自己的"泥坑里爬起来"，成己达人，渡人渡己。

还是说说苏东坡。

苏东坡因"乌台诗案"，被贬黄州，从庙堂之高到了江湖之远，从人生巅峰跌入低谷，生活一片孤寂。一次春日出游，忽逢大雨，道路泥泞，湿滑难行，同行的人都觉得很狼狈，而他却雨中信步、淡定从容。

雨过天晴，他写下了千古名篇《定风波》：

莫听穿林打叶声，何妨吟啸且徐行。竹杖芒鞋轻胜马，谁怕？一蓑烟雨任平生。

料峭春风吹酒醒，微冷，山头斜照却相迎。回首向来萧瑟处，归去，也无风雨也无晴。

苏东坡一生宦海沉浮、仕途蹭蹬，但他身处困厄，有底气，有定力，有风骨，不被外在的东西所左右，从生活中发现不一样的韵味，将眼前的苟且催化成一道风景。

既然在别人的世界里微不足道，那就在自己的世界里闪闪发光吧。

糟糕的从来都不是生活，而是看待生活的态度。"此心安处是吾乡"，这便是苏东坡实现自我平衡，和自己握手言和的自救之道。

幸会余秋雨

第一次听说余秋雨，还在上师范，那时感觉这个名字很有一些诗意，他的《文化苦旅》正席卷全国，风靡一时。

我用一个暑假，把《道士塔》《白发苏州》《都江堰》等一篇篇精读了一遍，读后觉得无比庆幸。于我而言，如果没有这些文字，那些古老而遥远的文明或许真的只是"历史课本上曾经背过的考点"和"地理课本上不大会考的章节"。

余秋雨在《废墟》中写道：我只怕，人们把所有的废墟都统统刷新、修缮和重建。不能设想，古罗马的角斗场需要重建，庞贝古城需要重建，柬埔寨的吴哥窟需要重建，玛雅文化遗址需要重建。这就像不能设想，远年的古铜器需要抛光，出土的断戟需要镀镍，宋版图书需要上塑，马王堆的汉代老太需要植皮丰胸、重施浓妆。只要历史不阻断，时间不倒退，一切都会衰老。老就老了吧，安详地交给世界一副慈祥美。假饰天真是最残酷的自我糟践。没有皱纹的祖母是可怕的，没有白发的老者是让人遗憾的。没有废墟的人生太累了，没有废墟的大地太挤了，掩盖废墟的举动太伪诈了。

喜欢他的《白发苏州》：苏州缺少金陵王气。这里没有森然殿阙，只有园林。这里摆不开战场，徒造了几座城门。这里的曲巷通不过堂皇的官轿，这里的民风不崇拜肃杀的禁令。这里的流水太清，这里的桃花太艳，这里的弹唱有点撩人。这里的小食太甜，这里的女人太俏，这里的茶馆太多，这里的书肆太密，这里的书法过于流利，这里的绘画不够苍凉遒劲，这里的诗歌缺少易水壮士低哑的喉音。

更喜欢他的《苏东坡突围》：成熟是一种明亮而不刺眼的光辉，一种圆润而不腻耳的音响，一种不再需要对别人察言观色的从容，一种终于停止向周围申诉求告的大气，一种不理会哄闹的微笑，一种洗刷了偏激的淡漠，一种无须声张的厚实，一种并不陡峭的高度。勃郁的豪情发过了酵，尖利的山风收住了劲，湍急的细流汇成了湖，结果，引导千古杰作的前奏已经鸣响，一道光线射向黄州，《念奴娇·赤壁怀古》和前后《赤壁赋》马上就要产生。

余秋雨就这么打开了我的阅读视界。

从漫漫大漠的黄河文明到清新婉约的江南文化，他的散文不再局限于花鸟虫鱼、小情小爱，他"挖掘到了中华文化的DNA"，乃至关乎世界的大命题、大情怀、大格局。余秋雨的笔下，闪现出苏东坡、范仲淹、柳宗元等一大批熠熠生辉的名字。

余光中说："中国散文，在朱自清和钱钟书后，出了余秋雨。"

白先勇说："余秋雨把唐宋八大家所建立的散文尊严又一次唤醒了。或者说，他重塑了唐宋八大家诗化地思索天下的灵魂。"

不知不觉间，书架上多了一排余秋雨，也多了一丝期待，多了一份仰望。我把余秋雨从学校追到社会，从少年追到青年，从青年追到中年。

后来，我去乡镇工作，有幸到了张謇先生的故里常乐镇，为兴建张公祠牌坊，我突然想到了余秋雨，想到了他的《狼山脚下》。

他曾这样写道：张謇中状元是1894年，离1905年中国正式废除延续千年的科举制度只有十年，因此，他也是终结性的人物之一，就像终结长江的狼山。张謇已经感受到大量与科举制度全然悖逆的历史信息，他绝不做"状元"名号的殉葬品,站在万人羡慕的顶端上极目瞭望,他看到了大海的湛蓝,看到了新时代文明的五光十色。他以自己的行动昭示:真正的中国文人本来就蕴藏着科举之外的蓬勃生命。

长江之畔,余秋雨和南通有缘。狼山脚下,余秋雨与张謇有缘。

我突发奇想,如果让余秋雨为张謇故里题写几个字,岂不是一件锦上添花的美事?那时我也不知天高地厚,找到了同乡郁钧剑,请他出面找到余秋雨。函件仅发出三天,就收到了他亲笔题写的"张謇故里"四个大字。在我看来一件颇有难度的事竟如此快速而圆满地实现了,大大出乎我的意料。

真正意外和巧合的是,又获悉余秋雨到南通来演讲的消息,于是我怀着忐忑和期待赶往南通。

在南通,余秋雨与南通市的有关领导见面,作为一个小小的镇长,等候时我心中犹豫,脚步却不由自主迎上前去。我做了自我介绍,他听后非常高兴,也十分热情,拉着我的手侃侃而谈。他说,张謇是中国最伟大的、最有良知的、最有力量的知识分子,是了不起的实践家,常乐镇作为张謇的出生地,是一个人杰地灵、令人向往的地方,能为张謇故里题字感到万分荣幸。

随后,有幸在更俗剧院聆听了余秋雨题为《城市美学与城市发展》的演讲。偌大的更俗剧院座无虚席,舞台上仅一桌一椅一人,没有一纸讲稿,没有一丝喧哗,一场意蕴深远的文化盛宴就此拉开帷幕。

那是我有生以来听过的最精彩的演讲。

余秋雨从世界文明的起源开始侃侃而谈,任何一个平常的话题都能引起他的连珠妙语,任何一个普通的文化现象都能带出他的有力佐证。不知不觉中,话题自然地由一个高峰滑向了另一个高峰。从古巴比伦文明、古埃及文明到中华文明,从唐朝长安、宋朝汴梁到近代上海,从至善之道、君子之道到和谐之道，从生态文化、素质文化、创新文化到产业文化。当然更多的话题还是围绕张謇展开，这让我激动而欣喜。

在中国传统文人中似乎存在这样一种倾向，更关注天子之需和自我推演出来的社会关系，而较少关注朝廷和家庭之外的公共空间。而张謇却是一个特例，他把南通作为一个公共空间，较好地解决了在中国比较罕见的公共空间的组合问题。因此，张謇在某种意义上也是一个文化的先驱。

余秋雨说，现在研究张謇，很多人常常会忽略一个背景，那就是当时是一个列强环伺、兵荒马乱、民不聊生的时代，那时，更多的人在逃避、在观望、在绝望，而张謇在南通振臂高呼，发出了"南通宣言"，没有激进，没有退缩，主动地以南通作为支点，撬动中华文明的复兴，重燃国人对于明天的希望。他创造了南通历史上的第一个黄金发展期，创造了中国的奇迹，他身体力行地践行人生理想和政治主张，以务实精进使自己成了一个全新的知识分子。张謇在城市规划、经济发展、教育引领、乡村建设和地方自治等方面的思想和实践，至今仍有十分重要的借鉴意义。在余秋雨的眼里，张謇是个有思想、有高度、有底蕴的人，是个值得余秋雨崇拜的"中国最优秀的知识分子"，因为张謇"改变了中国知识分子的生态"。

余秋雨近三个小时的演讲，洋洋洒洒，深入浅出，神形俱佳，数千听众兴趣盎然地完成了一次文化之旅。他是一个行者，被人誉为"走得最远的文人"，他冒着生命危险穿越人类最重要的文明故地，对当代世界文明作出了一系列全新思考和紧迫提醒。他是一个智者，在他看来，历史充斥着金戈铁马，但细细听去，在水波脉脉的小河上也回荡着胡笳长笛，清亮悠远。

当时有一个著名的笑话，上海警方扫黄，小姐的包里既有口红、安全套，又有《文化苦旅》。当年余秋雨红到什么程度，由此可见一斑。

当然，后来的批评也如潮水般涌来，余秋雨的"美名"和"骂名"并驾齐驱、不相上下。有人评价说，他是"过去二十年来，前后评价落差最大的一个作家"，其中的是非曲折非数言可以说清。

余秋雨很淡定："以骂我为职业的一共五个人，后来退出一个，剩下四个。以前都是我的狂热崇拜者，但崇拜过了头，一个盗印我的书，一个抄袭我的书，都受到我的斥责，他们就转身成了攻击我的人……他们最想与我'辩论'，我当然不给他们机会。我以无言的方式，把他们锁定在他们的等级里。"

余秋雨是个骄傲的人，我喜欢他的那份骄傲。

在我看来，再多的批评，再多的指责，也抵不过一个喜欢。

人文的阳光

经济学家汪丁丁在《教育是怎样变得危险起来的》一文中写道："当整个社会被嵌入一个以人与人之间的激烈竞争为最显著特征的市场之内的时候，教育迅速地从旨在使每个人的内在禀赋在一套核心价值观的指引下得到充分发展的过程，蜕变为一个旨在赋予每个人最适合于社会竞争的外在特征的过程。"

现在的教育正有这样的隐忧。

当下的学校教育陷入实用主义、功利主义的泥潭，一切围绕升学和就业展开，而人的素质、教养、独立人格和思想自由倒成了其次。

现在的孩子们幸福吗？他们不用做家务，不用操心家里的事，更不用关心社会的冷暖变化，只要把书读好，或者说把成绩搞上去，老师和父母们就非常满意了。

作为一个曾经"上过讲台"的人，对教育一直保持一份天然的敏感和执着。教育不只是让孩子们增长知识，拿理想的考分，更重要的是成为一个活泼的、全面完整的人，当这个世界发生一些事情的时候，他们能独立判断、乐观面对，而不是随波逐流、人云亦云。

古希腊数学家欧几里得的一个学生，曾经一本正经地问他："我学这些东西能得到些什么呢？"欧几里得沉默片刻，叫来仆人，吩咐说："给他6个铜板，让他走吧，这是他想要得到的东西。"不清楚这个学生当时的反应，也许他会面红耳赤，幡然悔悟；也许他会理直气壮地接过铜板，扬长而去。但这并不重要，因为欧几里得还在，他的大部分学生不是为铜板而学，在那个时代里，欧几里得们占大多数。他们研究算术是为了观察思考数的性质，唤起思考的能力，引导心灵超然于变幻的世界之上而把握本质和真理；学习几何是为了引导灵魂接近真理和激发哲学情绪，以便了解关于永恒存在的知识，进而掌握"善"的本质和形式；学习辩证法是为了找出事物的关系，探索事物的本质，使人的智慧和能力更趋完善……对于他们来说，这与其说是一种理想，不如说是一种现实，是他们生存的一个重要组成部分。

然而，对于今天的学生来说，"欧几里得"已经成为少数，倒是有很多学生排着长长的队伍，大大方方地走到老师面前，摊开双手问道："我能从中得到些什么呢？"是啊，学生能从老师那里得到什么呢？学生们又应该得到什么呢？

1884年，英国哲学家斯宾塞发表了《什么知识最有价值？》一文，这是一个很容易引起人们兴趣和关注的问题。然而，令人遗憾的是，对于这样一个形而上学的问题，斯宾塞却给出了一个物质至上的答案，那就是：最有价值的知识是科学。因为在他看来，科学可以帮助人们解决遇到的所有问题。随后，人们通过对斯宾塞这一观点的实践，发现其中所存在的严重问题。

一位纳粹集中营的幸存者，当上了美国一所中学的校长，每当一位新老师来到学校，他就会交给那位老师一封信："亲爱的老师，我是集中营的生还者。我亲眼看到人类不应当见到的情景：毒气室由学有专长的工程师建造；儿童由学识渊博的医生毒死；幼儿被训练有素的护士杀害；妇女和婴儿被受过高中或大学教育的人们枪杀。看到这一切，我怀疑：教育究竟是为了什么？我的请求是：请你帮助学生成为具有人性的人。你们的努力绝不应当被用于制造学识渊博的怪物、多才多艺的变态狂、受过教育的屠夫。只有在能使我们的孩子具有人性的情况下，读写算的能力才有其价值。"

很显然，我们谈"什么知识最有价值"这个问题是有前提的，那就是必须以人格完善为终极目的。这是人文主义教育观始终坚持的一个核心观点。但在科学主义教育观看来，这一终极目的太抽象、太浪漫、太脱离实际，是毫无意义的。然而实践证明，终极的教育目的不仅必要，而且还应该被置于教育价值体系中的最高层次。否则，教育就没有理想和信仰，就会庸俗不堪。我们不难发现历史上大凡偏离这一终极目的的教育，都没有将学生当作"人"来培养，而只是当作"工具"来"制造"，当作"产品"来"生产"。于是，商业主义、职业主义、实用主义、功利主义泛滥，教育单一的经济价值充斥人们的大脑。日本教育家井深大批评这种教育是："忘记了方向的教育"，是"丢失了另一半的教育"。在这种情形之下，我们看到了缺少人文阳光照耀的教育所产生的我们所不愿看到的现象：小学生为了能有更多的时间玩耍，可以出钱"雇"同学完成作业；中学生能够冲破年龄、情感、意志的防线，为了能得到几个打游戏机的钱，甚至可以杀害自己的亲生父母；大学生为了过上"理想"的生活，可以不惜出卖自己的灵魂与肉体；硕士生、博士生可以为了学位剽窃别人的学术论文，成为"精致的利己主义者"。假设从某个偏激一点的角度去看周围的孩子，我们还会发现一个个小野心家、小阴谋家、小官迷……

雅斯贝尔斯在《什么是教育》中说："教育是人的灵魂的教育，而非理性知识和认识的堆集。"我们的教育者实在应该好好地玩味这一句话。否则，教育出来的学生就有可能"像一架安装了坏发动机起飞了的飞机一样，不但自身毁灭，而且也给别人带来牺牲"（苏联教育家苏霍姆林斯基语）。

  我们的教育思想和教育取向，每天都在现实生活中如实地展示着。对于教育，我们除了一如既往地投入激情之外，如果能有对人文关怀更多的静观和沉思，让教育能时时沐浴人文的阳光，应该不为多余。

澄明之境

禅宗属佛教的一支，具有很强的思辨性。禅宗的起源有一个非常优美的故事。传说佛祖释迦牟尼在灵山会上，拈花示众，门徒们不明其理，唯迦叶尊者默然神会，微微一笑，于是佛祖即认为他已得道。禅宗以彻见本来面目为终极关怀，有令人神往的妙谛精义，且"以心传心、不立文字、教外别传"。禅宗美学是一种体验美学，它玄之又玄，有着难以言说的内涵，便更显其玄妙。

"菩提本无树，明镜亦非台。本来无一物，何处惹尘埃？"禅宗六世祖慧能法师的这首诗，掀开了中国禅诗的序幕。唐代以后，文人与禅师相互唱和、问道参禅，诗歌禅韵渐浓。禅宗的境界与诗歌的意境多有融通之处，追求寂然、虚空，正所谓"此中有真意，欲辩已忘言"。

曹雪芹深受禅宗思想影响，《红楼梦》禅意氤氲，"满纸荒唐言"演绎着人世间的大悲喜、大离合、大虚幻、大解脱。

开篇的《好了歌》："可知世上万般，好便是了，了便是好；若不了，便不好；若要好，须是了。"曹雪芹用加法将人物事象从虚无中幻化而出，再用减法将悲欢离合、情天恨海一一遣除，从而完成了肯定、否定、否定之否定的演绎。一曲《好了歌》标举了《红楼梦》的题旨，预设了梦中人的命运，草木枯荣，花开花落，潮涨潮退，小说的结局也正是"为官的家业凋零，富贵的金银散尽"，可谓一语成谶。

同样，林黛玉临终时的最后一句话："宝玉，你好……"尚未说完便撒手人寰。这个未说完的"好"字，却有着解说不尽的空间和张力。正是禅宗意味的渗透与浸润，营造了空净澄明的审美空间。

说到禅诗，有一个人不得不提，那就是王维。在他的笔下，花草树木，山川河流，都有其灵性和佛性。王维出生于一个崇佛之家，父母皆信佛，他长大之后也是广结佛缘，中年以后常年习静，晚年更是万缘放下，唯以佛法自励，被誉为"诗佛"。据《旧唐书》本传记载，王维晚年吃斋，不穿色彩鲜艳的衣服，在京城里供养十几个和尚，常与他们一起讨论佛经。他住的地方没有别的东西，"唯茶铛、药臼、经案、绳床而已"。

王维擅长以禅语、禅趣、禅法入诗。《鸟鸣涧》是他"以禅入诗"的代表作之一："人闲桂花落，夜静春山空。月出惊山鸟，时鸣春涧中。"诗中以动衬静、以象状空，虚中有实、实中有虚，勾勒出一幅春山夜鸟图，一切意象又在若有若无、若即若离之间，营造了一个闲适灵动、幽邃深广、圆融俱化的意境。这只是诗的言内之意，而诗外却另有玄机。宗白华先生说："禅是动中的极静，也是静中的极动，寂而常照，动静不二，直探生命的本原。"静默的禅境中孕育着极强的生命力，它时时反射着来自生命感悟的智慧之光。

还有王维的《鹿柴》："空山不见人，但闻人语响。返景入深林，复照青苔上。"描写的是鹿柴附近的空山深林在傍晚时分的幽静，给人以"清幽绝俗"之感，这正和禅宗的"识心见性、自成佛道、无念为宗"的思想相吻合。王维《终南别业》中的"行到水穷处，坐看云起时"，千百年来被视为"绝唱"之笔，禅宗随源溯流、随缘任运、随遇而安的境界也在其中体现得淋漓尽致。

在王维的世界里，超越了一切对立，消解了一切焦虑，似乎让人感觉不到欣喜和悲伤，仿佛一切原本就该如此。花开花落，源于自然，归于自然，让人在瞬间的顿悟中感受到了生命永恒的澄明之境。由于政治上屡遭打击，王维便在滚滚红尘外，求诸佛教，做一个精神的贵族，用佛教的"空理"来感知宇宙人生的会通无碍。

我喜欢的另一个禅诗高手是苏东坡。他才华横溢却几经贬谪，命运多舛却旷达乐观。"横看成岭侧成峰，远近高低各不同。不识庐山真面目，只缘身在此山中。"《题西林壁》这首诗借庐山之相道出形而上的道理，寓禅理于眼前事物之中，将人生的感悟转化为理性的反思。"真面目"三字来自禅宗，这种智慧超越任何视角，从表象到实质，从具象到抽象，从主观到客观，从自我到本我，打破局限，回归本真，忘了自己，也就找到了自己。

"若言琴上有琴声，放在匣中何不鸣？若言声在指头上，何不于君指上听？"苏东坡的《琴诗》妙在只问不答，大智若愚，大巧若拙，意在言外，发人深思。它化用《楞严经》的典故而成，却更有趣味一些，蕴含更深一层的禅理。佛教视有为无，视生为灭，追求无声无形，不增不减，音乐真实而虚无，所以音乐无所谓真实与否，以"谐无声之乐，以自得为和"，通过内心的感受而反悟禅道，和陶渊明的"但识琴中趣，何劳弦上声"有异曲同工之妙。

苏东坡的另一首禅诗《观潮》这样写道："庐山烟雨浙江潮，未到千般恨不消。到得还来别无事，庐山烟雨浙江潮。"青原惟信禅师描述过自己参禅的经历：老僧三十年前，见山是山，见水是水。后来，见山不是山，见水不是水。而今，见山是山，见水是水。苏轼的诗正是化用这一禅语。山水并没有改变，改变的只是对自然的感知。修行的最高境界便是我在山水中，山水在我心中。景与人的界限完全消除，观与被观的界限全然泯灭，观照双方互为主体，作者所做的只是去"见"，所见只是纯粹的"存在"。正所谓"此岸即彼岸"，禅家观物，高人一等，由此可见一斑。

禅的妙用，在日常小事中，亦有点化。

有人问长沙景岑禅师："如何是平常心？"师曰："要眠即眠，要坐即坐。"曰："学人不会，意旨如何？"师曰："热即取凉，寒即向火。"需要做什么就做什么，不必千思百虑，终日不宁，顺其自然才是真谛。

"春有百花秋有月，夏有凉风冬有雪。若无闲事挂心头，便是人间好时节。"抛开世俗的名利欲望，无论在哪里，楼台上的月亮都清丽明亮，一切事物都妥帖安然。

很喜欢布袋和尚的《插秧诗》："手把青秧插满田，低头便见水中天。身心清净方为道，退步原来是向前。"这首诗虽取材于插秧这一平常农事，却阐释了深刻的禅意哲理。古人云"万事无如退步好"。很多时候"低头"和"退步"并不消极颓废，反而是一种低调平和的姿态和以退为进的志趣。

禅宗讲究悟性，当修行者"拈花一笑"地"顿悟"时，便进入闪电划过心灵般的澄明之境，可观无尽的世界于眼前，这与西方哲学的逻辑推理迥然不同，有"道可道非常道"的不可名状之妙。铃木大拙说："逻辑对人、对人生的影响太深重了。逻辑已成为人、人生的主要内容，或者说，逻辑就是人、人生，在逻辑之外人便无所适从，人生的意义便无法证明。而如果依据逻辑来描绘完整的人生图画，其结果是人的思维活动必将遵循一个凛然不可侵犯的法则，所谓生命力和自由便难以实现了。"禅宗的自由和超脱，与包围着我们的物质和欲望格格不入，对人生的领悟更为鲜活深刻。

庄子说做人要"渊默而雷声"，沉默时像深渊，爆发时如惊雷。或许，人生的很多时候，当语言无力时，不如让沉默发声，在无声中展现无形的力量。

澄明之境，人生至境。

有文化可能更可怕

大家都知道，没文化真可怕。

比如，有人去杭州游玩，在"岳母刺字"雕像前，说："也就岳母舍得刺女婿，亲妈绝对不忍心干这事儿。"

走到雷峰塔下，这个人又感叹："毛主席真好，还专门给雷锋同志修了一座塔。"

有个人问同学："钱钟书是同性恋吗？你看书上写着：钱钟书先生的夫人杨绛先生。"

没有文化确实可怕，但有文化呢？

可能更可怕。

余秋雨的《绑匪的纸条》，写的是一九九七年八月在湖北省破获了一起绑票杀人案。此案八年里一直无法侦破，基本上已成悬案。后来，一位刑侦专家随手翻阅旧案卷，偶然发现案卷中保留着一张绑匪写的纸条。他决定重新侦查此案，而侦查的范围，划定在受过高等教育的人中间。

究竟是一张什么样的纸条给了刑侦专家一个重新判断的机会？

那张纸条上其实只写了十九个字外加六个标点符号：

过桥，顺墙根，向右，见一亭，亭边一倒凳，其下有信。

这张纸条是绑匪向受害者的家属指点藏信的所在，他竭力想把句子缩到最短，减少信息量。

余秋雨这样解读道：

罪犯为了把藏信的地点说清楚，不用东西南北、几步几米的一般定位法，而是用动词来一路指引，这在修辞上显然是极聪明的选择。四个指引词，"过、顺、向、见"，准确而不重复，简直难于删改。特别是那个"见"字，用在此处，连一般精通文字的写作人也不容易办到。多数会写成"有"，但只有用"见"，才能保持住被指引者的主观视角。更有趣的是，这个句子读起来既有节奏又有音韵，在两个"二三"结构的重复后接一个"五四"结构，每个结构末尾都押韵，十分顺口。罪犯当然不会在这里故意卖弄文采，只能是长期读古文、写旧体诗习惯的自然流露。如果他自己发觉了这种流露，一定会掩盖的，但他没有发觉，可见实在成了一种表述本能。时至今日，能有这般表述本能的人已经不多，因此侦查的范围可缩得很小。

于是顺利破案，罪犯是一个大学教师。

某次婚宴，某大婶在席间推销保健品，高血压、高血糖、心脏病等包治百病，吹得神乎其神。

同桌还有个干瘦的大爷，给他倒酒的时候，他说他身体不好，婉拒了。大婶一听更来劲了，加紧攻势不停洗脑。

那个大爷只是默默听着，然后开口问了句："你们这个保健品的治疗机制是什么？"

大婶一下子懵了，憋了半天开始转移话题，说这是中药材，某某亲戚原来就和植物人差不多了，因为吃这个，现在都能打军体拳了。

大爷打断了她的话，把心脏病和高血压的治病机制和现在主流的治疗手段都大致说了一下。最后对大婶的保健品成分提出了质疑。

整个桌子安静了下来，大婶也终于开始安静地吃饭了。

后来大家才知道，那个大爷就是新娘大学的导师，他的研究方向就是心血管。

有个大妈信了某邪教，为了发展下线，找到某位老师。老师能说会道，大妈说一句，老师反驳两句，大妈的论据被批得体无完肤。

大妈急火攻心、气急败坏，说老师不知好歹，要把她从末日里解救出来。老师也不生气，继续有条不紊地反驳。

此后大妈传教都绕着老师走，可老师却经常去找她，希望让她脱离这个邪教组织。

大妈实在没有办法，搬救兵找来她的"上线"，希望能说服老师。

结果老师从这个"上线"拿来的宣传材料的语法错误讲起，再讲到逻辑错误，全面分析科学、艺术和宗教的关系，顺便又讲了下圣经、古兰经、佛经，以及基督教、伊斯兰教和佛教演变的历史，最后客观地点评了各大宗教。

后来，大妈的"上线"也死活不愿再见那个老师了，为了减少麻烦，有什么活动都绕开大妈，大妈从此被边缘化。

最后，这个邪教组织被警察一锅端了，大妈因为老师的"干扰"而脱离了组织，得以全身而退。

有一位父亲发现15岁的女儿不在家，留下一封信，上面写着："亲爱的爸爸妈妈，今天我和兰迪私奔了。兰迪是个很有个性的人，身上刺了各种花纹，只有42岁，并不老，对不对？我将和他住到森林里去，当然，不只是我和他两个人，兰迪还有另外几个女人，可是我并不介意。我们将会种植大麻，除了自己抽，还可以卖给朋友。我还希望我们在那个地方生很多孩子。在这个过程里，也希望医学技术可以有很大的进步，这样兰迪的艾滋病可以治好。"

父亲读到这里，已经崩溃了。然而，他发现最下面还有一句话："未完，请看背面。"

背面这样写道："爸爸，那一页所说的都不是真的。真相是我在隔壁同学家里，期中考试的试卷放在抽屉里，你打开后签上字。我之所以写这封信，就是告诉你，世界上有比试卷没答好更糟糕的事情。你现在给我打电话，告诉我，我可以安全回家了。"

是不是惊出一身冷汗，又突然如释重负？这种表达，真的挺有文化，挺有力量。

02

夜晚的朝圣

我理解的"长期主义",
是从更大的时间跨度上,
博观约取,
厚积薄发,
坚持做正确而困难的事。

海门人的文化解读

解读海门人，是件难度系数很高的事。提到海门人，大家似乎都有一肚子话要说，但真的说起来，却又不知从何说起，正因如此，便更有说的冲动和必要了。

一方水土养一方人。海门，很多人第一次听到这个地名，会自然而然地理解为"大海之门"，事实上，它更与长江有着不解之缘。海门文化的形成受地理环境的影响而具有鲜明的地域特色，海门人的性格特征基本上是由长江绘就的。

从长江中长出的城市很多，却很少有海门这般艰辛。只要稍加研究海门的历史，我们不难发现，它艰难而独特的成陆过程，积淀了无数可圈可点的故事。

海门地处长江入海口，滚滚长江不远万里携大量泥沙沉积于此，至唐朝末年，方形成东洲和布洲两个沙洲，史称"东布洲"。五代后周显德五年（公元958年）始置海门县。然而，年轻的海门却并未因设县而趋向平静，相反却频遭水患侵袭。

翻开海门县志，先祖们与长江的抗争可谓惨烈。明朝洪武年间，海门已有4万余人，然而仅过16年，"大风海溢，破堤，溺死3万余人"。次年，又"江潮大作，死人几半"。明朝中叶以后，江海祸患更甚，正德七年（公元1512年），"溺死千余人"。嘉靖十八年（公元1539年），又"溺死万余人，漂没官居民舍不计其数"。此时的海门"破船偏遇迎头浪",又遭倭寇入侵,"倭寇80余船突至,劫掠5天"。在水灾和倭寇的双重袭扰下,至康熙十一年(公元1672年),海门人口仅存4000余人,被"裁县为乡"。如果把成陆几百年间海门人口的起落勾画成一个曲线,相信那是相当震撼人心的。

但任凭风吹雨打、潮起潮落,一代代海门人如江边那漫天遍野的芦苇,风愈大,浪愈高,把根扎得更深,把梦想抓得更牢。历经了千难万险,先民们的双脚仍坚定地站在这片土地上。令我们无法想象的是,从四甲坝、六甲坝这些地名来看,如今海门的内陆之地竟是当年与江潮抗争的最前线。清乾隆年间,为防海门江堤坍淹,海门人挖土堆山,因坚信"狮子定能驯服水妖",遂取名"狮山"(后改名为"师山")。一马平川的海门,矗立在这座小小的土山,因其承载着美好的祈愿,却也不显突兀。

经过大风大雨、大潮大浪的洗礼,先祖们深知脚下这片土地来之不易,深知有付出才会有收获,有收获才能吃饱肚皮、才能生存发展。因此,海门人无论什么身份、什么职业都始终洋溢着一种勤劳勇敢、愈挫愈勇、不服输、不示弱的精神。就算是种地,海门人也能种出自己的品质和风格来。海门自古少耕地,然而海门人却能通过自己的精耕细作、精打细算,把"一亩三分地"调理得五谷丰登,把庭院修整得瓜棚遮天,把田间地头充分利用,且善于花小钱办大事,一年四季吃穿不愁,小日子过得滋润又红火,这在全国也是不多见的。

清代中叶以后,江南作为东西方文化交融的前沿地带,工商业发展很快。此时,由于长江的阻隔和信息的闭塞,身处长江北侧"新大陆"上的海门人,还无法听到中国近代工业化的脚步声。

正是在这样的背景下,一个举足轻重的海门人出场了,这个人就是张謇。

张謇如果只是作为一名状元，不过在中国浩如烟海的知识分子中平添一人，并不能吸引多少人的目光；张謇如果只是作为一个商人，估计也只能独领风骚于一隅；张謇如果只是作为一个官员，在京城踱着方步，享受荣华富贵，一切未免又落入了俗套。作为新科状元，张謇竟然下海了，而且是那么毅然决然。张謇远离官场并非出于文人的清高或英雄迟暮的消极，他"无意做官"却"一心做事"，他"遁居江海"却"自营其事"，他"上不依赖政府，下不依赖社会"，却"全凭自己良心做去"，将一腔"救亡图存、振兴民族"的爱国情怀，书写在那个风雨飘摇的年代。张謇无可争议地成为所有海门人的偶像。如果没有张謇，海门的历史或许就要改写。事实上，张謇对海门人的人文性格和精神特质也产生了巨大的作用。

状元故里的海门人，骨子里都有一个"状元情结"，把教育作为头等大事，这一点很像犹太人，把教育看作最有远见的投资，为了子女读好书可以砸锅卖铁、不惜一切代价。张謇作为实业家以海纳百川、勇争第一的开放精神和强毅力行、敢为人先的宏伟实践，照亮了偏居长江北岸的海门大地，创造了诸多令国人惊叹的全国第一。

孔子云："仁者乐山，智者乐水。仁者静，智者动。"从张謇身上，可以明显看到海门人多水性、少山性的性格特点，表现为多流动性少稳定性，多开放性少封闭性，近代的海门人已不满足于一亩三分地的耕耘，把探索的触角伸向了上海。

这里不得不提一个地方——青龙港，它曾经是海门最热闹的地方，也是海门人跨过长江最重要的节点，青龙港的汽笛吹响了海门从沙洲时代迈向轮船时代的号角。若干年前，青龙港之于海门不亚于今日虹桥机场或浦东机场之于上海。因海门独特的区位优势，各种货物会从熙熙攘攘的青龙港进出，各种文化也会在这里驻足，从而使海门人的文化性格变得复杂起来，其中最值得研究的莫过于海门人和上海人的关系，这是一个颇有意思的话题。

对于开放之初的海门，上海像一个巨大的磁场，许多海门人从青龙港乘船至上海，因语言相近，很快融入大上海，他们中的很大一部分后来就定居上海，成了现今海门人的上海亲戚。

海门人走进大上海，意味着走进了一个开放开化的新世界。最先融入上海的海门人架起了一座交流的桥梁，他们带回上海最前沿、最时尚的信息，带回了上海的新技术、新生活、新思想、新观念，甚至新名词，带回上海牌手表、永久牌自行车和蝴蝶牌缝纫机，海门人生活中差不多每一点小小的改善都与上海有关。更重要的是，他们带着更多海门人来到上海，海门人和上海人的交往一下子变得频繁起来。开阔了眼界、增长了见识的海门人，既有北方人的包容大度，又有南方人的精明能干，在大上海以变应变，因势而为，可谓如鱼得水、游刃有余。

海门与上海地缘相近、人缘相亲、文化相近，海门人都喜欢看上海台的节目。无数海门人是从上海走向全国、走向全球、走向成功的，但如果有人因此而认为海门人像上海人，那海门人却是万万不能答应的。海门人一方面在购物、求学时投入大上海的怀抱，而同时却又极力否认自己像上海人，上海人看不起"苏北赤佬"海门人，而海门人恰恰更看不起自视过高的上海人，这真是没有道理的道理。

海门人对上海人的偏见，可以说是长期性的和普遍性的。说到上海人，几乎每个海门人都备有几个小笑话。海门人与上海人的关系发生着微妙的变化，随着交通条件的改善，海门人到上海的频率越来越高，相反，海门的上海亲戚们回海门的次数却越来越少。

海门因江而生，因江而忧，因江而荣，正如水的灵动和无形，海门人的性格一样复杂多元，可贵的是海门人能博采众长，广泛吸收各种先进文明，为我所用。海门人爱干净，说一个人穿得整洁大方，喜欢用"山青水绿"来形容；海门人爱美食，家家户户"食不厌精，脍不厌细"，从海门特产红烧山羊肉复杂而精细的做法可见一斑；海门人爱面子，颇讲究"台面文化"，喜欢说有空"来白相"，有空"碰个头、吃个饭"，但这或许只是一句随意的寒暄而已，是千万当不了真的。但一旦兑现了诺言，海门人即使准备了"四盆八碗"，却还会一个劲地说"呒得啥吃咯"，不逼得客人说出一大通感谢的话来决不罢休；海门人厚道，却往往又给自己留下回旋的余地；海门人率直，但与大大咧咧的北方人相比，这种率直又带有一丝技巧，直肠子又加点小弯弯；海门人热情，对朋友既不像北方人一个劲地"有事儿您说话"，一味哥们儿义气，更不像上海人那样"关阿拉啥事体"，事不关己，高高挂起；海门人机灵，有极强的随机应变能力，"眼风手势"好，什么地方都能生活得很好。古人评价宋代柳永词传播之广说："凡有井水饮处，即能歌柳词。"套用这句话，可以说：凡有井水饮处，即有海门人。海门人远离家门、敢出国门，普天之下，四海之内，无处不见海门人的身影。

当然，海门人身上除了具有诸多令人称道的闪光点，也毫不例外地存在着一些不尽人意的地方。海门人在很大范围里都具有一种"小农思维"和"中游思想"，做事目光短浅、怕担风险，遇事随遇而安、长于应付，处世捕风捉影、谨小慎微，等等。或许因为头脑太过灵光的缘故，海门人什么事都能干，但什么事也不易干出多大的名堂，往往不能笑到最后，成不了最后的胜利者。海门人生意做不大，官做不大，海门少有领跑全国的大企业和如雷贯耳的大品牌就是一个例证。有人说海门人的这些不足，与生于长江之畔频遭水患的游民心理有关，这个说法虽不见得能站住脚，却也颇有几分道理。

海门人是与时俱进的，从陆域时代走向轮船时代、汽渡时代、大桥时代、铁路时代，海门人的思维习惯和行为方式有了根本性的改观。那么，海门人又将以什么样的姿态和形象面向未来？海门能否借助建设机场和高铁等契机实现新的跨越？这就不是这篇解读式的小文可以说清的了。

海门话的文化解读

南通是一个奇怪的地方，几乎每隔几十公里就是一种不同的口音，一个县的人听不懂另一个县的话，出了县就好像出了省一样。一方水土养一方人，一方人讲一方话。南通话的盘节复杂，如皋话的敦厚凝重，如东话的软糯婉转，通州话的本色纯朴，通东话的韵味悠长，而海门话（仅指沙地话或启海话），更有让人解读不尽的空间。

我有一个外地的朋友，在海门生活了很多年，自认为精通海门话，可他还是会经常感到困惑。他举例说，海门话中的"夫妻三个"就不能理解。男为夫，女为妻，合为"夫妻"，分明是"两个"，何来"夫妻三个"？在海门，不仅有"夫妻三个"，还有"夫妻四个""夫妻五个"。还有一次，朋友请他吃饭，结束时让服务员把水果"抬上来"，他很是不解：小小一盘水果，干嘛要兴师动众地"抬上来"？

吴语是中国七大方言之一，也是汉语中历史较为悠久的方言，其祖语可以追溯到两千六百多年前的春秋战国时期。海门话隶属吴语，承载了很多历史文化的遗存，至今仍然保存着一些古汉语的特点，说来文绉绉的，颇有书卷气。如我们称"爱人"为"娘子"，"儿媳妇"为"新妇"，"自己"为"吾"，"他（她）"为"伊"，"不"为"弗"，"父母"为"爷娘"；称"去年"为"旧年"，"明年"为"开年"，"以后"为"后朝头"，"早上"为"早起"，"白天"为"日里厢"，"紧跟"为"煞屁股"，"精瘦"为"瘦节伶伶"，"晚上"为"夜来头"；称未出嫁的年轻女子为"小娘";称"脸盆"为"面锣","找"为"寻","地方"为"所在","旁边"为"边头","畜生"为"众生","学费"为"学钿","穿衣服"为"着衣裳";称看上去比实际年龄显老的叫"老相",看上去显得年轻的叫"后生";等等。

海门话有着古文的精练。"不"是"拗","不要吃"就是"拗吃","不要说"就是"拗话","不要开"就是"拗开"("OK")。喝酒进行到白热化阶段,在讨论是否再开酒时,凡海门人都会警觉,这种听力练不好,后果往往很严重。

用海门话来诵读古诗文,在平仄的掌控和押韵的协调上更臻完满,尤其是仄声中入声字的处理,颇有吟唱文化的特质。我上初中时,老师们都不会讲普通话,讲的基本上都是海门话,语文老师也不例外,因此我当年最擅长的就是用地道的海门话吟诵古文:"故天将降大任于斯人也,必先苦其心志,劳其筋骨,饿其体肤,空乏其身,行拂乱其所为,所以动心忍性,曾益其所不能……"读来摇头晃脑,有道是"醉里吴音相媚好",听起来可谓声声入耳、荡气回肠。后来才知道,这是因为吴语保留了全部浊音,保留了平上去入的平仄音韵,保留了尖团音分化,保留了较多古汉语用字用语,所以才能如此顺畅悦耳。当然这也有后遗症,小时候用方言烂熟于心、倒背如流的古文,现在用普通话读起来反而觉得很不习惯、很不舒服、很不尽兴。

凡文化底蕴深厚的方言,莫不以生动形象为特征。海门话中有很多富有地方特色的用法,很值得玩味。如海门人将跑得很快,说成是"跳出来跑"。试想,还有什么能比跳起来离开地面跑得更快的?每听到这个词,我就不由得想起武侠小说和武打片中众多武侠高手腾空飞奔的情景。我们还可以用"跑来八只脚"来形容,都"八只脚"了,能跑不快吗?海门人称"言过其实"叫"吓脱虎",把牛皮吹得能把老虎都吓住，真是够夸张的。海门人称"小孩"为"小倌"，称"新郎"为"新小倌"。"小倌"是人生的起点，"新小倌"是结婚后在人生旅途上的另一个起点，可见海门人对于婚姻的重视程度。再比如，海门人称"男孩"为"猴子"。男孩，好动而顽皮，这与猴子的习性相似，这一借喻手法的运用，将男孩的特征表现得入木三分。类似的例子不胜枚举。如我们将人身上的"积垢"称作"黑漆"，将"闪电"称作"忽闪"，将事情"没有进展"称作"蟹沫无气"，将"愤怒"称作"触虎"，将"小偷"称作"贼骨头"，将"打嗝"称作"打急勾"，将"干爹""干妈"称作"寄爷"，将"造谣"称作"放野火"，将"耍赖"称作"消地光"，将"声势大"称作"虎拉势"，将"任性"称作"象心适意"，将"关键时刻"称作"要紧三慢"，将"到处都是"称作"一天世界"，将"不负责任"称作"塌肩胛"，将"老奸巨猾"称作"老甲鱼"，将"碰巧"称作"当当碰了恰恰上"，将"无法无天"称作"拆天拆地"，将"随遇而安"称作"卵子笃笃唤"，等等。

海门话中的很多词，用法比普通话更为灵活丰富。比如"吃"，这是人们维持生存的根本前提，在海门方言中，从适用范围和词语搭配来说，就很有意思。北方人说饮酒、喝茶、抽烟，海门人一概用"吃"，即吃老酒、吃茶、吃香烟。还有一些独特、风趣、诙谐、形象的用法，表达了完全不同于本义的意思。如"吃瘪""吃进""吃客""吃牢""吃硬""吃准""吃巴掌""吃白食""吃得开""吃得消""吃生活""吃夹裆""吃下来""吃红灯""吃勿开""吃辣火酱""吃毛栗子""吃辛吃苦"，等等。在海门话里，"吃"甚至有"以强凌弱"的意思，如"你球打得好，可以吃吃我"。如此灵活高级的用法，外地人听来想必一头雾水吧？

方言是地方文化的注脚，如果对海门话加以仔细考察，我们从中还颇能听出些文化来。比如在农村，常称"种地"为"种花地"。原先我对"种花地"这种说法不甚理解，在一次偶翻《海门县志》后方恍然大悟。海门素有"江滨乐土、粮棉故里"的美誉，在经济作物中以棉花居多。因此，在下地时很多人都称"种棉花地"，但这种说法不免冗长，为便于表达就逐渐简化成"种花地"了。再后来，就成了"种地"的代称。"种花地"与"种地"之间仅一字之差，却诗意顿生。如果这种推断成立的话，海门人倒是有着几分浪漫的。海门人称"中饭"为"点心"，是海门人好客，恐中饭不丰怠慢了客人，而把"中饭"轻描淡写地说成"点心"？还是因中饭为午时，刚好为一日之中心而得名？真是不得而知了。还有一说，中国上古一日两餐是相当普遍的情形，两宋时人们普遍"每天仅早晚两餐，官员士人概不例外"，而现在是"三餐"，新增的午饭也便成了"点心"。海门人还把"勤俭节约"称为"做人家"，一个"做"字，将海门人持家的细致、精巧描述得极其传神。海门常会把做事不负责任、不计后果的人斥为"海蜇"，这未免让人云里雾里，"海蜇"又何以成为骂人的代名词？其实，海门有几十公里的海岸线，我们的先祖以出海捕鱼为生，而海盗常滋事扰民，"海蜇"实为"海贼"之意，表示对海盗行径的深恶痛绝。海门人在描述"烫""刺""羞"等感觉时，还会在这些词语后面加一个"人"字，"烫人""刺人""羞人"，一切以人为中心，很有些以人为本的意思。

海门话中有些词的表现力更是惊人，光形容颜色的就有"黑赤赤""绿买买""黄麦麦""红兮兮""白塌塌""黄绵绵""紫吼吼""青挤挤""碧波爽清""绯红炽拉""腊扎金黄""赤乌滴黑""乌黑隆隆""灰色堂堂""粉红堂堂""煞白敞亮""鲜眉洁眼""泥黑浪汤"，还有"白洁革邋遢""黑漆白邋遢""乌里乌、黑里黑"，等等。海门话在颜色上的形容词如此繁杂，外地人掌握这些词汇的难度可想而知。海门是较"土"的方言,有些话与普通话哪儿跟哪儿都挨不上边,如怕人想(怕痒)、好子客(老实本分)、有心相(有耐心)、初光生(基本上)、小揩面布(手帕)、泛乌百老(很多)、乌吃早起(胡乱吃喝)、狗屁倒糟(八卦、啰嗦)、困酥茫茫(没有睡醒)、呒心唠叨(随口说话)、后半三旬(临近结束)、顺之胡之(做事稀里糊涂)、精光条萧(赤身裸体)、精赤骨立(赤膊),还有将"虱子"称作"老灭的"、将"蝌蚪"称作"辖麦五"、将"身材"称作"堆足"、将"耳屎"称作"新人恶"、将"刚才"称作"眼眼头"、将"最后"称作"末吉煞"、将"厕所"称作"康忙头"、将"不好"称作"推班"、将"没有动力"称作"加门响"、将"寂寞无聊"称作"厌起相"、将"熟练"称作"跌熟老番瓜"、将"吝啬"称作"勒煞吊死"、将"吹胡子瞪眼"称作"特头爆眼"、将"非常难得"称作"千年碰到海瞎虫"、将"瞎扯"称作"冬瓜串勒茄子田里",等等。这些话都土得掉渣,甚至难以找到与之完全对应的书面语来翻译,故无法用其他语言达到特定的表达效果。海门话也有着很强的兼容性,如常被海门人挂在嘴上的表示一齐、总共的"亨八冷打"来自闽南语,用来表示数量极多的"莫老老"来自杭州话,形容事情或人品十分糟糕的"肮三"来自英语"On Sale","寻掐博"(找麻烦)一词,更像是英文单词"trouble"(麻烦)的音译,让人想不到的是,中外两种语言竟能在海门话中得到如此完美的统一。

  海门的谚语,因其通行在海门这一特定方言区,作为一种口头相传、通俗易懂、平白朴实的语言形式,这些谚语和人们的生活密切相关,是海门人思维方式、生活情调、文化涵养的生动体现。人们的生产、生活与天气息息相关,有关气候的谚语就广为流传。如"三朝迷雾发西风""烟滚地,要落雨""雨中知了叫,报告晴天到",等等。长期以来,农业是海门人赖以生存的主要生产活动之一,在农业生产中，人们积累了大量的耕种知识，农耕文化几乎渗透到每一个社会个体之中，并将之浓缩为妇孺皆知的口头谚语。例如，"只有懒人，吭得懒地""六月不热，五谷不结""清明前后，种瓜种豆""（芋艿）六月弗壅，等于弗种""冻断麦根，牵断麻乌绳"，等等。也有对农耕生活的感慨，如"一熟玉米一熟麦，种来头毛胡子刷刷白"。浓缩人们日常生活经验的谚语那就更多了，如"吃勿穷，着不穷，算计勿着一世穷""船到桥，直瞄瞄""菜要吃鲜头，说话听言头""男做女工，越做越穷""坐吃三餐海也空""有种像种，冬瓜直笼统，茄子弯柄棕""越穷越要穷，寒冷发西风""大懒差小懒，小懒差白眼，白眼差户槛""人多哄啊哄，猫多勿捉虫""爷有娘有，勿如自有""买房子看梁，攀媳妇看娘""债多不愁，虱多不叮""看菜吃饭，看鸡做笼""三天不吃腌齑汤，脚骨郎里酥汪汪""三代不读书，不如一圈猪""冷么冷点风，穷么穷点债""三好搭一好，三坏搭一坏""兴灵轰隆，馒头大勒蒸笼""爷乌乌一个，娘乌乌一窠"，等等。当然，更有趣味和智慧的，还是海门的歇后语。如"鲳片落勒带鱼里——独阔""两个哑子睏一头——好来吭啥话""腰裙上系转裙——情（裙）上加情（裙）""两个半炮仗——你想（五响）""石卵子烧豆腐——软硬不均匀""老鼠衔薄刀——寻死""蕃芋田里挑担——藤牵""坑棚头吹鼓手——凑（臭）热闹""眉毛上挂尼线——戳眼""裤子头着袜——大脱虚远""麻子搽粉——蚀煞老本""石头上甩乌几——硬碰硬""猫尼吃百叶——脚踏手揿"，等等。

海门和其他地方一样，近代民族工业落后，很多日常生活用品都依赖从国外引进，这些都是新生事物，人们习惯在这些舶来品的名称前面加一个"洋"字，如洋火、洋油、洋灰、洋钉、洋泡泡、洋油盏等。现在日常生活中很少使用火柴、煤油，也很少扯布做衣，所以有的年轻人都不知所谓何物，更不用说"洋锡筒"这些更老的说法了，这个估计30岁以下的人鲜有知道的。

《礼记》曰："入境而问禁，入国而问俗，入门而问讳。"语言禁忌是非常富有地域特色的文化现象。除普遍存在的称谓禁忌、姓名禁忌、隐私禁忌之外，各地还受地域文化、方言谐音等因素的影响，形成一些独有的语言禁忌。如海门滨江临海，以前很多人家以打渔为生，故十分禁忌翻船，所以在吃鱼时，一面吃完了，准备吃另一面时，就不能说"翻过来"，而用婉语"划过来"。做生意的人最害怕亏本，所以在吃猪舌头时，经常称之为"赚头"。遇到下雨，也称为"涨水"或"涨财"。

几乎所有的方言都有些让人捧腹的笑话，海门话自然也不例外。曾听朋友讲，若干年前，一个海门人在北京的大型商场买东西，营业员很热心地用绳子把一大堆东西扎好，但绳子拎的一头留得太长，于是，我们的海门老乡付完钱指着绳子对营业员说："麻烦你帮我尿一尿（绕一绕）"。光天化日之下，营业员闻之顿时满脸通红。一番口舌之后，误会终于解开，但笑话算是永久地留下了。

方言是一个地方约定俗成的表达方式，每一种方言的背后，都是一个地方千百年文化沉淀的结果。在我们的情感中，总有一种乡愁，是属于方言的。从我们咿呀学语之日起，语言就植入了我们的记忆并融入思乡的梦境。在每个人的记忆深处，方言、乡音联系的那份故土亲情延绵不绝，乡音永远是一个人与生俱来的有声胎记，是生命在一块地方扎根出土时发出的声响，是萦绕在心头的故乡的云。但遗憾的是，因为普通话的不断普及，方言的"代际传播"遇到前所未有的困境，现在的孩子们特别是城里的孩子们很多已不会说海门话，海门话对于他们，渐渐变得陌生起来，"无方言"群体在不断壮大。

一种耐人回味的方言总是与一种优秀的地方剧种紧密相关。说到海门话，就不得不提到富有哲理、智慧和情趣的海门山歌。广东方言的粤剧、苏州方言的昆曲、绍兴方言的越剧、安庆方言的黄梅戏、陕西方言的秦腔，都有着独特的韵味和魅力，如果把这些地方剧改用普通话来唱，将是一种多么可怕而怪异的效果？方言一旦式微，很多特色的地域文化和民间文化便失去土壤无法生存。在海门，年长一些的人几乎没有人不知道《淘米记》，没有人不知道"摇船郎"。古人云："言之不足，歌以咏之"，我们不无担心，海门的年青一代，在某一个兴之所至之时，还能用海门山歌来直抒胸臆吗？我们更无法想象，在炎热的夏夜，在老家的庭院里，当标准的普通话取代了乡音，那样的聊天，会是怎样的索然无味？

方言就是回家的路。只要乡音未改，归来仍是少年。

中国人的公共空间意识

多年前，听余秋雨先生一个关于中国文化的报告，他说中国古代的君子，只对两个方面负责，上对朝廷，下对家庭。对朝廷是忠，对家庭是孝。但在朝廷和家庭之间有辽阔的公共空间，这一点中国文化较少关注，这是一个大盲区，也是一个大问题。

这个大问题，至今还是大问题。

几千年来，中国人缺少公共空间意识，缺少公共参与、公共关怀、公共精神，缺少陌生人之间平等关爱的基因。在公共空间，人们普遍有投机心态、陌生人心态，越是大家的事，大家越不管。

比如，对一些人而言，红灯是"仅供参考"的。

一位大妈在横穿马路时被拦下，交警想灌输一点交通安全知识给她。

"大妈，您看，那边就是路口，您多走几百米不就到了吗？"

哪知大妈反而"教育"起交警："人生能有多少个几百米？我每天都绕几百米，人生很大一部分时间不就荒废了吗？"

"我闯红灯我愿意，关你们什么事儿？撞死我也不找你。"

"凑足一群人就过，和红绿灯无关"的"中国式过马路"方式，几乎每天都在上演。"凑足一群人"就有了群体，有群体就有"羊群效应"。一个人带头闯了红灯，其他敢想而不敢闯的人，便有了行动的理由和参照。在他们看来，群体的行为天然就是合理的，群体就是道德，群体就是法律，群体就可以免责。这是对公共规则的无情碾压，导致无可奈何的"局部失序"，最终成为"公地悲剧"。

人生最大的悲哀，不是成不了自己想做的人，而是成为了自己曾经最讨厌的人。

排队最能体现一个人的公共空间意识。

有一次，我在登机口排队等候登机，一个妈妈带着一个五六岁的小女孩使劲往我跟前挤，小女孩天真无邪地对妈妈说："我们怎么不排队呢？"妈妈生气地说："傻孩子，快点过来，机灵点儿！"

我像空气一样存在着，内心五味杂陈，对小女孩矛盾的内心既理解又担忧。

有一个人在国外旅行，在火车站排队买票，队伍很长，时间很紧。于是，他逐个向前问可不可以先办理，一直问到窗口前第一个。柜台售票人员还是问他是否问过后面的人，他回答是的，然后售票人员又站起来问了下后面的人是否接受插队，得到其他人同意后才办理。

是不是有点迂腐？是不是有点兴师动众？

放弃部分个人利益，内求诸己，能换取更大更长远的集体利益。反之，一个不排队的人，会影响一大批人。即使在机场、高铁站，每个人都有座位的地方，我们也常常见到争先恐后的人群。当不争不抢就寸步难行时，当每个人都有这样的无理预期时，更大的社会困境便会出现。

梁实秋在《排队》一文中写道：抗战时期，人们在车站购票是不排队的。但是日本人占领车站后，秩序就井然了。为什么呢？因为有个日本兵拿着鞭子来回巡视，看到有人插队，就扬起鞭子狠狠给他一下。梁实秋痛心地质问：中国人难道真的需要那么一条鞭子吗？

如果现在有这样一条鞭子，恐怕仍有用武之地。

有人把公共空间私人化，在飞机、火车上看电影、打游戏不用耳

75

机，音量震耳，如在自家院子里一般。有次在航班上，我运气特别好，两边两位都把手机开足了音量，还是放的不同类型的电影，让我欲哭无泪，恨不得跳伞求生。

有人喜欢抽烟，这是个人爱好，当然无可厚非。但有人在公共场合抽烟，即使有妇女儿童在场也不管不顾，甚至在空调间、在封闭的汽车和电梯里吞云吐雾，这就过分了。在我看来，公共空间决不能给他人带来困扰；如果带来困扰，更不应该心安理得。

一次，我陪人去上海一家大医院看病。去过那里的人，都能大致想象出大医院电梯前的景象，没有什么固定的队形，也没有人维持秩序，每个人都显得无比焦虑躁动。好不容易来了一台电梯，大家都从不同的方向涌了过来。我排在最前面，却硬被挤进了电梯。所有人像沙丁鱼一样，前胸贴后背，大气都不能出。

这时电梯显示超重，无法关门。戏剧性的是，最后上来的几位谁也不愿意出去。空气几乎凝固，所有人都在等待，操作电梯的工作人员提醒很多次，几分钟过后，她摇着头叹着气自己走出电梯，才让所有人走出了尴尬。

没有挤过医院电梯的人，真是不足以谈人生。

这是我最难忘的一次经历。

还有一个地方，更能看出国民的公德素养，那就是公共厕所。

衡量一个国家的发展状况，不是看小康阶层，而是看最普通的老百姓。而衡量一个城市的人文素质，不是看高楼大厦，而是看公共厕所。

"富裕看厨房，文明看厕所。"除了机场、车站和星级宾馆，现在有几个公共厕所能做到一尘不染、没有异味、手纸齐全的？特别是旅游景区的公共厕所，脏乱差最严重。大家都是过客，基本上都只用这么一次，只管自己方便。有人宁愿不喝水，也不愿意上公共厕所，实在没有办法硬着头皮上一次，也是如临大敌、如履薄冰、如坐针毡。

谁在自家的卫生间有这样的感觉？但出了家门，踏入公共空间，一切都发生了变化。

有人问季羡林，什么是好人？他说："考虑别人比考虑自己多的人。"后来，为了让更多的人达到好人标准，有人把标准又降低了一些：考虑别人和考虑自己一样多的人就是好人。

很喜欢这样简单直观的表达。

其实，我们不需要什么大道理。

同样，讲大道理的未必就是好人。不信，你和插队的人理论，他们可能满口都是大道理。每个人的最大期许，也许就是做个"好人"，自己认同，他人认可。

如是，天下太平。

审美的陷阱

朋友出差，偶遇一位书法大师，知道我喜欢书法，就特意求了一幅作品送我，让我无比感动，在满怀期待打开作品的那一刻，我差点爆出粗口。

这幅"书法"的笔法、墨法、章法、用印、落款，都堪称一塌糊涂。

朋友看着我，着急地问："怎么样？"

我很认真地夸道："很好！谢谢！"

我知道，朋友是真诚的，可爱的，也是无辜的。

作为一名数十年的书法爱好者，我由衷佩服那位"大师"的胆量。

现在是网红经济、流量经济、眼球经济，在各种视频平台上，"书法大师"随处可见。

有故作神秘写反书的，有拿着针管到处乱喷的，有踩了电门一样龇牙咧嘴、上下乱窜的，真是字不惊人死不休，"大师们"以其特立独行的奇葩、搞怪、魔幻手法，搞一些别人看不懂或故意让人看不懂的东西假装深沉。

书法是真功夫、苦功夫，就像把石头投到大海里一样高深，即使下十年、数十年的功夫未必能看到成果。

林散之先生曾说："写字要从唐碑入手，推向魏汉，再从魏回到唐。"他还说："苦干20年，痛下功夫。人不知鬼不晓，如呆子一样，把汉人主要碑刻一一摹下。不求人知，只求自己有其领会就行了。要在五更后起身写字，悬腕一百个分书下来，两膊酸麻不止，内人在床上不知。"

和林散之背道而驰的，就是那种网红式的"江湖书法"，通过炮制唬人的头衔，在收割流量的同时，亵渎了书法艺术，更严重的还在于，利用大众不了解书法艺术这一"信息差"，拉低了书法鉴赏的标准，造成审美上的撕裂。

在网络还不十分发达的时候，余秋雨先生表达过一个观点，我深以为然。

他说："当书法在公共空间和公共建筑上出现的时候，书法具有某种群体审美强制性。成年人看了也就罢了，最遗憾的是孩子，经过这个大楼的几万、几十万孩子，他们可能对书法本身不了解，但由于每天看，他适应了这种书法，就会在他脑子当中打下这样的书法范本，或者打下书法的底子。如果这个书法是丑陋的、散架的、不成等级的，那么实际上这种书法就在公共审美领域里边造成了邪恶。这种审美邪恶造成了一种我们所非常不喜欢的异向审美适应，那是对健全人格的摧残。"

余秋雨先生甚至还提出"审美阴影""审美暴力""审美灾难"的概念，并提醒官员们对公共空间的题词要格外慎重，不能降低公共书法的审美门槛，不能让一个不太会唱歌的领导在广场领唱，或不太会画画的领导当众作画。

如今，网络平台已是最大的公共空间，"伪书法家"们众多负面的"美学示范"，从惊人的浏览量、转发量、下载量和评论量来看，某些令人担忧的后果已经产生。

当然，标新立异、追求怪异的不仅是书法。

四川省安岳县有一尊千年石窟佛像，虽然沧桑斑驳，却神态悲悯安详，兼具唐代之浑厚和宋代之精美。

然而，当地信佛的村民，却嫌弃佛像老旧，自发捐资聘请工匠涂上了鲜丽的油漆，佛像一下子跌入红尘，变得无比艳俗。

画家吴冠中先生曾说过："今天中国的文盲不多了，但美盲很多。"

美盲，比文盲更可怕。

那些"美化"佛像的人，抱着十足的善意，却实实在在地破坏着文物。

没有欣赏美的能力，生活中就只剩下粗糙、无趣的一面。

我有一个搞建筑设计的朋友，他说这辈子最大的梦想，就是设计出能表达自己美学追求和专业水准的作品来，这个"比生命还重要"。

他引用美学家张世英的话："人生有四种境界：欲求境界、求知境界、道德境界、审美境界。"

在给我展示一大堆他认为没有思想、没有传承、没有专业操守的建筑后，他痛心疾首地说，可惜现在很多人，还停留在欲求境界。

我理解他所要表达的言外之意。

与标新立异这一审美倾向相对的，是千篇一律。

刷了抖音才知道，所谓的美女都是：小脸，小嘴，大眼睛，筷子腿，八等身，丰胸，翘臀，细腰，再加一点小清新。

在现实语境里，这也成了一个类似于古代女人裹小脚、束胸一样的畸形审美标准。

以前，美女们如果对自己某个部位不太满意，想做些微调，那是很麻烦的大事。现在有了强大的美颜软件，大家可以足不出户，大刀阔斧地自我改造。眼睛小？调大！再调大！皮肤不好？调白、调嫩！脸大、有痘痘、双下巴？没事，秒变锥子脸！甚至连五官距离都能上下左右移动，再拉腿、瘦腰，加上马甲线和锁骨阴影……

"拍照两秒钟，修图两小时"，说的可能就是这个意思。精装工程竣工后，再细细欣赏一番："哇，我原来这么好看！"然后发到微信朋友圈，引来一片点赞。

各人的朋友圈里，都有几个修图高手，在自娱的同时娱人，皆大欢喜，人畜无害，挺好。

以前常说"外貌与生俱来"，现在成了"我的外貌我做主"，美颜软件让大家变得高度相似和趋同，大家"宁可美得千篇一律，也不要丑得与众不同"。

战国时期的宋玉写过一篇《登徒子好色赋》，他是这样形容美女的："增之一分则太长，减之一分则太短；着粉则太白，施朱则太赤。"

放在当下，从技术层面来看，已经没有任何难度。

美女界因此变得十分内卷，"美女"这个词的效用越来越弱，认为"完美才是美"，真正的高颜值需要"大美女"和"女神"等词才能形容。

记得很久以前，媒人还会给男女双方看一下彼此的照片，那种获取第一印象的方式绝对是客观的、靠得住的，换成现在，如果只凭"照骗"，见面时大概率认不出对方。

现在的证件照都要求"不得修图"，要求提供"原始版"，看来并非多虑。

看看古代的文人墨客，他们用"巧笑倩兮，美目盼兮""翩若惊鸿，婉若游龙""清水出芙蓉，天然去雕饰""俏丽若三春之桃，清素若九秋之菊""柳叶眉、杏仁眼、樱桃小口一点点"……来形容美女，给人无限的想象空间。

一个有审美眼光的人，一定是自信的、悦纳自己的、自洽的人。

谁也不可能完美无瑕，却不应该因容貌焦虑而拒绝散发自信的光芒，更何况一个人的美并不局限于容貌的美。

一等女人健身，二等女人打扮，三等女人整容，四等女人美图。

好看的皮囊千篇一律，有趣的灵魂万里挑一。

真正的美就是活出自己最好的样子，活得大气丰盈，活得活色生香，活得有滋有味。

冯友兰说，他在北大当学生时，第一次到校长办公室去见蔡元培，一进去，就感觉到蔡先生身上有一种"光风霁月"的气象，而且满屋子都是这种气象。

是不是很有画面感？一个人的"气场"，别人真的可以感觉到。

这种满腹经纶、通透非凡、卓尔不群的美，只能羡慕，无法模仿。

无用之用

很多年前,我在少年宫教书法,每逢暑假兴趣班的辅导老师一字排开,接受孩子们咨询报名。

二胡班的报名点紧靠书法班,有个孩子想学二胡,家长却明确反对。

家长:"干嘛学二胡?有啥意思?"

二胡辅导老师介绍说:"二胡是一门艺术,中央音乐学院可以攻读博士学位。"

家长作惊诧状:"二胡还有博士?有什么好研究的,学了有啥用?"

空气瞬间凝重起来,面对这个灵魂拷问,大家都在暗自思考。

是啊,有啥用?

从小到大,从生到死,我们都要做"有用"和"没用"这道选择题。

踢足球是没用的,上补习班是有用的;玩积木是没用的,学英语是有用的;看小说是没用的,背古诗是有用的;弹琴、下棋、画画是没用的,小升初、中考、高考是有用的……

总之,只要短期内不能变现的事,就是"没用"的。

杨振宁讲述过自己的经历。

我小学到中学的时候,数学就很好,我父亲是数学教授。我现在就想,如果在我小学一二年级的时候,我父亲教我微积分,教我高等分析,我肯定也学得很快,并且很高兴。可是我父亲很聪明,他决不做这件事情,他的想法是:孩子已经发展得很快,不用太着急,自己自然会发展。所以他不教我数学，但他要补足我其他不足的部分。记得初一的暑假，他在清华大学找了一位历史系高材生教我《孟子》，这位老师很会讲，让我对《孟子》产生了兴趣。那个夏天，一方面我读了《孟子》，知道了孟子跟儒家思想，一方面也知道了很多故事。这个对于我的人生有决定性影响，远比我赶快学一些高等分析、微积分要有作用。不幸的是，有很多聪明小孩的父母没有我父亲聪明。

毕业以后，学科和考试的细节慢慢消逝在记忆的角落，对某篇小说某个人物某个情节却铭刻在脑海，影响着我们的兴趣、职业乃至人生走向。

学校是竞争激烈的地方，但只是人生的一个驿站，过了这个驿站，就会发现有些"无用"其实很有用。

站在现在看未来，和站在未来看现在，是完全不同的。

"天下熙熙，皆为利来，天下攘攘，皆为利往。"身处一个短期功利主义的环境，人们习惯于把人生历程缩略成一个个实用的目标，各个阶段都有正事儿，每一步都有规定的任务，每个任务都有约定俗成的标准。似乎一生都在赶路，匆匆忙忙，慌慌张张，不知不觉中行将就木、垂垂老矣。

总听到一些临近退休的人，说以后要去跳舞、打太极、钓鱼、自驾全国，等等，仿佛宇宙间所有精彩都将在退休后绽放。然而，他们忘记了将这份向往嵌入当下热气腾腾的生活，就如同坐上一辆驶向远方的长途巴士，等到下车时才迷茫地发现已经搞错了方向。

生活完全可以是另一种模样。

一场疫情，让我感悟颇多。

居住的小区被封控三个多月，我几乎足不出户。整个人就像一辆疾驰的快车，一个急刹车停了下来。没有了工作的烦恼，没有了琐事的干扰，没有了不速之客，没有了应急事务，平时奢望的大把时间一下子涌到眼前，不用看时间，更不用赶时间，每天从容起床、洗漱、用餐、睡午觉，看窗外安静的世界，看小鸟划过天空，看影子慢慢移动，看月亮穿过云层。

平日里工作太杂太忙，像按下了快进键，时时身不由己，疲于奔命，诸多爱好牵肠挂肚，诸多欠账日积月累。此时，我仿佛看到另一个自己脱胎而出，面向星辰大海，走向诗和远方。此时，吃什么、喝什么、穿什么显得那么无足轻重、可有可无。

所谓定而后能静，静而后能安，安而后能虑，虑而后能得。三个多月，我读了很多想读的书，写了很多想写的文字，思考了很多有趣的问题，感觉灵魂每天都在洗澡。

这些突然冒出来的时间，对没有爱好的人来说却成了负担。一天到晚，被源源不断的时间所湮没，除了吃喝拉撒睡，除了看电视、刷手机、玩游戏来消磨，日子过得很慢很累，整天浑浑噩噩。

人和人之间是可以按爱好来划分的。明代张岱说："人无癖不可与交，以其无深情也。"袁宏道甚至说："余观世上语言无味、面目可憎之人，皆无癖之人耳。"他们一致认为，没有爱好的人，是不值得交往的。这话虽然说得有些绝对，却有一定道理。

子曰："君子求诸己，小人求诸人。"没有爱好的人，容易被鸡毛蒜皮的小事所困扰，容易被别人的节奏带偏，变得无聊又无趣。

爱好，是实用主义与理想主义的美妙融合，能让现实世界和精神世界相互滋养，成为我们内心的双重力量，完美地平衡物质和心灵的需求。

有一个令我尊敬的作家朋友，博览群书，涉猎极广，古今中外、天文地理无所不通，无所不精。他坚持自己的信念和价值观，敢于思考那些被忽视或被认为禁忌的话题，始终保持自己的真实和独特，勇敢地提出自己的观点，他的思维方式常能给人带来新的启发和思考的角度。我给他十二字的评价："独立人格、自由思想、有趣灵魂。"

还有一个朋友，是个音乐发烧友，家里搭建了一个视听室，添置了很多"宝贝",有从国外淘回来的晶体管音响,有欣赏流行音乐和古典音乐的专用耳机,有上个世纪六七十年代的珍贵老唱片。每当夜深人静时,他就是这个"理想国"的主人,泡一壶好茶,打开音响,闭上眼睛,追寻着每一个音符的轨迹,感受音乐带来的愉悦和心灵的震撼。他把音乐当作一种生活的修行,用心去感受每一个音符所传达的情感和意境,将音乐与自己的生命紧密相连。每一次的音乐之旅都是一次心灵的洗礼,让他重新找回内心的宁静和和谐。他认为,人应该有发自内心的喜爱,活成自己喜欢的样子。

我有一个了不起的忘年交,是个农民,已经80多岁,酷爱文学,晴耕雨读了一辈子,写了近百万字,回忆录、古籍新解、诗歌集、散文集,工工整整地誊写了很多本,每一本都如玉佩般细致完美,尽管很少发表,却敝帚自珍、自得其乐。包括家人在内的很多人都不理解,但他觉得,有时尽管很累,但想到忙完农活后能坐下来写点东西,追求自己内心深处的梦想,以此抵御琐碎生活中的一地鸡毛,这份满足和喜悦就在他心中涌动。

这样的人可爱、有趣、不油腻,他们站在精神王国俯瞰物质世界,有自己的"护城河",有心中的"桃花源",有自己的"自嗨模式",对周遭事物温柔以待,至情至性,至真至纯,自给自足,物我相忘。

周作人说:"我们于日用必需的东西以外,必须还有一点无用的游戏与享乐,生活才觉得有意思。我们看夕阳,看秋河,看花,听雨,闻香,喝不求解渴的酒,吃不求饱的点心,都是生活上必要的。"

周国平也说:"世上有味之事,包括诗,酒,哲学,爱情,往往无用。吟无用之诗,醉无用之酒,读无用之书,钟无用之情,终于成一无用之人,却因此活得有滋有味。"

还是庄子说得好:"无用之用,方为大用。"

做一个坚定的"长期主义者"

如今，在饭桌上、候机的队伍中、飞驰的高铁上，我们都能见到捧着手机沉迷游戏的人，在他们眼里，这个世界仿佛早已不复存在。

为何那么多人对此如痴如醉、欲罢不能？一个喜欢玩游戏的朋友对我说，你不玩永远不会明白，游戏中那种惊心动魄的搏杀，胜败交织的纠结，跌宕起伏的悬念，几分钟、几个小时就能给你极大的操控感和满足感，现实生活中没有的东西，游戏里都有。

朋友又说，不要轻易尝试，一旦尝试，一定沉迷。

胡适曾经写文批判麻将：只有咱们这种不长进的民族以"闲"为幸福，以"消闲"为急务，男人以打麻将为消闲，女人以打麻将为家常，老太婆以打麻将为下半生的大事业，还小心求证出"麻将里头有鬼"的结论。

然而，我们看看他的日记：

7月13日：打牌。

7月14日：打牌。

7月15日：打牌。

在连续打了3天牌之后，胡适终于觉醒了，在日记中写道：

胡适之啊胡适之，你怎么能如此堕落？先前订下的学习计划你都忘了吗？子曰：吾日三省。不能再这样下去了！

之后怎样了呢？连续两天继续打牌！

大家更能感同身受的可能是"刷抖音"。抖音有强大的算法，比你更懂你，它会分析你的性别性格、兴趣爱好、观看偏好等，你永远猜不到下一条会刷到什么，但一定是你喜欢的内容，它会催生大量多巴胺，让你时时享受并沉迷在舒适区。

刷完以后呢？揉着酸胀的颈椎和眼睛，随之而来的，是空虚、失落和自责。

这些都利用了人类的本性，也就是偏爱"即时满足"的心理弱点。

有些事情就不一样了，比如读书。

手执黄卷，独挑孤灯，长夜漫漫，寂寞如斯。人不孤独不读书，没有谁能三五成群、边喝酒边读书的。而且这是一个慢活儿、细活儿、苦活儿，今天读、明天读、天天读，就像吃鸡蛋、喝牛奶，明明知道营养丰富，却看不到体质的明显改观。

像董仲舒那样"独与天地精神往来"而"三年不窥园"，把世俗的喧嚣和尘世的烦恼关在门外，经受读书这种寂寞打磨的人又有几个？

罗振宇说，持续、长期地守住目标，你就能成为时间的朋友。这种模式，叫作"长期主义"。

做一个长期主义者，专注于一个赛道，不急功近利，不随波逐流，不见异思迁，不得意忘形，谈何容易？

我是一个坚定的长期主义者，我理解的"长期主义"，是从更大的时间跨度上，博观约取，厚积薄发，坚持做正确而困难的事。

人们常犯的一个错误是，往往高估短时间内取得的成果，却低估长期坚持抵达的高度。

我最有体会的是练书法。两年多前我就立下一个誓言：坚持临习颜体1000天。到今天，也就是写这篇文章的时候，已是第759天。

书法讲究传承，临帖是必由之路。只有临帖才能掌握古人的法度，揣度书写的技巧，从中汲取营养，逐渐形成自己的风格。

临帖是一件万分枯燥的事，必须培养屁股和椅子的深厚感情。我原来写过很多年书法，甚至还当过几年书法老师，但总感觉不得要领，反思后发现，最大的问题在于基本功。

一个朋友告诉我，真正的高手和一般人最大的差别就是基本功。高手一直在打基础、打基础、打基础，等到哪天完全打牢了，再稳扎稳打、循序渐进，直到修成正果。对他们来说，"慢"即是"快"，"少"即是"多"。而一般人则相反，还未打牢基础，就迫不及待地走向下一步。这犹如盖楼，基础有多厚，大楼就能建多高。在松软的地基上，即使盖起了大楼，也是摇摇欲坠，最后还得拆了重来。

多么形象而深刻的阐释！

就这样，我"宏大"的书法强基工程开始启动，我对自己的要求很简单也很严格：无论多忙，每天必须完成"日课"，临习颜真卿《勤礼碑》两页，计48个字。如遇特殊情况，第二天必须补上。

为了对自己吹过的牛负责，我一天天坚持了下来，从对临到背临，从小字到大字，从单字到集字，从笔划到结体到章法，从悬腕到悬肘到悬臂，从痛苦难熬到习以为常。为了不欠下日课，我甚至出差时也带着笔墨纸砚，忙完公务后回到房间按时完成。

良好的习惯是一个巨大的飞轮，经过时间的洗礼和沉淀，我不断突破、不断精进，感觉"日日走出一个新我"。

除此之外，我坚持每天早起跑步8公里已有很多年。为了做到早起，我把自己的微信公众号取名为"五点出发"。我坚持张謇研究已有10多年，目前正在撰写录制系列短视频《图说张謇》，我想通过3年的持续努力，让更多人了解并走近张謇这个伟大的人物。我坚持读书写作已近30年，"用文字安抚生活、用生活唤醒文字"，不管何时何地，我都能仰望星空。

我更乐意谈的还是援疆工作。

2013年年底,我响应党中央号召来到新疆伊犁州伊宁县参加援疆工作,那时的规定,每届援疆干部工作3年,当时我觉得3年时间已经很长了。

我这个人有一个特点,或者说毛病,就是喜欢认死理,要么不看不问不做,但一旦看准了决定了,就会披荆斩棘、一往无前。

经过全面调研,我了解到伊宁县是北疆人口第一大县,有十多万富余劳动力。这些人如果不能安顿好,将成为社会稳定、长治久安极大的负担,但如果能充分发挥这些人的作用,将成为难得的、巨大的人口红利。

这么多人,最稳定、最理想的去向是哪里?当然是产业。

我和受援地的各族领导反复论证,无论是内地产业转移的趋势(向中西部梯度转移)、新疆发展的态势(从稳定走向发展),还是文明发展的走势(新疆各族群众迫切追求美好文明的生活),都能支撑当地产业的可持续发展。

作为一个援疆干部,作为一个外来人,作为一只"候鸟",做出这么重大的决定,当时很多人都不太理解。

我开玩笑说,要短时间出彩,最好的办法是"种草",撒把草籽,浇点水,过不了多久,一片绿色,养眼养心,皆大欢喜。不过这样的绿色中看不中用,只是过眼云烟。拥有长久绿色的办法是"种树",但"十年树木",需要足够的时间和耐心。没有一棵树是树苗种下去,马上能变成大树。也没有一棵树,今年种在这里,明年挪到那里,可以成为一棵大树。

于是,我们决定在伊宁县种下一棵"树"——创办伊宁县纺织产业园。

在这么偏远、产业基础这么薄弱、民族成分这么复杂的地区，平地插锹、从零起步创办一个产业园区，难度可想而知。

我永远也忘不了一行人为园区选址、小心翼翼畅想未来的场景，随后园区的规划、设计、融资、建设、招商、招工、培训、运营等工作全面展开。

园区刚开始招商时，一个内地客商对我说："说实话，那么远的地方，不要说办厂，就是让我去捡钱，我也不去！"

园区招收第一批员工时，竟然没有人愿意报名，纯朴的人们"宁吃奶茶馕，不喝羊肉汤"，"等靠要"的思想根深蒂固。

一家企业招工，来了150人，培训结束时只留下3个人。

在园区建设处于低潮、最需要扶持和鼓励的时候，一位领导来调研，在园区绕了一圈后，当着我和下属的面说："园区建设不是搭积木、不是胡闹，希望这里不要成为一座空城！"说完，便转身而去。

他的话，就像一梭子弹，打得我遍体鳞伤。

有句话说得好，最难的时候，不是别人怀疑你，是就连你都怀疑自己。夜深人静时，我在反思，是不是伊宁产业发展的时机还不够成熟？是不是对可能出现的困难没有估计充分？是不是我们的决策尚需进一步论证？

但我知道，难就对了，说明我们在做一件有创新、有价值、有突破的事情；不难的话，早就有人做成了。生气不如争气，伤心不如用心。在时间的加持下，含泪奔跑、含泪播种的人，一定会含笑收获。

正如梵高所说，每个人的心里都有一团火，路过的人只看到烟。

好在，时间不会辜负。

几年间，园区由一期、二期到三期，厂房面积增加到100多万平方米，企业增加到20多家，员工增加到5000多人，来园区考察的领导和客商越来越多，肯定和赞赏的声音越来越多，梦想终于逐渐照进了现实。

不知不觉间，我的任期也从3年、6年延长到9年。

歌曲《小白杨》中有这么一句："它长我也长，和我一起守边防。"每当歌声响起，我都禁不住热泪盈眶。

人生能有几个9年？

知我者，谓我心忧；不知我者，谓我何求。

这么多年过去了，他乡成了故乡，故乡成了远方。

尼采说："在没有听到音乐的人眼里，那些跳舞的人都疯了。"

如果不是站在我的角度，别人是无法理解甚至会误解的。

对一个长期主义者来说，我耳畔有远方的呼唤，有澎湃的交响。虽千万人，吾往矣！

什么是人生最大的幸福？我的理解，就是这个世界因为我的坚守、我的付出而变得更加美好。尽管我的时间有限、能力有限，不能改变整个世界，但哪怕是一个地方，因为我的到来，哪怕只是在某个阶段、某种程度上变得更好，那也就够了。

更重要的是，即使我离开这里，伊宁县纺织产业园这棵"大树"还会长高长大，造福当地，庇荫后人。因为时间还在流淌，逝者如斯，不舍昼夜。

世界上有机会主义者、速成主义者、形式主义者、官僚主义者、享乐主义者，但不管什么"主义者"，唯有长期主义者，才是笑到最后的胜利者。

世界上最快的捷径，就是脚踏实地。

一切的一切，时间终将给出答案，成功也许迟到，但决不会缺席。

我的"张謇情结"

1993年春的一天（那时我就读海门师范学校），班主任王洪钟先生，组织全班去常乐镇参观张公祠堂，当时的初衷，或许只为完成教学计划中一篇游记的写作任务。但不容置疑的是，大家因此记住了一个名字——张謇。如今看来，这一极其平常的安排，对我而言极不平常，一切在冥冥之中埋下了伏笔。

没有想到的是，当年最怕作文的我，在时隔15年后（2008年），以镇长的身份，赴任名闻遐迩的状元故里常乐镇。

当然，更重要更庆幸的是，对张謇先生业已模糊的印象，因这次机缘再次激活。我投入很多精力，研读了所有能找到的关于张謇的研究资料，在不断地了解、走近、解读中，受到的感动和震撼无以言表。与此同时，又有一种深深的愧疚。对家乡这位值得纪念和景仰的伟大人物，我们却缺少必要的关注和敬重，让他被尘封、忽略、低估、错过了这么久！

很多事情就这么奇怪，不到某一个契机，就找不到那个发力点。

天天浸润在常乐镇那个特殊的环境中，张謇先生的思想在我心中日渐落地生根、枝繁叶茂、开花结果。

仅做文本研究、史料研究是不够的，我隐隐地感到，还应该做些什么。

一个地方有没有一个伟大的灵魂，有没有一条清晰的文脉，是完全不一样的。对于常乐镇而言，张謇就是一个宝贵的精神旗帜和文化坐标。

于是，我们确立了"围绕一个人、打造一个镇"的工作思路。

一切从筹建张謇纪念馆开始。

那是一段既痛苦又幸福的经历。

没有资金、没有人力、没有资料等"无米之炊"的痛苦现实而具体。

而指日可待、触手可及的希望又那么幸福而诱人。

常乐镇有一块《张公故里祠堂记》石碑，立于1936年，此时正值张謇先生逝世十周年。碑文详细记载了乡邻们对他的怀念之情，以及力有不逮的无奈和遗憾：苦于"国家多故，民生厄隘，海门复比岁螟蜮，宏规大起，力惧不克任"，只能暂时把关帝庙后厅改作张公祠堂。碑文最后还表达了立祠时的期盼：希望日后有能力、有作为的人为张謇设立专祠，像范仲淹的"高义园"一样辉映于大江南北。

这一次我们离先人的遗愿仅一步之遥。

在时任党委书记顾玉琴的大力支持下，镇上成立了张謇纪念馆筹建小组，在坚持一流标准的前提下，规划、设计、土建、收集史料和实物、布展、环境营造、招聘培训讲解员等各项工作，一步步扎实开展。

张謇先生曾撰联："今人能为古人事，述者当知作者心。"很多目标的实现，背后都有无法言说的艰辛。

为了解决建设的资金，我们尝试了所有可以尝试的办法，向市里求助，数十次去省里争取资金，我带人几乎跑遍了省城的相关部门，有时去早了，单位还没上班，门卫不让进，我就等着，后来跑多了，有些门卫都认识我了，就直接让我等在办公室门口。中南集团在纪念馆土建和景观建设等方面给予了大力支持，在我们最需要资金的时候，施以援助之手、雪中送炭。

最困难的，是史料的收集、整理和运用，这是一项无比庞大的工程。张謇是一个公认的英雄，是一个时代的开路先锋，有着波澜壮阔的人生经历，有着叹为观止的卓越业绩，有关他的史料可谓浩如烟海。但让我们深感难堪和不安的是，和南通以外的人说起张謇，除了少数研究近代史的专业人士，很多人竟是一脸茫然，不知其为何人，很多人甚至把他的名字和汉代出使西域的那位张骞混淆不清。如何通过张謇纪念馆的建设，通过史料的展陈，用大家乐于接受的方式，让更多的人认识张謇、了解张謇、学习张謇，更好地传承和弘扬张謇精神，我们既感到使命重大，又感到压力山大。

我们可以做的，就是带着对张謇的崇敬之意，用张謇精神研究张謇，以务实的态度做好实事，投入所有精力，加班加点，夜以继日，有时甚至有昏天黑地、死去活来的感觉。我们的工作得到了张謇嫡孙张绪武，曾孙张慎欣、张慎跃等人的认可和支持，他们提供了大量珍贵史料和宝贵建议，最终决定纪念馆设置大厅、序厅、展厅、视听室、接待室、办公室等，展厅由"出生成长篇""实业救国篇""教育兴国篇""社会事业篇"和"纪念研究篇"五个部分组成。

每个人都有自己解读张謇的角度，筹建小组争论不断，有时甚至当场"翻脸"，拂袖而去。在我的协调劝说下，复又悻悻然坐下，平复一下心情，抓大放小，求同存异，迈着坚定的步伐继续前行。

紧赶慢赶，最后一稿展陈方案在腊月二十八终于完成，那时年味很浓，路上到处都是行色匆匆、准备过年的人们，为了尽快征求各方意见，我们拿着一大叠印刷品冒着寒风到处奔走。

比整理史料更难的，是征集实物。时隔一百多年，因各种历史原因，有关张謇的实物已十分罕见。我们在报纸上刊登了征集启事，张氏后人捐赠了《张氏家谱》，大生三厂捐赠了大量原始票据，通州倪健报刊收藏馆捐赠了部分藏品，镇上一家废品收购点送来了大生三厂曾经用过的波锣，颐生酒厂送来了曾获意大利米兰万国博览会金奖的颐生老酒，同事在张謇留下来的一个柜子的门板后找到了一张泛黄的老报纸，上面还有关于张謇的报道⋯⋯

那时，顾煜辉副镇长负责纪念馆土建设计，为了省一点设计费，和设计院费尽口舌，说尽好话。倪卫副镇长那辆天蓝色的小POLO，一天到晚像兔子一样到处跑，下了车走路也是火急火燎，仿佛每时每刻都上紧了发条。秦培鑫是资深文化人，更是"多项全能"，翻拍照片、收集史料实物、电脑修图排版、设计沙盘蜡像，无一不能，无一不精。童国华、周裕忠、周至硕、季真等人为了按时完成史料研究整理工作，争分夺秒，通宵达旦。有时实在不忍心看他们这么辛苦，请他们聚个餐休息下，他们回答，还是抓紧睡觉，吃不动了。李德龙是我从海永请来的外援，在筹建后期，他查出肝癌晚期，还是忍着病痛尽力完成原先分配的任务。

600多个日日夜夜的煎熬，多次与张謇先生在梦里相会，感觉有很多话要说要问，却又说不出来，醒来已是大汗淋漓。

张謇纪念馆筹建工作基本就绪。

开馆前夜，我就像一个待娩的母亲，思前想后，坐立不安，睡意全无，后来索性驱车来到常乐镇，那时纪念馆外面的道路还没有安装路灯，看到首任馆长秦培鑫及其夫人，打着手电筒忙里忙外，手电筒的光束不停地移动跳跃，直至凌晨。

2010年11月8日，张謇纪念馆正式开馆。300多件珍贵文物和1000多幅图片资料，全方位、多角度、立体化地展示张謇先生的一生，其中张謇与孙中山互赠的照片是首次公开展出。

当参加开馆仪式的人们逐渐散去，我们筹建组的几个人在纪念馆前拍照留念。

此时，我的鼻子突然一酸，万千思绪滚滚而来，刹那间泪眼滂沱，不能自已……

李德龙作为纪念馆筹建小组的成员之一，没能等来开馆这一天，就已病逝。部分成员，也已陆续调离常乐镇。

张绪武先生十分感慨，欣然作诗：海风海浪海滔天，难表百年四化情。昨夜徐徐清风起，一清二白报党恩。

我们以极其严苛的标准，面向全社会公开招聘讲解员，以倪天颖、许明敏、沈颖楠、秦姝佳组成的讲解团队，以良好的精神面貌和过硬的专业素养征服了所有参观者，张謇纪念馆一度成为海门乃至南通的热点和焦点。

如今，张謇纪念馆每年迎来数十万游客，有人在这里看到了人生的方向和意义，有人在这里找到了奋斗的动力和激情。

这正是我当年的初衷。

一生把两件事做到极致

翻开中国近代史，有一个人不能不提。

他是清末状元，著名的实业家、教育家、慈善家，除了这些公认的头衔以外，他还是有胆有识的军事家、心怀天下的社会活动家、名闻遐迩的水利学家、高瞻远瞩的城市规划家、见微知著的金融家、敢为人先的创新家，他是我国近代沿海开发的倡导者、中国大农业的开拓者、中国近代渔业发展的功勋人物、中国民族工业的奠基人、中国早期现代化的先驱，他还是意气风发的诗人、才情满怀的书法家、底蕴深厚的文化先锋、才华横溢的一代儒商、艰难转型期的非凡斗士，他是"集大成者"，也是"全能冠军"，是著名学者林语堂所说的"不可无一、难能有二"的人间精英。

他就是张謇。

作为一个读书人，张謇经过26年的漫长跋涉，最终高中状元、大魁天下。然而作为新科状元的他，竟然下海了，这就不再是一个普通的历史事件。他以强国拯民为己任，"愿成一分一毫有用之事，不居八命九命可耻之官"，将一腔"救亡图存、振兴民族"的爱国情怀，书写在了江海大地。

毫无疑问，张謇是中国传统文人的特例，是思想和行动的"先知"者。但"先知"往往意味着孤独，意味着不被理解，意味着遭遇世俗的抵制和责难。无论是思想上还是实践上，张謇一生都在进行一场艰苦卓绝、惨烈无比的突围，出身寒门的一介书生，竟常以横刀立马的姿态出现在人们面前。

张謇开创了一个时代的风气之先，写下了一部荡气回肠的英雄传奇。如果我们回过头来，稍加盘点张謇当年的业绩，足以让人五体投地、叹为观止。宇宙无穷，人生短暂。一个人在有生之年做成一两件有意义、有影响的事，已是难能可贵。但我们看看张謇，他的一生竟可以迸发出这么大的能量，竟可以有这么多的建树，竟可以给我们这么多的震撼。在他身上，我们知道了什么叫轰轰烈烈，什么叫风生水起。

张謇是一个难以超越的、远去的背影，他身上有着一种无法言说的伟大和光荣，他用一己之力对抗一个时代，他用悲壮的追寻、一生的血汗书写了一个状元济世的生动案例。

在万马齐喑时呐喊，在天下鼎沸时沉默，在成功辉煌时面对世人微笑，在悲观失意时绝不气馁，这就是我心目中的张謇，高大、悲壮而崇高。

张謇是一个非常特殊的"样本"。

他是一个特殊的历史人物。清朝末年是一个非常特殊的历史时期，那时的中国，内忧外患、国弱民穷、兵荒马乱。

在很多人眼里，那段历史是被泪水浸泡的。张謇当时提出了"父教育、母实业"的救国主张，在宏观层面，他对教育和实业的关系认识得非常深刻，认为实业和教育是相辅相成的，通过教育来培养人才，通过实业来发展经济、壮大国力。

在20世纪初叶，这些话是相当振聋发聩的。

张謇身上最可贵的是理性爱国的姿态。甲午战争失败以后，他不抱怨、不激进、不消极、不悲观，踏踏实实，认认真真，一步一步做事，取得了实实在在的成效。

其实，当年的"张謇梦"，就是当时的"中国梦"，我们现在要努力实现"中国梦"，实现"中华民族的伟大复兴"，其实更应该向张謇学习。

他是一个特殊的知识分子。著名学者余秋雨说，张謇是中国第一个关注公共空间的知识分子，他也是中国最优秀的知识分子，因为他"改变了知识分子的生态"。

他是一个特殊的文化坐标。张謇当年以南通为基地，在教育、实业、城市的规划和建设、慈善等方面，进行了很多伟大的探索和实践，创造了很多"全国第一"，为打造"中国近代第一城"做出了巨大的贡献，给我们留下了很多宝贵经验和精神财富。他的诸多建树，奠定了南通的文化自信，提升了南通的文化高度。

中国的历史有一个很奇怪的现象，就是很少有人以商人身份留名，而张謇是少有的留名者之一。

张謇的一生，是一部英雄的传奇。在我看来，他的一生可以浓缩成两件事，解决了两个问题。

一是解决了钱从哪里来，也就是如何赚钱的问题。

作为一个实业家，在这个问题上，张謇给出了极致的答案。

他的实业救国之路从创办大生纱厂开始。"大生"二字源自《易经》"天地之大德曰生"。意思是说一切的政治和学问，最终的目的，就是要让老百姓过上更好的生活。从"大生"这个名字，我们就能深刻地体会到张謇忧国忧民的情怀，他放弃仕途下海办厂，不是追求个人财富，而比一般商人有着更为崇高的目的。

张謇创办大生纱厂之初，可以说身无分文、一无所有。此时，他只有一个状元的光环，官职也不过是翰林院修撰。要办厂，最困难的是缺乏资金。所以，张謇在纱厂创办之初，就决定采用股份制的形式解决资金问题。他亲自拟定《通海大生纱丝厂集股章程》，并在上海、南通、海门三地公开招股。大生纱厂成为我国第一个民营纺织股份制企业。

大生纱厂创办以后，张謇并没有止步，相反，他的实业梦想从两个维度快速而有序地展开。

其一，横向上迅速扩大产业规模。

张謇在崇明（今启东市）筹建大生分厂，后来改名为大生二厂。因为有大生纱厂这个现实的参照，大生分厂很轻松地筹集了80万两股本，从筹备到开工仅用了29个月。随后，张謇又在海门建成了大生三厂。接着，张謇又紧锣密鼓地筹建另外五个分厂，甚至还打算把发展的触角伸过长江，在上海吴淞建立分厂。但后来因为各种原因，这些宏伟的规划中，只有大生八厂建成投产。尽管如此，截止到1925年时，张謇创办了大生一厂、二厂、三厂和八厂4个纱厂，拥有15.57万纱锭的规模，为我国近代民族纺织工业的崛起做出了巨大贡献。

在纱厂规模不断扩大的同时，张謇还创办了南通绣织局，并在美国纽约的第五大道，法国、瑞士、意大利等国家设立分局和办事处，扩大了中国刺绣艺术品在国际上的影响，成为中国民族资本走向世界的一个重要里程碑。

其二，纵向上全力拉长产业链条。

为了解决纱厂原材料的问题，张謇以股份制的形式，创办了通海垦牧公司，由工业向农业延伸，这也是我国第一家农业股份制企业。

垦牧公司创办以后，因开垦出来的土地盐分很重，为降低土壤的含盐量，大量种植大麦、高粱等作物，而大麦、高粱又是酿酒的好原料，于是，张謇又创办了"颐生酿造厂"。1906年，颐生酒参加意大利万国博览会，获得了金奖，这是我国酒类获得的第一块世博会金牌，比国酒茅台获此殊荣早了9年。

1903年，张謇在启东吕四集资创办了同仁泰盐业公司，开创了我国新式制盐的先河。1914年，同仁泰盐业公司生产的板晒盐，在美国旧金山举办的博览会上荣获了特等奖。

　　张謇积极创建江浙渔业公司，并从德国购买了当时较为先进的蒸汽动力渔轮，这也是中国第一艘机动渔轮。

　　张謇特别善于利用资源发展循环经济。

　　比如，为了利用纱厂多余的动力，张謇创办了复新面粉公司。为了更充分地利用多余电力，随后又创办了大达公电机碾米厂。

　　棉花在纱厂加工后留下大量棉籽，为了利用这些棉籽，张謇创办了广生油厂，生产棉油和棉饼。棉油行销国内外，棉饼又成为农作物的肥料，提高土地的产量，使棉花资源得到充分利用。

　　为了利用好油厂的下脚料油脂，张謇又在南通唐家闸创办了大隆皂厂，生产肥皂，这是老百姓的生活必需品。

　　纱厂在生产时，有一种"飞花"的废弃物产生，对空气和环境产生污染，但它又是造纸的重要原料。于是，张謇办起了以纺织厂的飞花下脚料为原料的大昌造纸厂，既为大生纱厂提供了包装纸，又为1902年创办的翰墨林书局提供了纸张。

　　当时，即使是作为全国工业中心的上海，几乎所有的大型机器都需要进口。张謇说："中国兴工业而不用机械，是欲驱跛鳖以竞千里之逸足也。"意思是说，只用外国机械而本国不会制造，就好像跛脚乌龟和千里马赛跑一样，将永远受制于人。

　　于是，张謇筹建资生冶厂，从制造食用铁锅开始起步。继而又创办了资生铁厂，这个厂先后为大达内河轮船公司制造了10多艘小轮船，为纱厂制造了大量的纺织机械和配件，还为垦区生产农业机械。

　　张謇对发展商业十分重视。他认为商业的发展有助于工业的发展，先后成立了经营进出口贸易的大生公司和新通贸易公司。

张謇还在南通天生港创办了通燧火柴公司,从此结束了"洋火"一统天下的历史,为中国的民族工业争得了一席之地。

南通虽然依江傍海,但当时交通相当落后,直接制约着经济发展和对外交流。1900年起,张謇开始发展以航运为主的交通运输业,历时10年,张謇创办了5个公司:经营内河运输的大达小轮公司,也称大达内河轮船公司;经营码头业务和长江航运的大生轮船公司、大达轮步公司;经营长江木帆船运输业务的达通航业转运公司;经营驳运和内河木船运输业务的大中通运公司;并且建立了管理运河和船闸的泽生水利公司。上海大达轮步公司购进"大生""大安""大和""大新"等多艘江轮营运于上海、南通、海门之间,并在上海修建了十六浦码头,而江北就停靠在青龙港、圩角港和天生港。至1918年,以内河航运为主的大达小轮公司,拥有小轮20艘、拖船15艘,公司经营的内河航线多达10条,遍及镇江、扬州、泰州、盐城、高邮、宝应等苏北主要城镇。这一交通运输体系的建立,使大生纺织企业在对外竞争中处于十分有利的地位。

在水路运输初具规模之后,张謇又投身于公路交通事业的建设。他创办了南通公共汽车公司和通如海长途汽车公司,还建设了国内最早的省级公路——港闸公路,正是这条公路,奠定了南通全国轻工业基地的基础地位。

随后,张謇又在南通修建了700里公路,700里公路在现在看来微不足道,但在当时,这些公路占江苏全省公路总里程数的66.8%。也就是说,在张謇的努力下,当时江苏有近七成的公路在南通,可见当时南通交通事业的发达程度。

1913年,张謇创办了大聪电话公司。1922年,建立了私营南通实业长途电话公司，开通了江苏、浙江、安徽三省的长途电话业务。随后，张謇等人集资创办了通明电气公司，满足南通城的生产用电和生活用电。在张謇的努力下，电灯、电话由此走进了偏居江海一隅的南通城。

张謇将金融事业视为发展实业之根本。他筹建了大生上海事务所，那是大生出口货物的外汇调剂中心，是大生企业融资与上海银行业的桥梁。他在南通设立大同钱庄，与大生上海事务所遥相呼应，成为具有商业银行功能的大生金融系统的基石。他在南通成立淮海实业银行，这个银行曾一度获得纸币发行权。1921年，南通交易所正式开张营业，它作为市场物资调剂的场所，成为大生企业集团化解远期棉纱棉布市场风险的实验之地。

除了在南通创办实业，张謇还把目光投向外地，先后创办了镇江大照电灯厂、镇江开成铅笔厂、宿迁耀徐玻璃公司、景德镇瓷业公司、上海南通绣品公司、江苏实业股份有限公司、中国纺织机器制造特种股份公司、苏棉企业股份有限公司，极大增强了大生集团的实力。

张謇甚至还在1919年创办了中国影戏制造有限公司，办事处设在上海仁记路百代公司内，并在南通市区筑有玻璃摄影棚。公司在《申报》上公开刊登了中国电影史上第一个"征求影戏剧本"的启事，提出"本公司以普及教育表示国风为宗旨"，凡"诲淫""诲盗""暴国风之短""表情迂腐"的剧本均不录用。这个公司在南通拍摄了由著名戏剧家欧阳予倩任艺术指导的戏剧纪录片《四杰村》等作品，受到社会各界的关注和欢迎。

就这样，张謇用了20多年的时间，先后创办了棉纺、农垦、盐垦、机械、食品、交通运输、金融外贸、房地产、文化等大小不同的企业数十个。这些企业既独立经营，又在融资关系、人员派遣、原材料供应、产品销售、技术支持等方面相互依存、相互支持、相互补充，形成了一个以棉纺织业为核心良性循环的庞大的经济体系。这是中国最早的跨行业、跨部门的民族资本集团，其规模远远超过了同时代的其他企业。张謇作为这一集团的领军人物，理所当然地被公认为"实业领袖"。

二是解决了钱往哪里去，也就是如何花钱的问题。

在这个问题上，张謇给出了几乎满分的答案。

张謇曾经说过："国家之强，本于自治，自治之本在于实业、教育，而弥缝其不及者，惟赖慈善。"

南通是中国现代学校教育的发源地之一。110多年以前，张謇就在南通制定了我国第一个州县级义务教育实施规划，当然当时的义务教育，指的是四年义务教育。

1911年2月10日，通州自治公所召开特别大会，专门研究全县的教育规划。当时的南通面积是7435方里，除去一些不能利用的土地外，一共是5300多方里。张謇主持了当时的教育规划，方圆16里内设一所初小，共计要设332所学校。这个规划确定以后，上海的《时报》和《教育杂志》等媒体，就以《南通州教育普及之计划》为标题进行了报道，引起社会的广泛关注。

通过张謇等人10年的奋斗，到1921年时，南通已经建成初等小学321所，基本实现了当年的规划目标，南通四年义务教育的普及率达到20%以上，比全国平均水平整整领先了10年。南通普及教育的成功经验在江苏全省推广，南通因此也被誉为"江苏教育试验场"。张謇当年在普及义务教育过程中形成的良好教育生态和办学精神，一直延续到现在，为南通成为全国闻名的"教育之乡"打下了坚实的基础。

在实业、教育相继有成之后，张謇在1905年筹建第一个公益机构——南通博物苑。南通博物苑是中国历史上第一个博物馆，它比故宫博物院的创办还要早20年。张謇为什么首先要创办博物苑呢？这可以从张謇为博物苑题写的一副对联看出来："设为庠序学校以教，多识鸟兽草木之名。"意思是说，博物苑就像各种不同的学校，在这里可以学到各种不同的知识，由此可见张謇的良苦用心。

在创办南通博物苑的同时，张謇又创办了南通图书馆。张謇经营图书馆的理念很先进，他提出要建儿童阅览室和妇女阅览室，还要建巡回书库，这些服务理念即使是在100多年后的今天看来，都不过时、不落后。

张謇还始终关注国民的健康需求，创办了南通医院，就是今天的南通大学附属医院的前身。

张謇坚信优美的环境能影响人、改变人。他兴建了唐闸公园，随后又先后兴建了东、西、南、北、中五座公园，俗称"五公园"。

张謇认为，一个真正有用的人才，首先必须要有一个健康的身体。因此，他十分重视体育事业的发展。1917年，他用私资在南通建立了南通公共体育场。1922年，他又兴建了第二公共体育场。南通的城区规模不大，却拥有两个体育场，这在当时同类城市中是绝无仅有的。

张謇还把戏剧改良与社会改革结合起来，1919年，张謇建造了"更俗剧场"。"更俗"的意思，就是要改变南通各种陈规陋习，倡导先进的文化。张謇还邀请了京剧大师梅兰芳和欧阳予倩来南通同台演出，在社会上产生了巨大的反响。

张謇的公益事业远远不止于此，他还创办了全国规模最大的育婴堂，让弃婴和贫困家庭的婴儿成为自食其力的人。

他创办了三所养老院，让老人们老有所养。

他创办了"残废院"，残疾人不论年龄大小，都可入院，由院方提供衣食，生病后的医治和死亡后的埋葬全部由院方负担。

为了使贫困百姓获得生路，张謇在南通、东台、仪征三县都设有"贫民工场"，专门收容无依无靠的贫民子弟，使他们自食其力。

张謇还创办了"栖流所"，收留社会上流浪的乞丐，使南通成为当时国内唯一街上没有乞丐的城市。

张謇不仅关心社会弱势群体，而且关注社会特殊的群体，他创办了"南通济良所"，对妓女进行教育，使一批妓女转化为劳动者，对改良社会风气起到了积极的作用。

为了办好慈善事业，张謇拿出了他在企业的全部工资和红利，还欠下一身债务。后来，随着列强入侵，民族工业急剧衰败，大生企业都不景气，他只能想办法筹措资金，维持这些慈善机构的运转。

张謇55岁以后，曾在各种报纸刊登卖字广告10多次，每次卖字，短则一个月，长则两年。最后一次卖字时他已经72岁高龄。值得敬佩的是，他每次卖字都不是为了自己，无一例外地都是为了他所开创的各项慈善事业。

事实上，张謇做成第一件事，就是一个非常成功的商人。但对这样一位"由仕入商""儒行商界"的特立独行的人物，很难用"商人"或"文人"去定位。用他自己的话来说，他是"言商仍向儒"，自己骨子里依然保存着"兼济天下"的文人梦想。

所以张謇做成了第二件事，在壮大实业实现商业理想的同时，又心悬苍生践行儒家思想，体现家国情怀，把"利"和"义"完美地平衡，这更让人钦佩和尊重。一个人存在于世界的价值，在于为社会创造了什么，给后世留下了什么。什么是成功的企业家？什么是成功的知识分子？什么是成功的官员？一个很重要的衡量标准，就是这个世界是否因为你的出现，而变得更加美好。

张謇曾在日记中写道："天之生人也，与草木无异。若遗留一二有用事业，与草木同生，即不与草木同腐。"如果人生一世，没有做出什么贡献，就和草木没有区别，但如果能留下有用的事业，就能长久地造福社会、造福人民。

张謇是一个有大梦想、大格局、大情怀的人，但囿于环境，他曾不无惆怅地叹息道："謇不幸而生中国，不幸而生今之时代。"当张謇振臂高呼之时，政府没有响应，他的声音总是被喧嚣和杂音所掩盖。

主观上，张謇身上始终有那种"知不可为而为之"的悲壮和无奈。胡适先生为《南通张季直先生传记》作序时这样写道："张季直先生在近代中国史上是一个很伟大的失败的英雄，这是谁都不能否认的。他独立开辟了无数新路，做了三十年的开路先锋，养活了几百万人，造福于一方，而影响及于全国。终于因为他开辟的路子太多，担负的事业过于伟大，他不能不抱着许多未完的志愿而死。这样一个人，是值得一部以至许多部详细传记的。"

在一个落后且动荡的年代，对于当时的很多人而言，正好是一个退却、回避的最好借口。但对于张謇而言，面对百废待兴的国家，面对民不聊生的社会，却正是行动和探索的最大动力。他在当时所做的很多事情，本是政府的分内之事。比如大量的慈善公益事业，这些都需要巨大的投入，却没有任何经济回报。张謇的肩上扛着太多原本不应该由他担负的责任，他的所作所为已完全超出了这一角色所能承受的极限。他自己也说，"以一人之觉察、之知识、之财力，而谋百二十余万众教育之母……而曾不知止，何其不自量也"。这是一场没有悬念的长跑，尽管张謇志在远方，但多变的环境和泥泞的道路最终让他停下了脚步。

著名历史学家钱穆在谈历史人物研究时，阐述了成功与失败的辩证关系，他认为，一些英雄"他们在当时虽然失败了，但对后来历史而言，却是成功的，而且是大成功。历史上每一时代的人物，必有成功与失败之分。但人能在失败时代中有其成功，这才是大成功"。张謇，堪当这样的评价，他应该是一个成功者，而且他的成功，让我们充满敬意。

张謇是带着众多遗憾离开这个世界的，在他的宏伟蓝图中，还有很多工作没有做完，还有很多目标没有实现。正如他在《释愁》诗中所写的那样："生已愁到死，既死愁不休。"张謇最终成为一个极具悲剧性的人物，成为一个壮志难酬、抱憾而终的人物，成为一个令人扼腕嗟叹的人物。

我们不难理解，张謇为何要呕心沥血将南通建设成为一个大不同于当时苦难中国的城市，一个让国人看得见希望的城市。

我们不难理解，为何张謇出殡之日，素车白马，日不绝途，数十万送行者挥泪目送这位造福于乡里的"张四先生"回归长眠之地。

我们不难理解，为何他的墓不铭不志，只留下"南通张先生之墓阙"寥寥数字。

我们不难理解，为何毛泽东同志对他这样评价："讲到轻工业，不能忘记张謇。"

我们不难理解，为何习近平总书记在考察南通博物苑时，赞扬张謇为"民营企业家的先贤和楷模"。

无法忘记，十多年前，在筹建张謇纪念馆的几百个日日夜夜里，在尝试着一步步走近张謇时，我被怎样地激荡和震撼。

如今，这种心情仍未平复。

其实，大家都需要这样的激荡和震撼。

后喻文化

不管你是否承认，如今年纪稍大一些的人，已经不太容易听懂年轻人讲话了。

比如，女孩儿换上新衣服，在老妈面前走了一圈说："妈，有范吗？"老妈看了一眼，说："有，在锅里，你自己添。"

比如，孙子对奶奶说："奶奶，你会下载吗？"奶奶火了："我不会下崽，你爹哪来的？"

再比如，爷爷要出门找一个地方，孙子说："我百度一下。"爷爷就奇怪了："去那里还要摆渡？"

类似的还有"二次元""弹幕""尬舞""舔屏"……

连说个话都觉得隔着一个大西洋，这种郁闷可想而知。

前几年英国做了一个调查，以此了解不同年龄阶段的人对信息技术的理解程度，并提出了"数字商"的概念。调查发现，14—15岁年龄段的人数字商排名第一，然后就开始下降。老年用户下降尤为明显，6—7岁儿童的数字商高达98分，高于45—49岁人群。

当我们的父辈还习惯于从报刊和电视上获取信息时，年轻人早已在互联网上拥抱世界，他们的手机上有一大堆APP，工作、购物、出行、点菜、创业、理财、恋爱、学习、沟通、娱乐，几乎所有的一切都在手机上完成。智能手机对于我们这代人来说是个必备工具，甚至是生活必需品，可是对于老人们来说，就是一道无法逾越的鸿沟。因为获取信息的渠道和效率不同，导致信息严重不对称，不同的人群，犹如生活在两个世界，于是偏见和隔阂出现了。

2018年11月3日，朋友圈被一个消息刷屏，那就是在英雄联盟S8全球总决赛中，IG战队以3∶0力克西方赛区FNC战队，勇夺冠军奖杯。

作为一个70后，这样的消息看得一头雾水，很多人可能和我一样，有些名词还是第一次听到。什么是S8？什么是IG？这玩意儿还有全球总决赛？有可能、有必要、有意义吗？

答案是，全球有近亿人观看了此次比赛的实况。

据说IG夺冠，对于广大电竞爱好者来说，其意义不亚于当年国足打进"世界杯"决赛，据说那晚大学男生宿舍到处充斥着欢呼声。

这是年轻人的狂欢，他们的热闹和我们无关。

无关也就罢了，问题在于，我们连了解一下的欲望都没有，对一些不熟悉的事物，我们甚至第一反应就是拒绝和排斥。

有个大学老师针对学生在朋友圈为IG刷屏的行为，不合时宜地点评了四个字："玩物丧志"。与此同时，共青团、央视等却相继转发了这一喜讯。

美国社会学家玛格丽特·米德在《文化与承诺》一书中，将整个人类的文化划分为三种基本类型：前喻文化、并喻文化和后喻文化。

前喻文化，就是所谓的"老年文化"。长辈几乎可以预知后辈遇到的所有问题。大家的人生经历大同小异，住一样的房，吃一样的饭，说一样的话，长辈们会把自己的生产方式、生活理念、生存经验，甚至是非偏见都原封不动地复制给下一代。据英国经济学家安格斯·麦迪森推测，从公元元年到16世纪，人类社会的生产生活方式没有什么根本改变。这意味着，一个明朝人即使穿越到唐朝去，也不会有什么大的违和感。前喻文化语境下，年龄象征着经历、能力、权威，老人是社会公认的楷模和学习的标准。

小时候，我们村里最受尊重的就是那些年龄最长的人，因为"他们走过的桥比我们走过的路都长，他们吃过的盐比我们吃过的饭都多"。村里的婚丧喜事，都是老年人在主持操办。有道是"不听老人言，吃亏在眼前"，否则时间会印证一切。出于这种信任，有些邻里纠纷和家庭矛盾，只要他们出面，都能很好地解决。

随着社会的发展和进步，新事物层出不穷，长辈们也有看走眼的时候。

一个偏僻的小山村里来了一辆摩托车。村民们从未见过这么奇怪的东西，他们围着它观察着、议论着。这时，村里最年长的人来了，他围着摩托车转了好长一段时间，最后弯下腰，用手抓住排气管说："原来这家伙是公的！"

能看出摩托车是"公的"，也算老人区别于其他人的一种能力。

所以，遇到新事物，长辈们的经验逐渐丧失了主导价值，年轻人必须自己摸索和学习，才能适应新环境、新发展，这便催生了"并喻文化"。

进入"后工业时代"，随着互联网的兴起，信息之海快速形成，时代变化的速度快于经验累积的速度，年长的人就像一辆普通的家用小轿车，被抛入F1赛场，即使把油门踩到油箱里也只能望尘莫及，焦虑和无助如影随形。他们必须反过来向晚辈们学习，"后喻文化"不可逆转地成为新的趋势。

尽管如此，长辈们因长时间习惯于舒适区，他们不想改变，也很难改变，但还是希望子女们能按照他们安排的剧本走。每当他们提起"我们当年……"，马上就会招致晚辈们毫不掩饰地反感和抵触。

比如，他们喜欢稳定，自己可能一辈子都在一个单位工作，就强烈建议子女报考公务员。可在年轻人眼里，父母眼中所谓的稳定，就是他们身上的枷锁。他们不喜欢朝九晚五的重复，不喜欢和大叔大妈讨论买学区房，不喜欢论资排辈的规则。

年轻人说辞职就辞职，轻描淡写，云淡风轻。在父母那个年代，他们的词典里没有"辞职"二字，辞职就意味着失业，意味着没有饭吃，意味着天都塌下来了。

当然，还有"中国式逼婚"，父母们很少有边界感，热衷于用过来人的经验干预子女的婚姻，用可以估值的财富、相貌、工作等指标来衡量。

即使在听歌这件事情上，我和儿子也有了代沟。我在车上播放那些自认为比较好听的歌曲，儿子却一脸不屑，认为土得掉渣儿。而他喜欢的歌曲，我觉得太吵，基本上听不懂旋律，听不懂歌词，听不懂节奏。

这种不理解也是相互的，就像我们无法理解我们的父母一样。比如他们为何那么害怕变化，那么热衷于抢购特价商品，那么喜欢囤积各种食品，那么过分地节俭，那么贪图一些小便宜。其实每代人都像不同时期被投进时代河流的石子，父母那个年代，对生活有着极度的不安全感，封闭、稀缺、贫穷是常态。

提到代沟，一般都认为发生在两代人之间，二十年以上的落差。原来经常说"中青年"，现在来看，青年就是青年，中年就是中年，两者有明显的差异。而且代际越来越细，不同群体之间的差别越来越大，不同年龄的人之间有着完全不同的故事体系。

这种落差在职场尤为明显。

在很多行业，"80后"甚至"90后"也算"老人"，精英骨干都是清一色乳臭未干的"毛头小伙"。只有他们，能像吞下麦当劳和肯德基一样，轻松消化一大堆新名词新理念，从而处变不惊、笑傲江湖，把前辈残忍地拍在职场的沙滩上。

鲁迅先生《风波》里的九斤老太总是唠叨一代不如一代。一代不如一代这种说法，是每代人都逃不脱的魔咒。那时候，班主任老师经常说的一句话就是，你们是我教过的最差的一届。后来才知道，班主任对每一届学生都这么说。

一位北大的老教授说，现在的年轻人很冷，而且是一种让人不舒服的冷，自以为把什么都看透了，所以对什么都调侃，没有敬畏之心。他们经常戴着耳机，他们很不听话，他们很让人看不惯。

我的理解是，年轻人不再听话，这世界才会进步。

总有一天，这个世界将无可避免地由他们接管，并按照他们的方式运转。

他们都还年轻，但终将老去。有朝一日，他们也会有我们同样的焦虑和不安。有人曾说，下一代将会被电视毁掉。有人曾说，下一代会被互联网毁掉。如今，有人断言，下一代会被手机毁掉。

果真如此吗？也许大概可能是，然而未必不见得。

方言的密码

当今社会，不论是热闹繁华的城市还是宁静祥和的乡村，如果我们找到一个正在嬉戏玩耍的孩童问路，别期待能够听到纯正的方言。他们或许可以听懂方言，回答你的往往是一口标准的普通话。方言，即"地方之言"，是故乡赋予身体的胎记，是故乡的通行证，是流淌在血脉里的身份标识，是品读一方水土的密码。

它不仅是语言工具，更是刻在人们骨子里的文化记忆。身在异乡，两耳总能敏锐地捕捉到乡音，它是老乡之间的直通车，一句亲切的乡音，给人强烈的亲切感和归属感，激荡起内心深处浓浓的乡情。

汉语方言历史悠久，纷繁复杂，是当今世界上最古老、最丰富的语言文化资源之一。根据语音特点和地域分布，我国方言可划分为七大方言，分别是北方方言、吴方言、粤方言、闽方言、客家方言、湘方言、赣方言。

我们熟知的东北话，虽和普通话有差异，但全国人民都能听懂，加上那种"市井气"和"草根文化"的特质，更能引起共鸣，喜剧效果也更为强烈，所以"二人转"风靡全国，东北话也成了全国性的娱乐方言。全国说汉语的人中，有七成说北方方言，可谓四分天下有其三。尽管上海有沪剧，江苏有评弹，广东有粤剧，海南有琼剧，福建有闽剧，但因为语言的障碍，方言作为区域性的"普通话"，在一定范围有很好的生存土壤，但受众有很大限制，很难在全国形成影响。

但对于商人们来说，不易听懂的方言既是的缺点，也是优点。

比如，以李嘉诚为代表的潮汕商人，中国近代最大的商帮——"宁波帮"，被誉为"华商第一族"的闽商，还有可与犹太商人比肩的温州商人。

稍加考察这四个地区的方言，会发现一个共同的特点，就是非常难懂，同语系之外谁也听不懂。难懂为什么有利于经商呢？过去做生意时，都是当面谈价钱。如果你讲非常难懂的方言，对方听不懂，自己人却听得明白，议价时不用回避对方，这在效率上就占了很大的便宜。

据说，当年在越南战场上，我军出于通讯保密需要，派两个温州人用发音极其复杂的方言通话，即使被敌方截获，也是一堆乱码。

对此，我也深有体会。记得上大学时，同宿舍的很多同学打电话，说的是北方话，在我面前几近裸奔，那些糊弄女朋友的鬼话，听得我都脸红。轮到我打电话时，一口吴方言，让室友们听得一头雾水。

有个北方同学到南京上学，听到盐城的室友跟父母打电话，情绪十分低落，忽然说了一句"没得命了"，把他吓了一跳，以为室友罹患绝症、来日无多。

于是，北方同学饭后就经常给他带饭，带的饭不好吃，盐城室友就会来一句"没得命了"，北方同学以为他触景伤情，到死都吃不到一顿好饭，就更用心了，为了让他吃到热饭，从食堂一路小跑，而盐城同学又说"没得命了"。

说了那么多"没得命了"，这小子依然满脸红光、活蹦乱跳。后来北方同学明白了，原来"没得命了"只是个感叹词，可以是难吃得"没得命"，也可以是好吃得"没得命"，绝不是"出人命"的意思。

中国是一个各种方言并存的国度，方言并无高下优劣之分，如果说普通话是国花牡丹，那方言就像漫山遍野的野花，各美其美，美美与共。每一种方言都有自己的特色俚语，这是一个地方最深层的精神图腾、群体记忆和遗传密码，是最根本、最广泛的文化底色和地域认同。每到端午、中秋和春节等传统节日，不管什么人，在什么地方，用什么方言，十几亿人又一下子回到同一个节奏，表现出惊人的一致。

曾经街头巷尾不时传来的方言，逐渐黯然失色，被普通话所取代，年轻人的方言表达能力在不断退化，这似乎成为了一个地方城市化的必然趋势。究其原因，长辈们难辞其咎。一家人用方言交流着，如果有孩子加入，长辈们常常改说普通话，他们宁可用一口"彩色普通话"和孩子交流，也不愿意使用地道的方言。

《礼记·中庸》中说："万物并育而不相害，道并行而不相悖。"

一个物种的消失，让我们失去一种动人的风景。一种方言的消失，却让我们永久失去一种美丽的文化。

不敢想象，若干年以后的家乡，不管男女老少，大家都说着整齐划一的普通话，那是怎样的无趣和悲哀！

"宁丢祖宗田，不弃家乡言。"愿方言还会在某些角落里静默而温存，如一缕袅袅的炊烟，带着岁月的痕迹，温暖我们的心灵。留住方言，就是留住乡愁。

03
心中的浮云

坚持就是一种姿态、一种尊严,
甚至是一种反击。
成功,
就是在坚持不下去的时候,
再坚持一下。

我在医院思考了一下人生

去医院例行B超检查。

医生突然问:"上次什么时候做的检查?"

我说:"一年前。"

医生又问:"肝脏有阴影吗?"

我心头一紧:"没有。"

医生推了下眼镜,把头靠近显示屏,自言自语道:"那不可能啊?"

我一下子紧张起来,问道:"怎么啦?"

医生很敬业,拿起探头在我腹部继续滚动起来:"别急,我再仔细看一下。"

一会儿,医生又说:"看不大清楚,建议做个增强CT。"

这种事,几乎没有什么商量的余地。

随即赶往另一个检查室,排队、换衣、打针,护士让我躺上检查台,随手关上了门。

整个世界都被关在了门外,一切复归平静。

我却再也无法平静。

太突然了!不是例行检查吗,怎么莫名其妙到这里来了?计划赶不上变化,上午安排一大堆事儿呢,节奏都乱了。

检测台缓缓把我送进检查仓,庞大的机器运转起来,我就像被投进绞肉机的肉片,无助而绝望。

"这是怎么了？"我强迫自己冷静下来。

我需要捋一下头绪。

刚才医生怀疑我肝脏有问题，要进一步检查。可能是小问题，那就无须担心。但也可能是大问题，大问题无非就是肿瘤、肝硬化等。再说小问题不必这么着急检查啊？那是不是意味着……

我无法淡定了，呼吸急促起来。

过会儿看医生的反应吧，我想。

如果医生直接说没有问题，那就没有问题。

如果医生神情凝重，那就麻烦了。如果让我再去上海或北京的大医院进一步检查，那麻烦就大了。

走出CT室时，医生正在电脑上看片，认认真真，反反复复，镜片上不时反射出阵阵蓝光。

"怎么样？"我问。

"别急，我再看看。"医生头也不抬地说。

是没有看清楚，还是发现了问题，在考虑如何告知我？我暗自想。

"有没有长什么东西啊？"我真急了。

"稍等，我再仔细看一下。"医生还是不紧不慢。

显示屏上的影像又似老电影般跳跃着过了一遍，各种土豆、鸡蛋、桔子似的图案扑面而来，零乱而狰狞，第一次感受到人体是如此复杂和神秘。

"从片子上看，应该没有什么异常。"医生终于说话了。

"那还是不能确定吗？"我追问道。

"建议做一下核磁共振，既然B超检查有不明回声，还是查清原因为好。"医生说得很实在。

我知道，对于一个准病人而言，遵照医嘱才是唯一理智的选择。

于是，我又有了平生第一次核磁共振。

我没有空间幽闭症，但在那个狭小的腔体中，庞大的机器几乎贴着头部，我仿佛置身于一个巨大的滚筒洗衣机，感到了前所未有的恐惧。在低温的机房里，身上不时泛起阵阵寒意，感觉自己的身体一下子失去了控制。

检查的时间，漫长如半个世纪。

据说这种检查，正常的快，异常的慢。

我有点喘不过气来，越想让自己平静，越不能平静。

耳边是烦人的噪音，各种发报机、切割机、铣刨机轮番上场，"嘀嘀嘀、哒哒哒、嗡嗡嗡……"，不同频率的声音，此起彼伏，周而复始，继而又愈加野蛮、猛烈起来，我感觉自己被横着竖着切成了无数薄片，每个细胞都瑟瑟发抖、溃不成军。

猛然想到之前有重病濒死的病人也曾躺在这个地方，忍不住胡思乱想起来，人也慢慢地玄幻虚空起来。

恍惚间，我感觉躺在一个透明的棺材里，四周站满了人。

至亲至爱的亲人们悲痛欲绝，长辈们的白发和皱纹尤为扎眼。

几个最好的朋友，盯着棺材中的我，他们都不敢相信自己的眼睛。

众多同事扼腕叹息，相互提醒着不要太拼命，还是健康为重，不然得不偿失。

还有很多围观的人，在人群中交头接耳。

"××死了，真不敢相信！"

"怎么死的？"

"好像年纪很轻啊！"

"孩子多大了？"

"哎，照片上多精神，可惜了。"

小孩子们躲在大人们身后，既兴奋又害怕，怯怯的眼神中流露着好奇。

有老师和同学，默默垂泪，顾影自怜。

幼辈们也来了一些，这些年轻人都不会"哭"了，显得有些不知所措。

我回想起自己"生前"的时光，想到已故的父亲和年迈的母亲，一幅幅画面快速闪过。

我搜寻着未成年的儿子，人呢？他以后怎么办？

我就这么走了吗？人生太短了，好多事还没完成，好多地方还来不及去看，甚至还没有对有恩于我的人表达一下谢意。关键是没有任何思想准备啊！

记得老人们说过，人临死前要见最后一面，这是活着的人对逝去的人最后的陪伴，为了不让人走得冷清，因为热闹过后，就是彻底的安静。

记得23年前，父亲重病在家，周末我回家探望，小心翼翼地陪他聊天，他说的最多的一句话，就是"小儿子才毕业，我最放心不下的是他……"

那是我最不愿回忆的一段岁月。

父亲那时承受着巨大的病痛，病情在一天天加重，像一盏即将燃尽的油灯，逐渐飘忽暗淡。家人和邻居都在安慰他，大多只是"放宽心，会好起来的"之类，大家都在期待奇迹，在几近绝望中寻找并尝试着各种有名无名的中药西药，家中随处可见瓶瓶罐罐，空气中弥漫着浓重的药味。

三个多月后，家人打来电话，要我火速回家。

我有一种强烈的不祥之感。

等我匆忙乘车赶到家时，家里已围满了人，父亲躺在床上，气若游丝，逐渐微弱。我和哥跪在地上，悲痛欲绝地看着他离开，直到阴阳两隔。

我第一次意识到，原来死亡离我这么近。

父亲走了，当时我还无法理解父亲的担心和牵挂。直到多年以后身为人父时，才真正懂得一个父亲对儿子的舐犊之情。

此时，我似乎看到自己的灵魂正在抽离。

我想说话，张开嘴却发不出声，眼泪无声地流了下来，嘴里一阵苦涩，那种突然涌出的绝望瞬间如潮水般袭来。

忽然，耳边一下子安静下来，检查室的门打开了。

"好了，下来吧。"护士说。

当护士把我扶起来的时候，我感到了一种重回人间的亲切和温暖。

我逃也似地走到门口，回头望去，那硕大的机器趴在那里，张着大口和我对视，余威犹在，仍有不甘。

好在医生天籁般的一句话："只是血管交叉，放心吧，没有问题！"我发誓，那是我这辈子听到的最温暖、最动听的话。

人生是条不归路，没有谁能活着离开这个世界。正如史铁生所言："死是一件不必急于求成的事，死是一个必然会降临的节日。"

真正的死亡，就像水消失在水里，无声无息，无可奈何。

当我们俯视生命的尽头，凝望真正的死亡，才能明白人生的无常和脆弱、短暂和匆忙，仿佛转瞬即逝的星火。好在生死之间还有不少选择，每次去医院，我都异常清醒。

手机入侵

记得上大学时，参加过一次辩论赛，辩题是"手机让人们之间的距离变得更加紧密，还是更加疏远"。当时，我方抽到的立场是"更加紧密"。为了准备比赛，我们下了很大的功夫。当时手机还是个新鲜事物，只是少数人的高配。记得我们的基本立论是：手机不会替代传统的交流方式，它的出现只是"锦上添花"，就像汽车的出现一样，不会影响步行，只会在你提速的时候有了更多的选择。如果当年杜甫有手机，就不再有"家书抵万金"的期盼和感叹。我们引经据典，旁征博引，唇枪舌战，最终赢得了那场比赛。

那时的社会，基本上还是个熟人社会。正如费孝通在《乡土中国》中所描述的那样：乡村里的人世代定居于一处，每个人的生活圈子就在这么一片地方，因此人们能够互相熟悉对方，所以维系这种关系不需太费力，而且人与人之间的距离并不远，亲切，所以感到可靠，因此乡村的人所拥有的关系很结实，很可靠。

但现在变了，变得太多了。

假如今天就这个辩题再次辩论，可能又是另一个结果。

如今，拿得起放得下的是筷子，拿得起放不下的是手机。

手机已成为我们身上的某个器官，如影相随，无法割舍。

孩子做作业用手机查资料，家长陪读用手机查答案，员工用手机接收任务和指令，菜场的小贩用手机收款，甚至路边的乞丐也在等着你扫码。更不用说遭遇疫情，"手机化"生存、"二维码"续命更是迫在眉睫、刻不容缓了。

现在什么都可以丢，就是不能丢手机。丢了手机，就是丢了钱包、丢了银行卡、丢了通讯录、丢了相册、丢了身份证、丢了时间、丢了饭碗、丢了灵魂、丢了老命。

手机，曾让远距离的沟通变得便捷。

我们可以轻而易举地把小学群、初中群、战友群、亲友群建起来，多少年前的事儿立马从模糊到清晰，无数美好的记忆被打捞了起来。谁的微信里没有几十个微信群？

手机，却让近距离的相处变得尴尬。

大家习惯了在地铁、公交、餐厅甚至是马路上做"低头族"，好像一刻不看手机，就会错过几个亿。

一个朋友也曾问过我：你看现在几个人上厕所不带着手机？

我一惊，是啊，我也是！

总感觉手里不拿个东西，不刷下手机，就无法安放那段时光。

这是一个信息过剩的年代。各种各样的APP，每天都在推送庞杂冗余的海量信息，我们被裹挟着、冲撞着，仿佛一机在手，便可一览天下。大家都在看各种搞笑的视频，品各种美味的鸡汤，吃各种明星的瓜，痴迷于屏幕上的花花世界，迷失在波澜壮阔的虚拟岁月中，陶醉在虚幻而忙乱的幸福里。

手机几乎剥夺了我们所有独处和自省的空间，热气腾腾的生活被割得支离破碎，碎片化的时间，碎片化的阅读，碎片化的感动，碎片化的购物，碎片化的交流，时间因此支离破碎。

我们究竟浪费了多少时间在这块屏幕上？

"在线时间"越来越多，"离线时间"越来越少。智能手机越来越"聪明"，而我们却越来越"麻木"。

很多人晚上最后一件事是看手机，第二天起床第一件事还是看手机。美国心理学家雪莉·特克说，人们因惧怕孤独而依赖网络，可长期沉溺于社交网络，却使人更加孤独。一旦关掉手机，就切断了和世界的联系，会愈加孤单无助。

人们普遍有着"电量焦虑"，手机电量满格已经成为安全感的重要组成部分。电量少于50%时，便开始焦躁不安。当电池格变红时，就像接到了病危通知书那般惶恐，不断地问身边的人：有没有数据线？有没有充电宝？

有人说，长这么大，唯一能坚持下来的事，就是每天给手机充电。

在家庭聚会、朋友聚会、同学聚会上，寒暄几句之后，就有人心不在焉地刷起了手机，有一搭没一搭地敷衍着。

前几天为了选一张座谈会的照片，我翻看了很多照片，愣是没有找到一张没有人刷手机的照片，不禁悲从心生。

大家都在声讨和批判手机，可不知什么时候又掏出了手机，解个锁，翻看几个页面，再锁上屏。如此这番，周而复始，无穷尽也。

我现在最向往的就是航班上的时间，关掉手机，飞机腾空而起，世界一下子安静下来。此时，我好似一条"漏网之鱼"，在另一个空间，享受那宝贵的、久违的清静。

不知哪个人说过这样一句话：对一切诱惑我们的事物，都要抱有足够的怀疑和警惕。

手机入侵，未知祸福。人类沦陷，足以印证。

最初，手机就像手杖，给我们带来方便。后来，它变成了无情的手铐，无时无刻不在劫持我们。如今，它变成了可怕的手雷，悄悄埋藏在各个角落，时时威胁着我们的生活。

回到文章开头的辩题上，请您放下手机告诉我：手机让人们之间的距离变得更加紧密，还是更加疏远？

笨人做不了最笨的事

我最佩服和敬重那些能百折不挠、不改其志的人。比如，某些人为某事，多少年如一日，内心深处永远燃烧着一团火焰，不管东西南北风，这团火焰只会愈发旺盛。法国著名数学家鲍莱尔说过，数学就是他的生命。

他弥留之际，无论妻子怎么呼唤，他都毫无反应。但是，当他的好友凑到他的耳边问道："12的平方等于多少？"

在场的每个人都听到了他微弱的回答："144。"

我想，这才是真正的魂牵梦绕、至死不渝。

坚持是人生最宝贵的品质之一。它也许不一定让你屹立在山顶，但不坚持，你肯定连靠近山峰的机会都没有。

坚持有一种可怕的力量。所谓成功，就是在坚持不下去的时候，再坚持一下。

1832年，有个美国人竞选州议员，失败。接着，他创办企业，可是不到一年，企业倒闭。在随后的17年间，他不得不为偿还债务而四处奔波、历经艰辛。随后，他再一次竞选州议员，成功了。1835年，他订婚了，但离结婚还差几个月的时候，未婚妻不幸去世。他心力交瘁，数月卧床不起。1836年，他得了精神衰弱症。1838年，他竞选州议会议长，失败。1843年，他竞选国会议员，失败。1846年，他成功竞选国会议员。两年任期结束后他争取连任，失败，还赔了一大笔钱。

他申请当本州的官员，州政府却把他的申请退回来并指出："做本州的官员要求有卓越的才能和超常的智力，你的申请未能满足这些要求。"他没有服输，1854年竞选参议员，失败。两年后他竞选美国副总统提名，失败。又过了两年，他再一次竞选参议员，失败。

1860年，他成功当选为美国总统。

这个人就是大名鼎鼎的林肯。

念念不忘，必有回响。拿破仑说："当我们最困难的时候，就是我们将要胜利的时候。"人生犹如弹簧，不到最后一刻，谁也不知道会弹多高。

俞敏洪在一次演讲中提到马云。他说马云和他一样，大学毕业后当了老师，都开了一个外语培训班。俞敏洪第一个培训班招生人数13人，3年以后扩大到了5000人。马云第一个培训班招了20个人，3年以后还是20个人，很失败。马云又做了一个翻译社，怎么做怎么亏本。紧接着做了一个中国黄页，又很失败。马云又跑到北京开了一个合资公司，做了不到半年，还是失败了。连做4个公司都失败，换了别人，早就放弃了。但马云就是马云，他愈挫愈勇，直到第五个公司，做出了阿里巴巴。

生活会辜负努力的人，但不会辜负一直努力的人。

我至今记得当年读完《贝多芬传》时，那种浑身战栗的感觉。

贝多芬的音乐天赋非常人能比。他4岁开始学琴，8岁登台演出，11岁加入戏院乐队，13岁当了大风琴手。在失聪之前，并没有多少惊艳众人的作品。

26岁时，他的听觉日渐衰退。30岁时，他连续经受爱情、事业、亲情的重重打击。31岁时，他完全失去了听力，一个音乐家听不到自己的作品，没有什么比这更残酷更痛苦的了。贝多芬没有告诉任何人，他宅在家里，极力避免任何社交活动，大家都认为他是一个极度孤僻的人。他没有放弃，用小木棍一端插在钢琴琴箱中，另一端用牙齿咬住，用这样的办法来感受音高，以常人难以想象的努力全身心投入创作。谁也没有想到，他创作的巅峰，竟然在他失聪之后。他用《命运交响曲》的悲怆音符，发出了"我要扼住命运喉咙"的怒吼。他用苦难锻造了快乐，在激情和忧伤的旋涡中写就了《欢乐颂》。

32岁时，他写下遗嘱：

我几乎已经绝望了，随时可能自杀。

是艺术，是艺术留住了我，在我尚未完成我的使命之前，我不能离开这个世界。

我会忍耐——但愿我能够长久地坚持，直到无情的死神割断我的生命线——也许这是件好事儿，对于死亡，我早已准备好了。

立下遗嘱后，贝多芬又坚持了25年。

苏东坡说："古今之成大事业者，非惟有超世之才，亦必有坚忍不拔之志。"用它来形容贝多芬再恰当不过了。

命运有时很不公平，有些人含着金币粉墨登场，有些人却抓着一手烂牌来到人间。命运也很公平，有些人能用脚弹琴、用嘴写字、坐着轮椅打球。每每看到这样的场景，我都会热泪盈眶、情不自抑。

这是一种怎样的毅力？无法想象，也不敢想象。

和他们相比，我们的那些痛苦简直不值一提。

说出来会被嘲笑的梦想才有实现的价值，因为梦想"太遥远"了，别人不相信你能做到。此时，坚持是一种姿态、一种尊严，甚至是一种反击。

我有一个乒乓球友，酷爱打球。一次和人切磋球技时，被人当众羞辱。对方口出狂言：即使放你几个球，几年以后恐怕也不是我的对手。

朋友是个有血性、有自尊的汉子，不堪其辱，当场撂下狠话：不需要几年，零比零开始，我把你搞定，咱们走着瞧！

生气不如争气，伤心不如用心。朋友像开挂了一样，在网上学习理论，自己研究器材，近乎疯狂地沉迷其中，早上去老干部局和老人打，中午在单位和同事打，晚上去球馆和高手打，工作之外的时间全部泡在球上。一年多以后，他为自己曾经吹下的牛皮画上一个圆满的句号，成功地将"事故"变成"故事"，在球友中传为美谈。如今，他已是本地球坛响当当的高手。

你必须非常努力，才能看起来毫不费力。

我有一个新疆的朋友，小时候放羊时，在收音机里听到了俄罗斯电台播放的音乐，无可救药地沉迷其中。学校毕业后，他以修理电器为生，但音乐之梦仍在生根发芽。于是，他就开始自学萨克斯。刚起步时，邻居们备受折磨，讽刺挖苦的人很多，认为他绝不是这块料，都劝他不要误入歧途。他不但没有止步，反而愈加刻苦。为了练好吐音，他边修电器边把笛头含在嘴里，一天到晚反复练习，磨破了嘴唇磨出了血泡也浑然不觉。几年以后，他终成正果。现在，他已成为当地最著名的萨克斯手，各种舞台上经常可以看到他自信的笑容。

一个梦想清晰、目标明确的人，就是一个设定了目的地的导航仪。这个世界并不掌握在那些嘲笑者手中，而掌握在那些能经受住嘲笑不断含泪奔跑的人手中。

不可否认，人是很容易放弃并原谅自己的。

比如减肥，据说凡是坚持下来的人都成功了。多数人减肥，只是停留在口号上、誓言上，只是下了一大堆决心，做了无数计划，该吃吃，该喝喝，该睡睡，无非吓唬了一下身上的肥肉。

有些人说，我要读书，我要写作，我要练字，我要跳舞，我要……

一天、两天、三天，然后一周、两周、三周，然后各种炫耀，各种得意，然后，就没有然后了。

没有毅力，没有坚持，生活就不止眼前的苟且，还有明天的苟且。现在的生活也许不是你想要的，但绝对是你自找的。

真正聪明的人，心怀坚持的力量，喜欢绵绵用力、日拱一卒，看起来反而有些笨拙。曾国藩说过："唯天下之至拙，能胜天下之至巧。"有些很慢很笨的办法，从长远来看反而是最快最好的选择。

这是我今年以来写下的第43篇文字，我是个笨人，只能下笨功夫。好在笨人做不了最笨的事，最笨的事都是聪明人做的。

人生的上限

小时候幸福很简单，长大了简单很幸福。

史前社会人们以狩猎为生，由于没有保存的条件，捕获的猎物必须马上吃掉，否则只能任其腐烂，所以人的欲望和物质之间会保持一种平衡。

那时，解决温饱问题，不被野兽吃掉，活着见到明天的太阳，就是首要目标。

随后进入农耕文明，种植、养殖技术不断进步，剩余财富不断增加，才有了交换、分配和交易，当然人的欲求也水涨船高。

从此，追求生存还是追求快乐，成了一个哲学问题。

其实，人类最基本的物质生活并不复杂。

比如"吃"，一个人能吃多少？撑死了最多一天一两公斤。扶着墙进餐厅吃一顿顶级自助餐，扶着墙出来的时候，感受到的未必是满足，反而是负担、痛苦和自责。很多人还没有富贵，却有了"富贵病"，口腹之欲已成了"甜蜜的烦恼"。

"喝"也一样，5块钱的二锅头喝多了会吐，50年的年份茅台也一样，喝多了可能半路就喂给了绿化带。酩酊大醉还不如小酌一杯，花看半开时，"微醺才是对酒最基本的尊重"。

再说"行"，它的本质是从一个地方移动到另一个地方，不同的只是形式。小时候，我最大的梦想就是拥有一辆自行车，骑着去邻近的乡镇开开眼界。后来，我不但有了自行车，还开上了私家车。但私家车和私家车的差别，远远大于自行车之间的差别。有一次，一个朋友开了一辆豪车来吃饭，席间心神不定、坐立不宁，原来是担心车在停车场被别人剐蹭。一桌人开玩笑说，这就叫"为物所累"，而我们"本来无一物，何处惹尘埃"，自己的破车停一周都不带看一眼的。

普通物品价格后面加一个零的，叫作"名牌"。后面加两个零的，叫作"奢侈品"。奢侈品并不是每个人都能侍候的，把钱花在"看得见的地方"，收割别人艳羡的目光，得到他人的赞美和肯定，享受别人不能享受的享受，就要忍受别人不能忍受的忍受。

庄子在《逍遥游》中写道：鹪鹩巢于深林，不过一枝；偃鼠饮河，不过满腹。

在这个"消费主义"盛行的时代，世界的底层逻辑，仍是"没有饥饿感就没有满足感"。

幸福都是比较出来的。

每顿饭都是山珍海味，每天都花天酒地，每次体检都有很多"箭头向上"的人，可能渐渐失去了对美食的敏感和敬重，对吃饭无动于衷，甚至有一丝反胃。

当你忘我地投入工作，不觉间饥肠辘辘，父母做了可口的饭菜，全家人围坐在一起，边吃边聊，其乐融融，这种真实的人间烟火，这种味蕾与心灵的对话，是灯红酒绿、醉生梦死的人无法体会的。汪曾祺在《故乡的食物》里写到一个无比温暖的场景："家人闲坐，灯火可亲"，生活中微小而具体的幸福，才是妥妥的快乐和惬意，才是实实在在的满足。

从物质层面而言，人的欲望如涓涓细流汇成的汹涌河流，一个欲望刚被满足，一个欲望又如泉水般涌现，使我们陷入欲望的泥沼之中难以自拔。小时候想有一辆自行车，后来实现了，又买了摩托车、私家车，但这远远没有结束。有人还买了顶级车、游艇、专机，一个欧洲富豪甚至还买了私人列车，每次出行都是特快。一个俄罗斯富豪还拥有过自己的超级潜艇，相当于一个小型联合舰队，一旦遇到危机，可以潜到水下3000米。没钱认命，有钱任性。富豪们那种"炫耀性消费"能否满足不得而知，但因为树大招风，据说有过几次遭暗杀的经历。

叔本华说："人生就像钟摆，在痛苦和无聊之间来回摆动。"

钟摆理论像一张大网，将芸芸众生都网入其中，人的一生就在这两极之间摆动。

再说，即便解决了物质问题，未必能解决所有问题。

这个话说起来有些空洞，把它放在疫情封控的具体语境下，或许更容易理解。

疫情期间，大家不能正常上班，不能外出购物，不能和狐朋狗友推杯换盏，不能像往日那样红尘滚滚，除了吃就是睡，除了看电视就是刷手机，逼仄的空间，单调的生活，颓废的状态，把很多人推向了崩溃的边缘。

维克多·弗兰克在《活出生命的意义》中说，当外界环境变得恶劣的时候，我们至少还有一种自由：选择如何面对它的自由。别小瞧了这种自由，也许它正会带来我们所需要的那种控制感。

但这种自由并非每个人都能拥有。

疫情封控时，突然冒出来这么多时间，很多人变得不知所措，不知该如何打发。

此时，只能靠精神生活来自我救赎，让现实世界和精神世界相互照应，互相滋养，在自己的桃花源里自给自足。

如果你对《道德经》感兴趣，就这么一句"道可道，非常道。名可名，非常名"，也够你琢磨十天半个月的。

如果你对哲学感兴趣，你可以思考下思维和存在、意识和物质的关系。

如果你对历史感兴趣，那就更好办了，几部历史纪录片，便可以让你置身于百千年前的历史现场，自由穿梭在历史和现实的镜头中。

在某些特殊的情境下，精神世界就是一个人的"护城河"，可以隔绝现实生活的琐碎和喧嚣，拯救自己于水深火热之中。

台湾作家李敖有过两次坐牢的经历。

第一次坐牢的时候，他会每天"散步"，牢房实在太小，就走对角线，每天两个小时。其余时间，他就思考政治、社会、经济、文化等问题。后来可以看书了，他读完了两套百科全书，重读了一遍《二十五史》。

在狱中，他还"卧游天下"，潜心研究城市文化，对伦敦、巴黎、纽约的政治、社会、经济、艺术了如指掌。

谈到坐牢的感受时，他引用了甘地的一句话："朋友们不需要惦记我，我觉得自己像一只快乐的小鸟，在这儿所能做的并不比外面少。我留居在此，对我有如入校。"

我更想谈谈张謇先生。

在清末民初，他是最成功的实业家，创造了巨大的物质财富。他晚年却自号"啬庵""啬翁"，生活极其俭朴，他把别人给他祝寿的礼金都用来创办养老院等慈善机构，为了筹集这些机构的运行经费，他曾十多次登报卖字，直至人生的最后时刻。他平时使用的信封，都是把旧的信封翻过来再用，穿的都是很多年缝补的旧衣服。他去世时，陪葬品不过是一顶礼帽、一副眼镜、一把折扇，还有一对金属的小盒子，分别装着一粒牙齿、一束胎发。

今天我们提到张謇先生，都充满敬意。主要原因，不是他创造并享受了多少财富，而是他留下的那种坚韧、担当、博爱的精神，让人高山仰止、感慨万千。

什么叫内心强大？当一个人的精神足够丰盈时，从头到脚会散发出独特的魅力和光芒，就无须用物质来证明自己。当一个人眼中只剩下物质的盛宴，内心空虚如同干涸的河床，饱受欲望的煎熬，无异于一具行走的皮囊。

物质生活决定了人生的下限，精神生活标示着人生的上限。

对于人生，我最喜欢的一个词就是"通透"。其实，想通了，看透了，人生的下限很低、上限很高，选择什么样的高度，就选择了什么样的人生。

关于"见识"的见识

《水浒传》里有这样一个情节：

宋江在江州写反诗被捕入狱，戴宗带着蔡九知府的书信前去东京请示蔡京如何处置，蔡京的回信被梁山泊截获。吴用找人模仿蔡京的笔迹重新写了一封信，又找人仿刻了一枚印章，再由戴宗直接把假信送给了蔡九。

蔡九拿到回信没有半点儿怀疑，但身边有一个叫黄文炳的人，一看就说是假的。

首先，贵为老太师且位居丞相的蔡京，怎么可能用"翰林蔡京"的印章？这样的印章只会在做翰林学士的时候才使用。

其次，这是老子写给儿子的，不应该用讳字印章，署名"蔡京"不符合当时的伦理。

所以，此信一定有诈！

蔡九听罢，马上差人把送信的戴宗叫来对质。

问："你找谁把这信送进我家去的？几天得了回信？"

戴宗没去过，他只是个跑龙套的小吏，也没见识过相府。

他就硬着头皮现编："我在门口等了半天，后来终于找到一个门子帮我递了进去，第二天就得到了回书。"

现实是，相府门前永远是车水马龙、门庭若市，所有送信的人，首先要找到李门子，李门子要送给张干办，张干办要送到里面的李督管，然后才能送到里面。不管什么人，包括自家亲戚，必须三日才能得到回书。

胆大包天，严刑侍候，从实招来！

当时蔡京是大书法家，民间临摹他字体和印章的人不计其数，伪造蔡京的书信和印章，并不是难事。

但戴宗有限的见识出卖了他。

见识无法伪造。没见过就是没见过，戴宗已经很努力了，现实大大超出了他的想象。

吴用的妙计就此流产。

三个老汉蹲在墙角，一边晒太阳，一边谈人生、谈理想。

拾粪的老汉说："如果我当了皇帝，我就下令这条街东面的粪全部归我，谁去拾就派公差去抓他。"

砍柴的老汉瞪了他一眼说："你就知道拾粪。如果我当了皇帝，我就打一把金斧头，天天用金斧头去砍柴。"

讨饭的老汉听完后哈哈大笑，眼泪都笑出来了，他说："你们就这点儿出息！都当皇帝了，还用得着干活吗？要是我当了皇帝，我就什么也不干，天天坐在火炉边吃烤红薯。"

昨天和一个朋友聊天，他告诉我，年轻的时候村里一个人从上海回来，说见到了"两层楼高的钟表"，村里所有人都说他吹牛，世界上怎么可能有这么大的钟？

于是，大家就给他取了一个绰号"×牛逼"。

这个绰号伴随了他很多年。

直到有一天，村里人去了上海，在外滩的海关大楼，亲眼看到了楼顶那只"亚洲第一大钟"，甚至还不止两层楼那么高，大家这才给他平了反。

如果没有人亲眼看到,"×牛逼"这个锅恐怕要背一辈子,真是冤哉枉哉!

说说我自己的糗事。

我出生在农村,偏僻的乡镇、偏僻的村,初中毕业之前基本没有出过远门。

后来进城求学,才慢慢开了眼界。

有一次在老师家吃火锅,那是我第一次见到那个叫"火锅"的东西,有些诚惶诚恐,不敢多说一句话。

锅底烧开后,大家都往里放食材,我很紧张,不敢动手,我非常担心:过会儿菜熟了,怎么辨认是我放的菜呢?

当时,我以为谁放菜就是谁吃的!

我从来不会取笑那些因无知闹出笑话的人,特别是农村不常外出的人,他们可能不会系安全带,不会办理登机手续,不会发微信语音,等等,但谁没有第一次?谁没有当过笑话的主角?

这是经历限制了想象力。

也有贫穷限制了想象力的。

《红楼梦》第四十一回,有一道名为"茄鲞"的菜出现在贾母宴请刘姥姥的饭桌上。

刘姥姥细嚼了半日,笑道:"虽有一点茄子香,只是还不像是茄子。告诉我是个什么法子弄的,我也弄着吃去。"

凤姐儿笑道:"这也不难。你把才下来的茄子把皮籤了,只要净肉,切成碎钉子,用鸡油炸了,再用鸡脯子肉并香菌、新笋、蘑菇、五香腐干、各色干果子,俱切成钉子,拿鸡汤煨干,将香油一收,外加糟油一拌,盛在瓷罐子里封严,要吃时拿出来,用炒的鸡瓜一拌就是。"

如此繁复考究的做法,如此精致昂贵的选材,只是凤姐眼中的"家常菜"。

刘姥姥听了，摇头吐舌说道："我的佛祖！倒得十来只鸡来配他，怪道这个味儿！"

她回家后大概没法尝试也不敢尝试了。

贫穷限制了想象力，同样，有钱也会限制想象力。

网上有一个段子，说有位富二代谈了个女朋友，但不知道对方爱他的人还是爱他的钱，就装穷来试探女朋友。

这天他把女朋友约出来，装作一副沮丧的样子跟她说：我家破产了，没钱了，现在就剩一辆奥迪A6，一套两三百平米的房子，还有几十万存款。

这富二代实在太有钱了，在他看来，一个人再怎么穷也只能穷成这样。我现在都落魄成这样了，你还会爱我吗？

真是"物比物得扔、人比人得死"。对我们这些喝酸奶都要舔盖子的人来说，简直连"贫穷"都不配。

那什么叫有见识呢？回答这个问题的难度很大，不妨举个例子，说一个堪称有见识的人。

这个人就是萧何。

秦朝末年，刘邦率军攻入咸阳。

当军队纷纷去争抢财物、美女时，萧何却不奔国库，不奔后宫，径直奔向丞相府，把秦国那些看似不中用的人口户籍、地形地貌、军事武器、法令制度等文件资料控制在自己手上。

后来，项羽一把火烧掉了秦宫，只有刘邦凭此掌握了天下形势，为制定正确的战略方针和治理办法找到了可靠的依据，对日后西汉政权的建立和巩固，发挥了巨大的作用。

刘邦论功行赏，把萧何封为汉朝第一大功臣。

与萧何一同攻入咸阳的人，到了山脚下就以为是全世界，而萧何不被眼前事物所遮蔽，眼里有山河，胸中有丘壑，直奔山顶，登高一望，以不一样的高度，看到不一样的世界，看到了哪里才是远方。

　　一秒钟就能看透事物本质的人，和一辈子都看不清事物本质的人，注定是截然不同的命运。

不同的"风景"

"不识庐山真面目,只缘身在此山中。"东坡居士的名句,是我到新疆后才真正理解的。

身为南通人,似乎一切都已习以为常、顺理成章。但从新疆人的视角看,南通人却是一个有点特殊有时甚至很难理解的群体,这样的"真面目",我们是很难察觉的。

先说说对教育的理解。南通人似乎生来就有教育崇拜情结,我们对教育的重视程度,用"非常""无比""特别"这些词不足以形容,在南通人看来,教育就是一切、教育高于一切、教育决定一切,教育就是天大的事儿。在南通,一个家庭,最大的责任、最大的难题、最大的烦恼就是对子女的教育。据我观察,孩子学习成绩的好坏,决定着很多家庭的喜怒哀乐。孩子的成绩好了,就祥和如意、天下太平,全家人吃饭、呼吸、走路都轻松自在。孩子的成绩稍有波动,就会产生巨大的"蝴蝶效应",直至飞沙走石、鸡飞狗跳,如同世界末日。从怀孕那天开始,父母们那种特有的焦虑就如影随形、挥之不去。很多母亲全职在家,既要照顾好孩子的吃喝拉撒,又要监督孩子的听读写算,她们时而温文尔雅、端庄贤淑,时而急火攻心、捶胸顿足。一位南通妈妈在朋友圈发了一条看似云淡风轻的微信:"在我眼里,其实孩子真没有什么特别的地方,就是钢琴过了六级,英语能流利对话,国际象棋、跆拳道取得过一些奖项,成绩优秀担任班长……"真不知道这条深夜的微信，会拉来多少仇恨，这个"别人家的孩子"会让多少可怜而伟大的妈妈们焦虑失眠。

南通的孩子是幸福的，他们所有的时间和空间写满了"学习"二字，什么都不用问，什么都不用管，对于父母们来说，没有什么比孩子考个好成绩更能抚慰他们脆弱而敏感的神经。当然，南通的孩子也是痛苦的，父母们近乎变态的期待，让他们怀疑自己是不是亲生的。老师们近乎苛刻的要求，让他们压力山大、水深火热。好在他们也不负重望，参加各种全国全球的竞赛，把一大把金牌收入囊中，众多名校的录取通知书也奠定了南通教育的雄厚根基。南通学子进了大学，作为学霸，常被同学顶礼膜拜，南通教育的招牌愈加响亮。

新疆人实在无法理解南通父母的"勉为其难"，学习明明是孩子自己的事情，父母不应该越俎代庖。他们更崇尚"顺其自然"，这很像我们小时候的教育状况。家长们很少在公共场合谈论孩子的学习，更不会施加压力、扼杀童真。在新疆会看到种种教育"怪现象"：几乎没有补课，放学后，城里小区和村里的巷道到处可见踢足球的孩子，他们肤色黝黑、大汗淋漓，灿烂的脸上写满了幸福；校园门口接送孩子的家长比南通少得多，孩子们大都三三两两、结伴而行；即使到了高三，该放假还放假，该休息照休息，没有什么紧张的气氛；进教室看一下，学生不戴眼镜的比例和南通戴眼镜的比例相当，他们善于交流、乐观外向、幽默健谈，从来没听说过哪个孩子出走跳楼……

南通教育培养出了无数学霸，让新疆的孩子们望尘莫及。有的新疆学生转学到南通，甚至连考卷都看不懂，更不用说考出好成绩了。网上说的某地的保姆做出主人无法做出的题目，并能附上三种解题思路，如果说这个保姆来自南通，真的一点儿都不意外。

和新疆人相比，南通人的饮食也颇有特色。南通靠江靠海，餐桌上多江鲜海鲜，同时上几种鱼虾极为常见，烹饪方法也是多种多样，可谓"食不厌精"。新疆人在饮食上要简单粗暴得多，要么一盘子牛羊肉，要么一盘子大盘鸡，或者一大份拌面或手抓饭，这些都是"硬菜"，肉多骨头少，三下五除二就能吃饱。新疆人到了南通，对付那些"小鱼小虾"就很费时费劲，比如小小的梅子鱼，小心翼翼地忙活半天，却只能吃到一点肉，真能把他们急死。同样，南通人到了新疆，半盘子牛羊肉下肚，肚子也会撑上半天。

新疆人最不适应的是南通人的喝酒。南通人很有文化，在酒文化方面却一穷二白。南通人喝酒的规矩就是没有规矩，唯有主人开场敬酒是规定动作，这杯之后，都是自选动作，怎么敬怎么喝都行，有点儿无组织无纪律。新疆人喝酒是很有仪式感的，在南通缺少了必要的程序约束，他们反而会手足无措、无所适从。而他们又热情好客，谁来敬酒都要喝，遇到谁都要敬，所以一场混战下来，最先喝倒的往往就是酒量最大的新疆人。

当然最大的差异还是在思想理念上，这是一个值得探讨的话题。

南通人多地少，古时又频遭水患侵扰，所以南通人普遍都有忧患意识，这体现在生产生活的方方面面。在南通几乎看不到荒地，即使在农田的边边角角，都种满作物，而且都是精耕细作。南通农作物的复种指数全国第一，体现出极强的效率意识。新疆地广人稀，随便找一个县，面积都和南通相当，有的县甚至比整个江苏还大。所以，新疆人心里笃定，他们只会算大账，不会在一亩三分地上纠结，也不会为一时半时的产出而算计。南通人在财富的积累上永无止境，加上又好攀比，有了存款还想更多，有了住房还想改善，安顿好了自己的生活，还想解决第二代、第三代的后顾之忧，把自己陷入了周而复始的困境之中。

这些都体现了南通人的"水"的性格。《道德经》有言："天下莫柔弱于水，而攻坚强者莫之能胜，其无以易之。"经济的发展依赖于交通运输，南通沿江沿海，占尽地理优势，水运又是成本最低的运输方式，所以成了全国最先开放的城市之一。

南通的经济因水而兴，南通人也因水而富，能随客观环境的变化而改变自己的形态，不畏曲折，自强不息，任何困难也阻挡不住他们前进的脚步，既有"奔流到海"的豪情、"惊涛拍岸"的壮美，又有"水滴石穿"的坚韧、"海纳百川"的气度，把水的万变和人的执着完美统一。南通人思想开放，能兼容各种文化，世界各地都有他们的身影，无论到了哪里，他们都能适应，都能做出一番业绩。

新疆人的性格则更多地体现了"山"的特性。他们不喜欢变化快的事物，大都活在当下，知足常乐，用简简单单的方式过平平淡淡的生活，决不会为明天的事而烦恼。南通人的那种精细、精明、精准，他们是很难理解的。特别是南通人永无止境的努力，永不满足的追求，日子过得这么辛苦，何时才能停下脚步享受生活？人生终极的目标到底是什么？这些，南通人还真的没有怎么思考，或者说还没有时间思考。

南通人和新疆人，既是两种不同的存在，两种不同的人生"风景"，又有很大互补性，站在彼此的角度观照对方和反思自己，真是很有意思，很有意义，也很有必要。

房东

对于我来说，所谓"租房"也就是找个能容下一张书桌、一张床的地方。岂知南京这个偌大的城市，完成这么一个心愿竟也需要百折不挠的努力。走遍了学校附近的小区，不知打听了多少老年人、年轻人、小孩儿、小贩，收废品的，修自行车的，卖水果的，送报纸的，满脸恭敬地重复着："对不起打扰了，请问附近有空房出租吗？"遇到热心的说在某某地方好像听说有人要出租，你去看一看；遇到无聊的说我想把房子租给你但已经租给别人了；遇到不耐烦的说我倒也想找你租房子呢；遇到脑子进水的说再往前几十米，那儿的房地产公司有房子卖，新房子住着舒服……但毕竟还是谈了几家，可最后不是止步在房主的漫天要价上，就是崩溃在房主的傲慢无理上。

人的耐性是经不起折腾的，我已经做好了在房租上让步的打算：只要房主的素质不错，即使在租金上贵一些，我也认了。

这家房东是一对老年夫妇，年近七十。男主人戴一副过时的金边眼镜，面目清癯，说话轻声细语、文质彬彬。女主人右手略有残疾，一脸忠厚。看了他们家中的一间空房，十分满意。到了与房主谈房租的时候，几天找房的经历已将我先前的"秀才羞于谈利"的心境一扫而光。心中一合计，估计250元左右为宜。"230元一个月你们看怎么样？"我脸上满不在乎，其实心里想着接下来再给他们加20元或更多一些。女主人看了我一眼，问道："你是学生吧？"我点点头。"每月200元吧。"

男主人说话了。真是完全出乎了我的意料！"那水电我再另加给你们吧。"我说。"不，你一个人，水电也用不了多少，不用另外算了，全部在内200元。"男主人坚持道。

于是，我决定在这家住下来，因为租金的低廉，更重要的是那份难以抑制的好奇。

就这样，我成了这个家庭的临时成员。

这是一个极其普通甚至可以说贫困的家庭。女主人原是一个文具厂的退休工人，说是退休实为失业，每月拿五十块钱的补贴。男主人原先在何处工作不得而知，现在每月也是几十块钱的收入。老两口无儿无女，在家几乎没有什么言语，偶尔说上一两句。我每天早上去学校上课，深夜才归宿，和他们似乎是不同轨道上的列车，来来去去，少有交集。

每到周末，我有时也会在房东家待上几个小时。这让我有机会参与和见证这对夫妇平淡而独特的生活。

男主人每天一大早便起床，用稀饭就着咸菜应付一下后，便挎个破旧的编织袋上菜场，买一些蔬菜回来交给女主人拾掇。仅有一次例外，那是一个中秋节的早晨，男主人买回半只鸡，算是节日里特殊的美食。老夫妇生活的俭朴超出了我的想象。一天傍晚，我回房东家取一本书，见他们在做菜，凑过去一看，锅里是青菜和白菜，男主人正往锅里加水。我对这种做法很是不解，表达了我的疑惑后，男主人的回答更让我惊讶：两个菜一起烧汤能省煤气、省油、省其他调料。那天，我没有再回学校，而是到外面的熟食店切了一斤多猪头肉和半只鸭，和他们一起吃了顿晚餐。

夫妇俩这种日子可谓清苦，却也有苦中作乐的趣味。

闲暇时，男主人会做两件事，一是弹奏钢琴，二是抄写着似乎永远都抄不完的乐谱。一架很陈旧的珠江钢琴可能是他们最贵重的家当了，不弹的时候，男主人会把它擦得锃光瓦亮，再用一块湖蓝色的丝绒布罩得严严实实。房东家在一楼，光线昏暗，男主人每次弹奏前，先把手洗干净，再把身旁的落地台灯打开，戴上老花镜，从写字台的抽屉中拿出自己抄录的乐谱，慢慢坐正后才开始认真而投入地弹奏。

这真是一幅令人感动的美妙场景，在台灯的映照下，老人的影子投射在墙上，冗长而生动，像一帧古老的皮影画。他修长的手指在琴键上轻轻抚过，琴声如山间小溪般缓缓流淌开来。他弹得最多的曲子是《梁祝》和《草原上升起不落的太阳》，技艺不算高明，但十分流畅自然，让人感受到音符的质朴和虔诚。每次演奏完，他都要深吸一口气，把思绪从音乐拉回现实。我自认为与男主人关系不错，他却从不让我接近钢琴，更谈不上弹奏了。在几次交流后，得知我也喜欢音乐，老人才同意让我弹奏，但他对我弹奏的一些小品都不以为然，认为那些乐曲都是不入流的，缺少"色彩感"。我很惊异他能说出"色彩感"这个极具专业水准的名词，但他说话时分明是一脸的认真。

女主人似乎没有什么可以特别描述的地方，我不知道她和她的老伴有着怎样的过去，但她的一举一动都能让我这个在外求学的学子感到丝丝母爱。

在这个特殊的家庭中，我度过了半年的时光，如今回忆起来还是颇多感慨。两个普通而有个性的老人，坚守着贫苦的岁月，经营着惨淡的生活，诠释着平凡的人生，荡涤着我浮躁的心灵。

日月如梭，流光飞逝。不觉间二十多年过去了，谨用这些无主题的文字，表达一种无所指的心境，缅怀那段远去的岁月和那对可爱的房东。

掼蛋认识论

江湖上流传这样一句掷地有声的话:"饭前不掼蛋等于没吃饭,饭后不掼蛋等于白吃饭。"

不知从什么时候起,聚会的时间在逐渐提前,大家不约而同来到饭店,争分夺秒掼上一局,掼蛋成了一道"开胃菜"。至于别人什么时候来,谁都没有工夫过问。饭后也不着急离开,大家趁着酒酣耳热再玩两把,有人想报饭前一箭之仇,有人想梅开二度、再下一城。

某医生在家接到同事电话:速来掼蛋,三缺一。医生回复:马上来!妻子问:情况严重吗?医生严肃地说:非常严重,十万火急,已有三位医生等在那了……

梁启超有一句名言:"只有读书可以忘记打牌,只有打牌可以忘记读书。"堂堂学问家,把打牌和读书相提并论,极大地提升了打牌的品位,彰显了打牌的魅力。有一次,朋友约他去演讲,他推辞道:"你们定的时间我恰好有四人功课。"朋友不解,后来才明白,原来他早就约了牌局。

可别小看掼蛋,有道是"牌小乾坤大",其中闪烁着哲学的光芒。

掼蛋可以更好地认识牌品和人品。

著名作家柏杨曾说:"一个人的气质平时很难看出来,一旦到了牌桌上,原形便毕露无遗。"

掼蛋亦是如此,一场牌足以把人看个大概。

有一个有趣的段子:"掼蛋打得好,说明有头脑;掼蛋打得精,说明思路清;掼蛋不怕炸,说明胆子大;赢了不吱声,说明城府深;输了不投降,竞争能力强;掼蛋算得细,说明懂经济。"

有的人把牌记得清清楚楚,每打一张牌,都审时度势、恰到好处,大有"羽扇纶巾、挥斥方遒"的风范,这样的人胸怀大局、思维缜密、低调扎实,既能共事又可引为知己。

有的人偶尔赢了一把,就喜形于色、得意忘形。这样的人胸怀小、格局小,难成大器。

有的人没抓到好牌就垂头丧气、一脸衰样,仿佛世界末日。这样的人耐受度低,缺少百折不挠的毅力和勇气。

有的人连输几局都不急不恼,谈笑自如,这样的人沉着稳重,有大将风范,堪当大任。

有的人牌风凌厉、以攻为守,一言不合就动炸。这样的人性情刚烈,激情飞扬,但缺少耐心和韧性。

有的人忍无可忍,还一忍再忍,牌输了炸弹还在。这样的人性格保守、谨小慎微,一般不会冒大险、走极端、闯大祸。

有的人喜欢怨天尤人,自己出错总有理由,对家出错不可原谅。这种牌局是紧张而尴尬的,最值得同情的是搭档,硬生生把牌场变成了刑场。我曾见过一回,一个老兄和部下打配合,不管怎么打,只要不合他的意,都要开骂,越骂部下越紧张,越紧张越出错。最后,这位老兄扔下牌,忿忿地说:"你们三个打我一个吧!"说罢扬长而去,弄得我们无比尴尬。可见,这种人自高自大,自以为是,关键时大概率会甩锅,很难有知心朋友。

有的人打牌特别较真,对手误出一手牌,就抓住不放,不给任何悔牌机会。这种人精明小气,锱铢必较,只顾眼前的现实小利,常会因小失大。

有的人既强调规则，也能适当容错，这种人随和豁达，识大体，顾大局，既讲原则，又讲人情，人缘肯定不错。

有的人喜欢复盘，分析成败得失，及时修正错误。这种人善于总结反思，能解决实际问题，是干事创业的一把好手。

有的人和领导打牌，察言观色，阿谀奉承，领导的意向就是他的方向，领导的表情就是他的心情，不惜拆了炸弹喂领导，把"政治牌"打得炉火纯青、出神入化。这种人善于投人所好、见风使舵。

有的人不管和谁打牌，都不卑不亢，不急不缓，这种人刚正不阿、一身正气，不容易走旁门左道。

有的人明明抓了一手好牌，嘴上却叫苦不迭，形状颇为可怜；抓了一手烂牌，却气势汹汹，把牌甩得震天响。这种人工于心计，手段多多，容易成事，也容易出事。

有的人常打"擦边球"，没有轮到出牌就作拔牌状，或把牌拢起来做无奈状。打到关键处，给对家各种暗示，恨不得直接指挥对家出牌。这种人善于利用潜规则，要敬而远之。

掼蛋可以更好地认识优势和劣势。

掼蛋有一个很有意思的"贡牌"规则，由输牌方向赢牌方进贡自己最大的一张牌，受贡方须返还一张不大于10的牌给进贡方。

这让我想起一句话："上帝给你关上一扇门，一定会给你打开一扇窗。"

优势和劣势，在一定条件下可以转化。受贡方看似拿了大牌，占尽优势，还的牌也是自己没用的牌，但在对方手中可能成为一张好牌，实现补缺、配成炸弹甚至同花顺，把劣势变成优势。

还有一个重要的规则，打A一方有一人下游，就不能升级，三次失败就一切归零。

这真是一个绝妙的规则，只要对方没打过A，落后一方就仍有逆袭的可能。最危险的时候，也是最有希望的时候。领先一方，即使打到A，最接近成功时，也是最危险的时候，可能会盛极而衰、前功尽弃。好在，即使从头开始，仍可触底反弹，仍有王者归来、再次问鼎的机会。我听说过一场最精彩的掼蛋，双方大起大落、势均力敌，城头变幻大王旗，前后一共打了15次A，在炮火连天、跌宕起伏中鏖战一宿才分出胜负。

当然，有时候抓了一手好牌，要风得风，要雨得雨，一切尽在掌握，出牌就能躺赢。对手技术再高明，算得再精准，也只能望牌兴叹、无可奈何。有时抓了一手烂牌，被对手按在地上摩擦，那也只能直面"惨淡的现实"。"没有实力的愤怒是毫无意义的""人凶不如牌凶"。此时只能韬光养晦，静静蛰伏。风水轮流转，明日到我家。等抓到好牌时，再东山再起，高歌猛进，让梦想照进现实。

掼蛋可以更好地认识过程和结果。

安妮·杜克是全球最顶尖的扑克高手，曾数次荣获世界冠军，她从打牌中总结出一套方法论。她认为，打牌和现实生活很像，必须基于当下不对称的信息做出合理的决定。任何决定，都应聚焦在大概率可能成功的事情上。决定和结果必须分开审视，而且要重决定、轻结果。

有些人出牌后，转头就会后悔。其实，这世界上没有完美的决定，谁也不可能提前知道决定的对与错。掼蛋最大的特点就是变化多、变数大，你有你的计划，而对手另有计划。你认为自己的牌很强，别人可能比你更强。你以为很弱，其实别人可能更弱。你有大顺子对手偏打三带二，你有大单张对手偏打小对子，你拆了三连对对手就打三连对。

每一手牌都影响着牌局的走向，有时存在侥幸心理，不小心让对手顺过一手牌，就可能功亏一篑、悔之晚矣。同样，出好一手牌，也能绝处逢生、出奇制胜。

每把牌既是过程，也是结果，如同人生，结果固然重要，但过程更值得玩味，决定了就不要后悔，放弃了就别抱怨，正所谓尽人事而听天命。再精彩的牌局，重新洗牌后，一切归零，从头开始。

掼蛋可以更好地认识团队和个人。

掼蛋是团队对抗游戏，学问全在"顶上家、卡下家、送对家"，团队的战术配合决定成败。"不怕神一样的对手，就怕猪一样队友。"在牌好的时候，要有合作意识，不能冲动蛮干，逞"个人英雄主义"。有一次，对方打A，我的对家抓了一把少有的好牌，激动难耐，气势如虹，一人单挑对手两人，受到强有力的阻击，最后用一把六张大炸冲刺时，遭遇对手"天王炸"，只能在无奈中仰天长叹，留下一个经典的失败案例，对家至今提起仍有唏嘘，不甘之情溢于言表。我开玩笑说：你不是一个人在战斗，为你挡子弹的战友就在对面，却只能眼睁睁地看着你牺牲。

牌不好的时候，更能体现"牺牲精神"，我把它称之为"掼蛋精神"。在一方走投无路的时候，要砸锅卖铁吸引对方火力，做到"破罐子先摔"，关键时更要"拆飞机卖零件"，创造一切条件给对家送牌。自己倒下之时，便是队员胜利之时，"一人头游、全队升级"，你还是赢家，可谓"功成不必在我，功成必定有我"。

如果自己和对家都没有实力，就果断放走一家，再集中优势兵力阻击一人，在不利的情况下争取最好的结果。

如今，掼蛋已成为行走江湖的必备技能，大有走向全国、冲向世界之势。打牌如打仗，在瞬息万变的攻防转换中，充满着"烟幕弹"和

"障眼法"。既有信息战，又有心理战。既炮火纷飞，又暗流涌动。既要拼牌技，又要拼演技。既要给对手拆台，又要给对家补台。它既是一种智力游戏，也是一种人生哲学。它几分钟就能上手，但几年也未必精通，在仁者见仁、智者见智中，帮助我们俯仰世界、观照人生。

技术的宿命

在我印象中，小时候村里人和远方的亲戚朋友联系，最快捷的方式莫过于拍电报。

但电报决不轻易使用，特别是加急电报，内容必须斟字酌句，因为内容连同收报人的地址，包括每个标点符号，都是按字数计费的。哪家接到加急电报，多数都是不好的消息。如果还在地里干活，听说有人送来一封加急电报，一定会扔下农具哭着跑回家，是远方的亲人出了意外？还是老人过世了？一定是出了天大的事。

我记得生产队里一个邻居的孩子溺水死亡了，全家都呼天喊地乱作一团，这时有人提醒主家："快去邮局发一封加急电报，让孩子他爸火速赶回来！"

后来，有些企业和单位慢慢装了座机，但这些都是普通百姓难得一见的东西，更别说使用了。

20多年前，BP机进入了人们的视野。

几年以后，我也拥有了第一个BP机，摩托罗拉牌数字机，火柴盒般大小，黑色的外壳，中间有几个小小的按键，用一根细细的链子拴在腰间显眼的位置，那时觉得人生几乎到达了巅峰。

有了BP机，逢人说得最多的话就是"有事请呼我"，号码多少云云。

我整天把机子别在腰间，由于刚毕业，朋友圈子很小，几乎没有人联系我。怎么办呢，那就自己呼自己吧。找一个公用电话，郑重其事地呼一下自己，一会儿BP机就"嘀嘀嘀"地响了起来，自己还挺高兴，觉得那玩意儿仍管用。

我敢肯定，这样的傻事儿，不止我一个人干过。

有一天，我正在上班，腰间突然响了起来，有人呼我！有人呼我了！兴奋之余，马上飞奔出单位，找了一个公用电话气喘吁吁地回了过去，打通后对方竟然说："实在对不起，呼错号码了！"

直到现在，只要想起这个桥段，我自己都会哑然失笑。那时的我，多么渴望融入外面的世界，多么渴望感知自己的存在啊！

再后来，BP机慢慢普及，因为只能接收信号，使用起来很不方便。那时候，小城市里的公用电话还不多，常常要排队打电话。你呼了别人后挂机等候回电，后面的人上来打电话，对方电话就打不进来，把人急得干瞪眼，但又毫无办法。遇到不识相的人还在那里不紧不慢、絮絮叨叨，真是度"秒"如年。有时几个人先后打传呼，对方回电过来，大家都一起凑上前去，看看是不是打给自己的。

当然，最无助的，是在汽车和火车上，别人呼你，你也知道对方在焦急地等你回电，却只能一筹莫展、望机长叹。

又过了几年就有了中文机，让寻呼机上原本乏味的数字变成了文字，类似于现在的短信功能，使人与人之间的沟通更加密切起来。

当然留言必须通过寻呼台，那时满大街都是寻呼台的广告，寻呼台的工作人员有一个现在听起来很遥远、很怀旧的名字——"寻呼小姐"，电话打过去，声音甜甜的："先生/小姐您好，请问您呼的是……"态度特别好，每次拨打都浑身舒坦、如沐春风。

没过多久，BP机全面普及，几乎到了人手一机的程度。公共场合，只要那蛐蛐一样的声音响起，所有男士都会伸手往腰上摸，女士则是不约而同地低头翻包。响多了大家都嫌烦，不想回电了，就找一个心照不宣的借口："不好意思，BP机没电了。"对方即使心存疑虑，却也无可奈何。

BP机只是一个过渡性的设备，手机横空出世后，宣告了单向呼叫时代的终结。

其实那时还没有"手机"这一说，而叫"大哥大"。真佩服取名字那个人对文字的掌控能力，三个字就把那种扑面而来、咄咄逼人的霸气表现得淋漓尽致。

那时的"大哥大"像一块带着天线的砖头，经常出现在香港的警匪片里，是江湖大佬们的标配。

后来逐渐在现实生活中见到了，使用的基本上都是大老板，他们常把一个黑色的"大哥大"专用包夹在腋下。那是个非常烧钱的玩意儿，买个机子两万多，入网费六七千，再预存话费几千元，每月除了月租费，话费还要一两千，对于每月工资区区几百元的工薪阶层来说，就是一个天文数字。

那时用的都是模拟信号，机站建设又不完善，接打电话的人都是吼着说话，几乎整条街都能听到："你说什么？听不清楚，这里信号不好……"因此，"大哥大"的炫耀功能远远大于通话功能。如果手中握个"大哥大"，就有资格迈出不可一世的步伐。谈生意时往桌上一放，那是实力的象征，会引来一片惊羡的目光，谈判也因此变得轻松不少。

随后"大哥大"的大小和价格不断瘦身，不知什么时候名字也改成了"手机"。有人把它装进手机套别在腰上，就像别着一把手枪，流露出明显的优越感。

再后来，手机店一下子多了起来，但手机仍是大件，家里人买个手机，全家人都要前往，大家都揣着一颗激动的心，在店里反复比选、咨询、调试后，才心满意足地捧回家，小心翼翼地充上电，对着说明书捣鼓半天……

手机的花样逐渐丰富，屏幕从黑白、单色到彩色，模样从翻盖、滑盖到直板，功能从短信、彩信到拍照、上网，等等，可谓日新月异、翻天覆地。

工薪阶层们为了省钱，摸索出了很多实用技巧。比如，手机一响就摁断，再用座机回拨。通话时间能短则短，说了几句话，算算差不多就挂了，一看，不是58秒就是59秒，但也不会少于55秒，心里不免暗暗得意。

那时谁也没有想到，有朝一日手机会这么普及。更没有想到，现在连卖地瓜的人都用微信和支付宝收款。人们出门都不用带钱包，一机在手就能走遍天下。短短这么几年，手机竟然干掉了手表、收音机、录音机、照相机、电视机、MP3、手电筒、游戏机、导航仪，干掉了我们的阅读和睡眠，干掉了我们的视力和颈椎，并正在悄悄干掉我们的友情和亲情。

我一直固执地认为，现代的人焦虑是从拥有手机那刻开始加剧的。

手机越来越智能，甚至已成为我们的"智能器官"，从习惯、依赖再到沉迷，人们已经被小小的手机打败了，感觉"没了手机就没了全世界"。微信好友越来越多，知己却越来越少。加入的群越来越多，感觉却越来越孤单。所谓聚会，不过是换个地方集体刷手机。手机就像一个悖论，更像一个玩笑，让我们拿不得、放不得，进不得、退不得，爱不得、恨不得，低头族们纠结着、煎熬着、挣扎着。

苦海无边，回头是岸。放下手机，立地成佛。

敬畏专业

一直认为，有业余爱好的人都是热爱生活的人。他们比其他人生活的空间更大，乐趣更多，体验更丰富。对于一个有着多种业余爱好的杂家来说，我样样都很业余，但对于"业余"这个问题，似乎有点"专业"。

一

业余和专业之间的鸿沟远远超出我们的想象。

就乒乓球而言，在纯业余里面，我会几个旋转比较强烈的发球，会一板爆冲弧圈，偶尔秀一下直板横打技术，对器材也略懂一二。但就我这种水平，一进球馆，有些业余高手都能把我打哭。接受过专业训练的人，随便找一个都能把我打得找不到北。

作家韩寒的经历更能说明问题。

韩寒酷爱足球，从初中开始就拿到了全校冠军，还拿过上海一个区的"四强"，自认为护球很像梅西，射门很像贝利，曾经一度觉得自己能和职业队员一较高下。

20岁那年，他和几个球友应邀参加一场慈善球赛，球友都是上海高中各个校队的优秀球员。对手是上海一支职业球队的少儿预备队员，都是五年级左右的学生。

韩寒他们作为上海高中名校联队，去的时候一路欢声笑语，相互提醒对小学生下手轻一点，毕竟人家还是孩子。

结果上半场结束，韩寒只碰到1次球，他们队成功传球不到10次，被灌了近20个球，全程都在被小学生们吊打。

最后这场比赛没有下半场，对方教练终止了比赛，说不能和这样的对手踢球，会影响小队员们的心智健康。

从那次以后，韩寒每次和大家一起看球，看到职业队踢了一场臭球以后，身边的朋友们都说自己公司的球队上去也能把职业队灭掉的时候，他的心中总会浮想起20岁那个下午，被小学生们任意碾压的恐惧。

当然，他不堪的经历不止足球，还有台球。

韩寒打了多年台球，球技日益成熟，人送外号"赛车场丁俊晖"。

信心满满的韩寒在一天夜里去挑战了九球天后、世界冠军潘晓婷。他们赛前约定，输的一方先开球。

结果呢？当然是"没有比较就没有伤害"，韩寒一个晚上基本上只做一件事，就是开球，然后，然后就没他什么事儿了。

二

达到专业水准，是有很多条件的。就我有限的认知，至少可以想到这样几个关键词：

一是理论素养。一句话来说，专业的"知其然且知其所以然"，业余的"知其然而不知其所以然"。业余的只看到"面"或者"线"，甚至只看到"点"，一般通过实践推导理论。而专业的人，则通过理论指导实践，看一个领域是一个立体图形，越专业，理论认知的盲区越少。

专业的人站在该领域前人的肩膀上，汲取理论营养，接触更多层级，慢慢进阶到问题的核心。业余的人花了九牛二虎之力，摸索到的成果可能只是专业的入门技能。

郭德纲说过一个相声,大意是这样的:我跟火箭专家讨论火箭的推进剂应该用什么好,我建议用煤,而且是那种无烟煤,带蓝火的,这时候,如果火箭专家看我一眼,就算他输。

二是科学方法。对业余的人来说,作为一种爱好,更多的是"没长进的玩儿",怎么舒服怎么来。有些人刚入门,就玩一些花哨的技术,比如吹萨克斯的开始吹超高音,弹吉他的开始弹华彩,练书法的着手写狂草……就像盖房子,基础还没有打好,就拼命往上砌墙,等发现墙壁开裂倾斜时,才发现原来基础出了问题。那时只有两个办法:维持现状和推倒重来。事实上,不是每个人都可以或愿意推倒重来。有些小地方的孩子学钢琴,老师不太负责任,苦练了好多年,音乐学院的教授一看,这孩子基本功有问题,且养成了习惯,基本上就废了。

对于专业的人来说,能有针对性地解决问题,怎么难受怎么来。比如基本功,起步时就一直耐着性子浇筑基础,等这一步巩固了再一层一层盖高楼,这样的建筑才能固若金汤、直耸云霄。

业余者在短期内可能跑得更快,而长期来看,专业者却能走得更远。

三是训练强度。专业的人,会持续不断地"刻意练习",有意识地训练自己的弱项和缺陷,哪怕用100%的精力,取得0.1%的进步。

可以看一下特种部队的训练内容:

早晚各一次5公里越野,负重不少于10块砖,限时25分钟。30秒无工具翻越5层楼高的墙,1小时20分钟负重游泳5公里,腿绑4.5公斤沙袋奔袭10公里,全副武装奔袭3.5公里山路。

这只是一天的训练量。

很多意志坚强的健身爱好者,每天在跑步机上挥汗5公里,就已经觉得很伟大了。

从这个角度来讲，业余队挑战国家队，就如同刚会走路的小屁孩挑战大人般可笑。"太极大师"马保国被"准专业"的格斗高手王庆民4秒KO，30秒内被打倒3次，"大师"全程连出拳的机会都没有。面对这样的"大型翻车现场"，无数拳迷心中的"武侠梦"碎了一地。可见，不少人都被"高手在民间"这句话给催眠了。《枪王》里有句话："当你面对真正的高手时，你才知道你的极限。"无论业余遇到准专业，还是准专业遇到专业，结局早已注定。

四是成功概率。这方面的差别就大了，"业余的练习到做正确为止，专业的练习做到不会出错"。业余的关心做到了哪些，专业的关心漏掉了哪些。业余的可能偶尔做对，专业的则偶尔做错。这在竞技领域中非常明显。以乒乓球为例，专业运动员即使在球不好处理的时候，会有一种本能反应，不会出现大的错误。正所谓"随心所欲不逾矩"，这是无数次训练定型下来的肌肉记忆。而业余球友的波动就大了，加上还有几个致命缺陷，一会儿超常发挥、搏杀成功，一会儿昏招连连、奇臭无比。有人笑言："专业是痛苦自己，快乐别人。业余是快乐自己，痛苦别人。"

五是天资禀赋。有个人小学四年级的时候，体育老师觉得他跑步不错就推荐他进了区里的业余体校。进去之后，中长跑、短跑都不行，练了三个月都没有进步。最后教练说，你不是这块料，不过灵活性还行，去试试乒乓球吧。于是，他就去了乒乓球队，去了以后发现打不过四岁小孩儿。最后他又被调剂去了射箭组，没想到这项从来没接触过的运动居然练出了成绩，一年多便拿了北京市少年射箭比赛的冠军。据说，当年比赛的很多孩子弓都比他好，练的时间也长，但就是不出成绩，练到头就只能当个高水平的业余射箭爱好者。

我曾在少年宫教过几年书法，书法培训班上数十个孩子，感悟和反应差别很大，有些几天下来就有模有样、小有气象。这些孩子可能就有天赋，可以通过训练加以激活。人群中极少数拥有天赋的人，他们生来就是为了打破或重新定义极限的。有人说，兴趣驱动多是业余，天赋驱动才是真正的专业，这话有一定的道理。

三

业余和专业最大的不同，就是目标不同。

对业余的来说，兴趣爱好只是生活的调味品，是"主业之余"，可干可不干，吃饱了玩一玩，忙了就放一放，没有什么大的影响。

专业的要以此为生，非干不可，没有退路。

就专业摄影师和业余摄影者而言，业余摄影者用钱换照片，专业摄影师用照片换钱。这或许适用于大多数领域。

大家对业余和专业的要求和期待也完全不同。我们常说：业余的人竟然做到了这样，专业的人竟然做成了这样。

就像我们见到一个美女，有人提醒说她是个职业模特，有人会说：身材太好了，怪不得，吃这碗饭的嘛。可能也有人会说：原来是模特，是不是矮了点？没有想象中的那种气场啊。

聚餐时，业余的人即兴唱首歌，即使有几个音跑偏了，大家还是热烈鼓掌，觉得能唱就不错了。专业的人一旦开嗓，大家都抱有很高的期待，唱得好是应该的，甚至是必须的；但稍有瑕疵，大家都无法原谅，觉得你专门做这件事还没做好，愧对了"专业"两个字。

业余和专业的自我感觉来说，也完全不同。

专业的人不仅知道自己的水平，还知道他人的水平，看得清自己的位置，明白自己还有没有精通的东西。专业的人知道害怕，越专业的人，越觉得自己不够专业，探讨问题会非常谦虚谨慎，唯恐犯错。

还是以乒乓球为例，业余的总以为自己是专业的，甚至专业的有些地方还不如自己。能以怪异的动作、奇特的思路、罕见的招数，"一招鲜吃遍天"，不知道"害怕"二字，有点儿"无知者无畏"的样子。言语间，以偶尔胜了某某人而沾沾自喜。输了球，也觉得纯属偶然。专业的说："你们业余的打球，谁出汗多谁就赢了，至于谁打的好谁打的不好，在我们眼里，都是一两下就能打死的。"专业的球友和业余的球友一起打球，其实大家都明白干的是两件不同的事情。在球馆里，业余的往往自负到不想和别人玩儿，而专业的靠自己无可置疑的强大实力，强大到别人不敢和他玩儿。

说到这里，有必要提一下专业精神。业余的把快乐和满足看得高于一切，而专业的会有一种追求专业价值和理想的责任感。

爱因斯坦在研究量子物理时提出："我希望核能和原子物理能为纯粹的科学界造福，为全人类所共享，而不是为某政府开发独霸世界的武器服务。"

这个观念很具有专业态度，只有少数足够专业的人，才能把自己涉足的领域升华到人生追求的高度。传说中爱因斯坦连鸡蛋都不会煮，衣服也不会洗，但是他在科学界成为一个不朽伟人，绝非只靠他杰出的研究成果。

简单地说，就是"技术可以复制，但灵魂无法抄袭"。

当然，在某些主要靠灵感、个性、天资、机缘，而非长时间刻意练习的领域，业余和专业也有融通的时候。比如鲁迅原来是学医的、齐白石是木匠出身、张国荣没学过表演、刘慈欣是水利工程师、周杰伦没有上过音乐学院，从这个意义上讲，有些阴差阳错，伴随着热爱、执着、机遇，恰恰成了柳暗花明的代名词。

手机大脑

以前，人和人之间的联系是一件很麻烦的事情。打个电话，只有去邮局或单位，而且对方也必须守着电话。起初的电话还是手摇的，是个既考验体力又考验耐力的活儿。后来有了"大哥大"，能拥有这样一块"移动的砖头"是很多人的梦想，那是身份的象征，是可以招摇过市的。而如今，没有手机的人多半会被看作异类。

有了手机，有了号码，就有了"交换"和"被交换"。我是很介意同不太熟的人交换号码的。在我看来，把自己的手机号给别人，就约等于把自己的住址给别人，意味着别人随时可以来敲门，意味着你从此再无清静和私密而言。

手机对个人空间的侵犯是强势的、不容分说的、无可抗拒的。午间小憩、半夜三更、开会办公、打球、剥龙虾时，骤然响起的铃声会大煞风景，正如有人在执着地敲门一般，你可以不开门，但内心的焦虑无以言表。遇到熟悉或不熟悉的喝多的人，直着舌头、语无伦次、颠三倒四、不知所云、不依不饶的电话更让你一头雾水、无处可逃。

但我们绝不敢轻易地关机。关机，意味着离开了世界、离开了空气，你不知道什么时候有事，不知道谁会找你，当你洗澡、游泳、上厕所不能接听手机，乘飞机或没电而关机几个小时，此时你便人间蒸发一般，手机那头会不安、愤怒、无奈、联想，以为你出事了、跑路了、留置了、私奔了。

"曾经在QQ上虚度光阴，如今又在微信上蹉跎岁月。"我一直认为开发微信的创意团队都是奇才，微信的功能设计尤其适合中国人的交际习惯。中国人很看重面子，而微信中的"点赞"功能则很好地满足了这种特殊需求，无论小学时的同桌，抑或是一面之交的朋友，大家身处同一个"朋友圈"，彼此毫不费力地用指尖一次次相互点赞，于是其乐融融，天下太平。

在如此便捷的通信条件下，如果不经常、主动地联系别人，就说不过去了。手机则帮助我们以较低的成本实现了最大限度的关系维持。中秋、春节要问候，妇女节、情人节、圣诞节要招呼，生日、结婚、升职更要祝贺。遗憾的是，"批发"的信息越来越多，原创的东西越来越少。这些有着华丽外表和工整结构的信息，却少有真情的温度，它们通过手机被快速复制和传播，有时花了功夫融入真情发出的信息，喜剧般地兜了一大圈，又回到自己手上。与这些"二手"信息形影相随的，还有那些房产、汽车、美容、保险、贷款、招聘的广告，连那些公认为遮遮掩掩、上不了台面的事，也通过各种信息大大方方、堂而皇之地招摇着。手机一响，不看怕有事，看了使人烦，除了无奈还是无奈。

朋友越来越多，需要记的电话号码也多了起来，脑子内存就不够用了，而手机通讯录成了我们的大脑。突然有一天，手机出了问题，使劲想了半天，脑子一片空白。以前，谁没有一本记满电话号码的小本子？大家都想不通，如今的高科技为什么就没有传统小本子那般可靠了呢？

小学上课费嘴，初中上课费笔，高中上课费脑，大学上课费流量。大学生常带着"充电宝"进入课堂，因为"如果课讲得不好，一个上午刷屏的电量是不够的"。在大大小小的会场，"会议的质量决定着手机的流量"，很多无聊无奈无趣的会议，在与会者抬头听讲、低头刷屏间，认认真真走了过场。在各种场合，大家用着几乎相同的姿势和表情，不停地打开、切换、刷新、分享，在逛淘宝、刷微信、打游戏的虚拟世界中忙得不亦乐乎。我还多次看到，有的人眼睛直直地盯着手机屏幕，走着走着突然停下来，全然不顾地在马路中央诡异地痴笑。甚至还有人因专注于"抢红包"而掉入河里或撞上汽车丧命的，真是呜呼哀哉。

小到一两岁的娃娃，大到八九十岁的耄耋老人，都被手机所俘虏。很多人早上起来的第一件事就是滑动屏幕，睡前最后一件事还是滑动屏幕。五光十色、热气腾腾的世界离我们而去，我们用手机很"充实"地虚度了光阴。人们仍然喜欢手机，毕竟它从来不会逼迫我们做我们不想做的事情。只是手机还是手机，我们已不再是我们了。

04
时光的注脚

若干年前如果有人问我,
过年最想吃什么?
我的回答半页纸都不一定写得下,
觉得整个世界都能吞得下去。

幸福的红烧肉

小时候最大的幸福,莫过于吃到自己想吃的东西。那时想吃的东西真多,最想吃的,当然是红烧肉。

那时候说到肉,好像就是红烧肉,没听说还有别的做法。一年到头,吃的机会少之又少,只有在祭祖和过年时,才能解馋。加上那时的猪基本上都是家养的,吃的是杂粮,生长又慢,是地道的绿色生态无公害食品,远非如今菜场上那些精养猪可比。试想一下,在那个物质匮乏的年代,一碗热气腾腾的红烧肉上桌,尽管没有多少佐料,但油光锃亮、香气扑鼻,毫不夸张地说,现在回想起来,味蕾的条件反射仍会在一瞬间激活。夹起一块放在嘴里,然后调动起全身所有的感觉细胞,慢慢地一点一点咀嚼着,生怕一不小心吞了下去,错过这短暂而幸福的时刻。有人开玩笑说,那时最痛苦的事,不是人没了,钱没花完,也不是人还在,钱没了,而是坐在一碗香喷喷的红烧肉前,刚准备伸筷子,梦醒了。那时父母常常教诲我们:只有好好读书,才能考上大学,只有草鞋换皮鞋,才能经常吃肉。事实证明,父母这种实实在在的激励是卓有成效的,我当年努力学习的动力中,有很大一部分就来自对肉的渴望。

可能出于身体的本能,那时人们的鼻子特别灵,对于肉食的味道尤其敏感,谁家开个荤,东邻西舍都会知道。自己家里办事儿,总要想办法上点儿肉,但也只能做些"面子工程"。先在碗里盛上菠菜、白菜或豆芽等素菜,再在上面象征性地铺上几片像梳子一样薄薄的肉片,这就是妥妥的大菜了。当然上面也有放肉圆的，一般放两个，如果主人客气一些就放四个。那时农村时兴八个人的方桌，肉圆被夹开均匀地分成八块，每个客人都可以分到一块。有时大人带了小孩同桌吃饭，小孩不懂事，一下子夹了一整个，其他客人就只能咽着口水眼巴巴地错过了。小孩当然免不了被大人一阵喝斥，哭得梨花带雨、惊天动地。但肉圆已不能再生，只能期待遥遥无期的下次了。

在人们眼里，天下最幸福的莫过于从上海告老还乡的退休工人们，不但子女可以接替工作，凭着那份"退休工资"，还可以隔三差五地买点肉，让全家保持着红润的脸色。

别的家庭自然没有这样的幸运，没有油水的日子很难熬，有些人就狠下心来买些板油，回来后熬成猪油，这招叫作"化肥为油"。不管什么菜，哪怕是一碗酱油汤，只要舀一勺细腻润滑如羊脂玉般的猪油，轻轻沉到碗底，油花便慢慢地一圈圈扩散开来，便能化腐朽为神奇，有着"平地一声雷"的惊喜。如果在新出锅的米饭中加入猪油和酱油，趁热细细搅拌，经过猪油的点拨，每粒米都变得晶莹剔透、光彩照人，闪耀着幸福的光辉，一碗下肚，一股暖流便在体内涌动，全身顿时爽快起来。

在猪油时常缺席的日子里，比较现实的，就是在自家鸡窝里掏个蛋，多放点水和酱油，做饭时顺便做个水蒸蛋，也算是小小地改善了一下伙食。运气好时，游泳时捉到一条鱼，放上一些茄子，那味道够回味一阵子。当然不能和父母说的是，心里暗暗地期盼家里哪只鸡生了病，且来不及救治，死鸡肯定舍不得扔掉，那么，增加油水的机会就来了。在今天看来，这是很不卫生、很不安全的，但当时谁会考虑那么多呢。

过年了，情况会好一些，家里一般会买点肉，放上茨菇、山药、香芋什么的一起红烧，大年初一华丽地端出来，很能烘托年年有余的气氛。过年的福利不止如此，家里一般还会买上一个咸猪头挂在梁上，来年的油水就全靠它了。猪头的数量和质量，也成了评价和判断一户人家生活水平的重要标准。于是，我们就看着猪头，看着猪头上密密的白毛和深深的皱纹，一直看到开春，直到猪耳朵、猪鼻冲、猪下巴等陆续被蚕食、下肚后才彻底断了念想。家里的狗苦熬了这么久，终于也能心满意足地摇着尾巴，在墙角下津津有味地啃起了骨头。

小时候看电视，最羡慕《水浒传》里的英雄们，不知什么原因他们常去酒家，动不动就"切上二斤牛肉"，来一坛米酒，大块吃肉大碗喝酒，没有半点落草为寇的窘迫。还有那疯疯癫癫的济公，摇着把破扇子，抓个香喷喷的鸡腿啃啊啃啊，满嘴流油，看着看着，我的口水也不知不觉地流了一地。

舌头的记忆比大脑的记忆更加准确而具体，有时因餐桌上的某个场景，我的味觉神经会被唤醒。曾经梦寐以求、求之不得的美食，如今成了家常便饭，甚至成了推却不掉的应酬和负担，一切与肉类有关的食品一夜之间成了罪魁祸首，人人避之而不及。遗憾的是，这样的美食再也不能变成刻骨铭心的记忆了。

露天电影

我们对童年的情感大多源自对那段简单、快乐生活的怀念和眷恋。对于出生农村的人而言，在童年的回忆里，露天电影是一个不得不提的话题。

电视出现之前的农村，看电影是件奢侈的事儿，哪个村要放露天电影，是个很大的喜讯，一会儿便人人皆知，大家都像过年那样兴奋，空气里到处弥漫着幸福的味道。

天还大亮的时候，放映员的"专车"拖着整套设备就到了。他差遣着几个围观的村民做一些竖竹竿、拉幕布、架喇叭之类的活儿，而装配调试放映机之类的技术活，则要一样一样自己动手。尽管如此，那些村民已是十分满足，第二天就可以在村人面前炫耀一番。

不多会儿，白底黑框的银幕竖起来了，高音喇叭嘹亮的音乐放起来了，那是村民们心中快乐的旗帜和幸福的号角。人们平时再忙，这时也会早早收工，提前回家煮饭喂猪，收好晾晒的衣服，唤回在外的鸡鸭。这一晚，似乎任何事情都可以放在一边，整个村庄都被喜庆的气氛所笼罩。孩子们则小鱼似地在炊烟中穿梭，追逐在放映人身后打听片名，又飞奔着告知父母。

夜幕降临，人们胡乱地往口袋里塞几把炒蚕豆炒瓜子，在薄薄的夜幕里，扛着长条凳、拎着小板凳，陆陆续续从四面八方涌了过来。

那时一场电影，往往能吸引周边几个村的村民前来观看，有人甚至步行一个多小时赶来。除了看电影，人们对那个像纺纱机一样的放映机有着浓厚的兴趣，都觉得很好奇，大家像看魔术一样看着放映员摆弄机器，内心满是激动和崇拜，常常以能和放映员说上几句话为荣。放映员当然自带优越感，手上耳朵上的烟源源不断。

我们那时心目中最理想的职业，就是当一个电影放映员，那简直是有趣、实惠、体面的完美组合了。

调试完以后，天色暗了下来，放映机"吱吱吱"地转动起来，一道光束射透黑暗，打到宽大的银幕上，无数小虫子和飞舞的尘土在光束里舞动。淘气的孩子们踮着脚站在小板凳上，把头使劲向上挺，用力挥舞着手臂，做出各种造型，让银幕上出现自己的身影，满足一下表演的欲望。每个身影的舞动，都蕴藏着一份光影的梦想，此时的银幕就是离梦想最近的地方。

电影正式放映前，往往要放一两部"加映片"，不像现在电影开映的前几分钟都被商业化广告所占据。一般加映的都是宣传科学种田知识的纪录片，人们瞪大了眼睛，惊奇地看着绿油油的秧苗一眨眼工夫就长高了一大截，随即又可以收割了。观众里有人说这是"快镜头"，众人这才恍然大悟。但在孩子看来，放这些东西纯属浪费时间，盼望着早点结束。

电影正片的片头划过夜幕时，放映机前的白炽灯就熄灭了，同时止息的还有嬉戏打闹声、咳嗽声、家长的喝斥声，那些片刻前还在满场乱窜的孩子们，像被按了暂停键，安静地偎在父母跟前。没有凳子的村民，席地而坐，一双双眼睛盯着银幕，像是面对自家的一片麦田，一脸的认真，一脸的严肃，也是一脸的投入，除了放映机的运转声，全场没有一点儿声响。

随后，银幕上的好人坏人粉墨登场，人生的悲欢离合相继上演。大家盯着屏幕，情绪很快就被带到电影情节里，跟着剧中人且悲且喜。看到坏人有了恶报，人们会情不自禁地鼓掌。当汉奸特务出现的时候，人群里有人痛骂；当英雄人物牺牲的时候，人群里有人叹息。

在我的记忆中，印象最深刻的一次，是一部电影中漂亮的女主角在母亲坟前哭得死去活来时，全场的人也跟着泪雨纷飞。这时，突然有个中年人站起来大声说："哭什么，这都是假的，在演戏呢！"大家嘿嘿地笑着，都有点儿难为情。

电影放映过程中，经常会突然中断，有时是因为倒带子，有时候是因为放映机出故障，有时是因为胶片断开要接上。银幕上的画面消失了，现场陷入一片漆黑。待放映员手忙脚乱好一阵后，银幕一下又亮了起来，人群中又是一阵欢呼。

看电影最怕刮风的天气，风大的时候，银幕被吹得像帆一样鼓了起来，上面的人物都歪七扭八变了形，看也没法看，走又舍不得，纠结得要命。

有时看着看着会突然下雨，但谁也不愿离开，纷纷拿出事先准备的草帽、旧衣服、或者一块塑料布披在身上。雨越下越大，放映员就用雨衣裹住放映机，像裹着自己的孩子一样，但实在无法坚持了，大家只能作鸟兽散。有些讲究的放映员会承诺隔天重新播放，大家心里便得到极大的安慰。

那时时兴"跑片"，几个村同时放映同一场电影，胶片就要有人按放映的时间送到各个放映点，有时候放映点相距太远或因放映时间重叠，一盘放完了下面的片源还没有到，放映员只能把放映过的胶片再放一遍，人们也不急不恼，依然看得津津有味。

人们最喜欢看战争片，每当银幕上"八一电影制片厂"闪闪的红星出现时，总会引来满场的喝彩和惊叹。像《地道战》《铁道游击队》

《英雄儿女》之类，大家百看不厌。人们的兴趣似乎更在于看电影里谁是好人谁是坏人。好在那时的电影很照顾观众，只要演员一亮相，就能知道谁好谁坏。看了前面的剧情，就知道后面的结局。不像现在的谍战片，好人坏人都潜伏得很深，剧情让人猜不透。

如果是抗日题材，那嘴上留着小胡子、说话颠三倒四的准是"小日本"。那梳着很油的三七小分头、斜挎着匣子枪的准是个汉奸。那一脸正气、长着一张国字脸的准是共产党员。偶尔出现一部好坏不怎么分明，譬如地下党，观众的经验不起作用了，只好把所有的担忧都投向了银幕，有性急的便忍不住打听起谁是好人谁是坏人来。直到最后有了眉目，大家才长出一口气，心情泰然了很多。

一部战争片放完后，大人们总要和小孩子们开玩笑，说银幕底下有弹壳，有些小孩儿便信以为真，争先恐后地去找，一番苦寻后自然是一无所获，他们灰心丧气回来时，又遭来大人们一阵哄笑。如此几番，孩子们才明白自己受骗了，于是再去骗那些比他们更小的孩子，农村的孩子就在这善意的欺骗中一天天成长起来。

直到电影放完，银幕上出现了一个大大的"完"字，人们才看着"演员表"，一步一回头地离开。此时，抬头可见天边的明月，侧耳可听蛐蛐的歌唱，星星点点的萤火虫不时在身边漫舞，扑面而来的是庄稼淡淡的清香，在夏夜凉爽的风里，大家纷纷汇入不同方向回家的纵队。走夜路也快，后脚踢着前脚，几里地不多会儿就到了。

慢慢地，狗也不叫了，月亮躲进云层，村庄像荡漾的湖面，渐渐恢复了往日的平静。

第二天上学的路上，孩子们又有了谈资，争相学着片中人的口气说话，折几根芦苇做成机关枪的模样，"哒哒哒"地模仿扫射的声音，手脚并用学侠客飞檐走壁，你提示一句我补充一句，等于把影片回放了一遍，说着笑着叫着跳着，转眼就到了学校。

如今，有更多娱乐和消遣的方式供我们选择。电视频道多得数不清，令人眼花缭乱。人们拿着手机和平板电脑，便可随时观看海量影片。偶尔坐在电影院里，已经很难寻觅当年那种温暖而幸福的感觉。面对那些大投入、大场面的巨片，观众们吃着爆米花喝着奶茶，惬意得有些漫不经心，银幕上依然上演着喜怒哀乐悲欢离合，但空气中已没有了那种苦中作乐、真实确切的幸福感和满足感。

那时，我们看的，不只是电影。

看电视

我第一次看到电视机，大约八九岁的样子，那是一段很有意思的经历。

三十多年前的一天，我放学回家，听邻居说隔壁小队买了一台电视机，还说吃完晚饭要去看看。在我的再三请求下，邻居答应带我一同前往。终于熬到了天黑，我屁颠屁颠地跟邻居来到隔壁小队，队长家早已挤满了"看电视"的人，确切地说应该是"看电视机"的人。当然，其中也不乏闻讯远道而来的。好不容易挤到前面，才看到那台新买的电视机被隆重地摆在大方桌上。终生难忘确立"电视机"概念的那一眼：一个黑匣似的物体，前面镶着灰白色的玻璃，旁边有几个旋钮闪闪发光，两根辫子一样的天线斜斜地插入空中。

我所在的村几乎是全县全乡最贫穷的村，那时是真穷，连收音机也很难见到，大家对所有和电有关的物件都很新奇。有道是"百闻不如一见"，原来电视机是这个模样。真是贫穷限制了想象力，和我的想象出入太大了，我本以为电视和电影一样有银幕的。

这时，不知是哪个小孩钻到了大方桌底下，队长很生气地挤进人群，一把将那小孩拎了出来，并一再告诫大家看管好自己的小孩。还说了几句电视机很贵重、损坏了没有人赔得起之类的话。随后，方才钻到桌子底下的小孩，被家长拎了耳朵，稚嫩的哭声骤然响起。队长的话夹杂着小孩的哭声，更让人对那台电视机多了几分敬畏。

几天后，高高的天线竖起来了，它成了所有村民的骄傲。电视机被放在社部的大仓库里，还专门量身定做了一个厚实的木柜，负责保管电视的是邻村的广播线务员，或许他感受到了大家的期待，极其认真负责，像电影放映员一样，每晚准时打开电视。那个线务员的儿子，五六岁大小，由于父亲的特殊身份，他便有了许多"特权"。他可以坐在父亲的肩上，令人羡慕地伸出小手，触摸一下正在播放的屏幕，那只小手映出缕缕迷幻的蓝光，那光折射在他稚嫩而兴奋的脸上。我们这些小孩儿眼巴巴地看着，万分羡慕。

这台黑白电视机点燃了方圆几里村民的热情，看电视成了大家最高级、最时髦、最有趣的娱乐活动。每天吃过晚饭，人们就带着小板凳从四面八方赶来，小小的电视机前黑压压地挤满了观众，大家痴痴地盯着屏幕，就像看电影一般。

记得有一次，是夏天，电视机打开半个多小时后，那个负责任的广播线务员突然跳了起来，慌忙关了电视，手足无措地摸着电视机的不同部位，神情焦虑，脸色苍白："完了完了，大家闻到焦味儿没有？电视机可能烧坏了！"这可是天大的事儿，反应快的村民立即冲上前，抢起蒲扇拼命给电视机黑黑的屁股扇风降温，过了十分钟左右，广播线务员提心吊胆地重新打开，一切如旧，大家才长长地松了一口气。

那时的电视不像现在，能收到的频道不过四五个，而且内容也很单一，但不论节目怎么乏味，大家都照单全收，看得津津有味。人们最期待的还是那些电视连续剧。我印象最深的是《霍元甲》，这是我第一次接触武打片，那时的节奏慢，几天才能看到一集。但不论男女老少，都如痴如狂，为霍元甲和陈真的命运牵肠挂肚，说霍元甲得罪了日本人会不会有危险，陈真经常喝多会不会耽误事，龙海生这么阴险狠毒终将遭报应。大家见面最多的话题也与此有关，打听着放到哪儿了，下一集什么时候放，情节可能会怎样，等等。霍元甲大战俄国大力士那一集，多少人为霍元甲捏了一把汗。当霍元甲中拳倒地时，大家"哎呀"一声大叫，好像这一拳打在了自己身上，直到霍元甲占了上风，才松口气缩回脖子。后来霍元甲被日本人毒死，大家心里非常难过，又等了好多天，终于看到陈真为师父报了仇，心情才慢慢平复。

那时，我们农村小学里没有音乐老师，班主任就把《霍元甲》主题歌《万里长城永不倒》抄在黑板上，大家竟然都无师自通，而且都貌似粤语版，歌声一起，眼前浮现的都是连续剧中的经典片段，霍元甲就这样成为我们心中的偶像。后来，霍元甲的题材被多次翻拍演绎，但在我们这一代人心目中，觉得那时霍元甲的形象才是人物原型，其他演员是只能模仿、无法超越的。

舒婷在《黄昏星》中写道："烟囱、电缆、鱼骨天线，在残缺不全的空中置网……"这些架在毛竹上的鱼骨天线是当时特有的一道风景，哪里有天线，就意味着哪里有电视，哪里有富足和幸福。

直到我初中毕业上县城读书时，经过一些条件较好的乡镇，看到一片林立的天线，心中仍怀有深深的羡慕之情。那时的电视基本上都是黑白的，画面质量也很不稳定。遇到雪花多、杂音大时，还需要有人出去调整天线，尝试不同的角度，外边的人一边转动毛竹，一边歪着脑袋大声问，怎么样？里边的人同样大声回答，好像好点了，再转再转，往回转点，再转点，直听到大家齐声喊"好"，才算完工。奇怪的是，这样的折腾却丝毫不会影响大家观看的兴致。

可能是农村用电比较紧张的缘故，那时停电是常有的事儿。情节最关键、最紧张，甚至要死要活的时候，突然就停电了，一片漆黑。沉寂片刻后，又一下子像炸了锅，有骂娘的，有骂村长的，有开粗俗玩笑的，有哼唱小曲儿的，有打开手电筒乱照的，也有猜测剧情的，更多的是转过身拉起了家常。孩子们别着自己的小木枪、小竹刀，在仓库后面的柴垛里上天入地、呼天喊地、昏天黑地，真到满脸麦秆、满头大汗。也有借机模仿剧中镜头练起了"迷踪拳"，来一个霍元甲飞身击打独臂老人的经典动作，恨不得把裤裆的针线都撑裂。突然，来电了，大家一片欢呼，孩子们立刻止战，匆匆抹了把满脸的汗水，坐下来继续观看。电视节目自然不会再来一遍，尽管情节有点儿跳跃，不过也不用担心，错过的部分大家都会展开丰富而合理的联想。

　　我向儿子描述过当年看电视的情形，从他惊愕的神情中，我读懂了他的疑惑。黑白电视机作为一个时代的标志早已离我们远去，尽管现在电视机的屏幕越来越大，功能越来越多，但颇具戏剧性的是，大家基本上都被那个小小的充满魔性的手机小屏所吸引。只是，同样的沉醉痴迷，和当年坐在黑白电视机前的我们相比，却再也找不到那种纯净的心境和简单的满足了。

见字如面

如今，生活中须臾离不开电脑和手机，这些高效的"代笔工具"，使写字越来越成为一种奢侈。

由习惯成妥协，由妥协成依赖，由依赖成退化，人们的打字速度越来越快，写字速度越来越慢。突然有一天，大家惊奇地发现，"写字"似乎已变成一件很别扭、很不习惯的事了。

古人说"字如其人"，不同职业、不同性格、不同文化的人，笔迹都带着不同的体温、修养和气质。

小学时，我的数学老师姓张，五十岁上下，个头小小的，头发花白，戴副眼镜。我最喜欢上他的数学课，每堂课的板书像字帖一样漂亮，以至值日的同学课后都舍不得擦掉。我还发现一个规律，凡学校有期中、期末等重大考试，必然是张老师刻写的试卷。那时没有电脑打字，全靠手工刻写蜡纸后油印。那一张张油墨飘香的试卷上，印着张老师隽秀挺拔的字体，至今难以忘怀。有时上自习课，张老师还会在讲台上用毛笔写奖状、证书等，我有幸几次给他打下手，干些传递、晾干之类的小活儿。写之前他常常把毛笔尖儿在肥皂上刮几下，我以为是为了更加光滑便于书写，很多年以后才明白，这是为了去除奖状表面的油脂，更易着墨。值得骄傲的是，那时我们小镇上很多的店招、建筑和桥梁的题字，都出自张老师之手，每次看到他的字，作为学生既感到亲切，又觉得自豪。张老师在学校组织了一个书法兴趣小组，我有幸名列其中，运气好的话，临习的柳公权《玄秘塔碑》还有机会在学校的橱窗里"炫耀"一下。我儿时对于书法的爱好大约就发源于此。那时想，我何时有机会帮别人写写奖状和证书呢？

上初中的时候，父亲在外地打工，定期会写信回家。邮递员自行车铃铛响起的那天，就是我们全家的节日。拿信后，从信封到邮票，我们都会细细看过，然后迎着阳光，激动地用剪刀在一旁剪开一个口子，小心地拿出折好的信纸，逐个传阅。父亲那慈祥的面容、谆谆的教诲、熟悉的身影仿佛就在眼前，浓浓的亲情就在这一张张信纸上流淌开来。

读完信，一家人就商量着如何回信，由谁来执笔，怎么写家里的收成和兄弟两人的学习情况。写了草稿反复修改认真誊写，把那封散发着墨香的信精心折叠，装入早已备好的信封，贴上一枚邮票，颇有仪式感地投进邮筒，惦念着远方的父亲何时能收到这封信，甚至想象他读信时满足的神情。全家那厚重的思念，从此有了依托，深远而绵长。

正是这些家书，拉近了我们和父亲的距离，缓解了彼此的相思之苦，让那些贫苦难熬的日子有了些许暖色。那时，一封封家书被完好地保存着，直到页面发黄仍不忍舍弃，成为家中最宝贵的财富。如今翻阅，历历往事，扑面而来，余温尚存。在当下这个"读屏时代"，恐怕只能在昨天的回望中，才能体会其中的味道了。

抱着电脑和手机出生的年轻人，已经很难适应"手写时代"的节奏，他们的手指能在键盘和手机上飞舞，拿笔的姿势却不敢苟同。他们很少提笔，就连贺年卡、请柬、信封都是打印的，有些老师的评语都是批量生产、统一打印的。现在，还有谁愿意一笔一画写了信，贴了邮票，跑去邮寄，再花上几天时间去牵挂呢？大家都是"即时通讯"，手指噼里啪啦打完字，点击"发送"，万事大吉。收的人早已被繁杂的信息洪流冲淡了兴致，各种文字、各种资讯、各种表情浮光掠影、囫囵而过。"鸿雁传书""见字如面"那种特有的惊喜和微妙的感觉早已远去。前几天，无意中翻到当年的毕业留言本，在当时的技术背景下，许多同学都不约而同地写下了"有空多写信"，如今看来，不禁一声叹息，恍若隔世。

有人追忆，五六十年前学生们没有钱买书，学校就把《青春之歌》《钢铁是怎样炼成的》撕下来每天贴几张在布告栏，大家簇拥于此争相品读，这种对纸质文本的亲近和尊重，如今读来仍然心潮澎湃无法平静。

中央电视台有档节目就叫《见字如面》，以一封封简单的信为索引，打开历史，打开那些珍贵而丰富的内心世界。黄永玉写给曹禺的信，是一个好友真诚的忠告和中肯的批评。烈士夫妇陈觉和赵云霄的诀别信，爱情和亲情交织，感天动地。鲁迅写给许广平的情书，纸短情长，爱意绵绵。正如节目所期许的那样，总有一封书信，能引领我们重看家园历史，阅历岁月人生。总有一封书信，能打动我们共证山河冷暖，感受世道人心。

有个笑话说，古时候一个私塾老先生想教给学生怎样写"粪"这个字，可是提起笔来，却怎么也写不出来。老先生就自言自语地念叨说："粪，粪……嘴边上的粪，怎么就不会写了呢？"学生们哄堂大笑。

现在"提笔忘字"的情况习以为常，却让人笑不起来。因为，这位"老先生"或许就是身边的某一个，甚至就是我们自己。有一次，一个同事想写"醍醐灌顶"四个字，却怎么也写不出来。大家你一言我一语，写下后却横看竖看没有把握，总觉得差那么一点点，越着急还越想不出来，直到有人拿出手机，大家总算找到救命稻草，松了一口气。

我一直在思考一个问题，若干年以后，我们给某些名人建造纪念馆，可以轻而易举地找到很多电子文档、邮件和聊天记录，却很难找到相关手迹，那么问题来了，我们该如何鉴定和解读这些"数码信息"？这会不会成为一种新的疑问和尴尬？

所谓过年

我的一个朋友小时候家里很穷,他最喜欢的菜是红烧肉,没有"之一"。他对红烧肉天生没有抵抗力,只要听到"红烧肉"三个字就极度舒适,只要知道家里做了红烧肉,一整天的心情就会很好,口水就会情不自禁地分泌。刚工作那会儿,我们都是一穷二白,偶尔改善伙食,最大的奢侈是吃顿红烧肉。那种满嘴流油、回味无穷的感觉,就是幸福和满足的全部内涵。

当然,这是若干年以前的事了。朋友现在已是事业有成、颇有影响的企业家了。前几日,一起吃饭点菜时,他反复说,素一点,少一点。

小时候盼着过年,其实就是盼望改善伙食,在一定程度上缓解一下饥饿感。过年了,哪怕日子再难过,家里都要切上一刀肉,到了大年三十晚上端上桌,既可以烘托和美喜庆的气氛,也可以抚慰一下家人贫瘠的肠胃。那可是一年一次的奢侈啊,所以就更显得刻骨铭心。

按照那时过年伙食的标准,我们现在天天都在过年。肉还是那碗肉,奇怪的是,如今已没有那种强烈的近乎原始的渴望和冲动,没有那种牵肠挂肚的煎熬和焦虑。

日子越来越好,我们的饥饿感越来越少,满足感也越来越淡。

是啊,天天山珍海味、大鱼大肉,我们还会为一碗红烧肉流口水吗?

当然不。不但不,对于疲于应酬、衣带渐紧的人来说,提起这个

"油腻"的词，可能还有些许不适。

现在过年，大家对于吃已经没有什么念想，因为想不出有什么特别想吃的东西了。若干年前如果有人问我，过年最想吃什么？我的回答半页纸都不一定写得下，觉得整个世界都能吞下去。

说完了吃，再说说穿。

在我的记忆里，很少有春节以外的时间穿上新衣服。因为条件所限，对穿衣服这件事几乎没有什么选择，有啥穿啥。大人、小孩身上的衣服除了大小、颜色、面料、款式都大同小异。不像现在的孩子，各种童装穿得五彩缤纷、花枝招展，一看就是祖国的花朵。兄弟姐妹多的同学，父母买新衣服时，考虑到孩子正在长个儿，尺码都要大一些，先给哥哥姐姐穿，等穿不下了，才轮到弟弟妹妹穿，好不容易穿上身，尺码还是偏大，瘦小的个子撑不起肥大的衣服，一个个都好像穿着戏服一般，但那也只能将就了。我的一个舅舅在上海工作，家里孩子一大堆，常常送一些旧衣服给我们，款式迥异于本地，有些甚至有一些怪异，我和哥哥也管不了那么多，穿上就去学校，能赚到很高的回头率。特别在操场做广播体操时，我们衣服的颜色格外扎眼，上海滩早已过时的"潮流"，让我们既有点荣耀，又有些难堪，反正就是一种很难说清的感觉。

只有到了年底，父母会带着我们去商店扯块布，然后再去裁缝那里量了尺寸，接着就是焦急的等待，直到接近过年时才能拿到做好的衣服，怀着激动的心情试穿下，赶紧又收起来。除夕晚上把新衣服放在枕头边睡去，半夜醒来会忍不住摸几下，只盼着大年初一穿出去招摇一番。

当然，穿新衣服之前，还有一个重要的程序，那就是洗澡，这也是一件很隆重的事情。可能城里人很难理解这种"隆重"。入冬以后，天气寒冷，农村人舍不得费水费柴烧热水，所以很少有人洗澡。只有到了年底,才会破例烧上一锅热水,拿出家里最大的木盆,热气腾腾地开始洗澡,这可是入冬后几个月来积下的污垢啊,必须不停地搓搓搓,直到把自己搓得像胡萝卜那样全身通红,整个人好像重生了一般,神清气爽,连体重似乎也轻了不少,走路都有点飘飘然。现在每天洗热水澡,早已司空见惯,洗澡的条件也是今非昔比,谁还会觉得这是一种近乎消魂的享受呢?

尽管那时生活十分艰苦,但过年的习俗还是挺多的。年前会买上两张红纸,请村里有文化的人写类似"天增岁月人增寿,春满乾坤福满门"这样的对联,晾干后郑重地捧回家。到了大年三十,家里会用面粉熬一碗浆糊,拿出春联认真地贴在大门上,我们站在贴好的春联前,念了一遍又一遍,大红的春联映红了整个屋子,浓浓的年味一下子就起来了,大家心里都是美美的。到了元宵节,父母们会就地取材,纯手工制作一个兔子灯,天黑后插上蜡烛拉着到处跑,那些闪烁在空气中的幸福光亮,映照着孩子们满足和兴奋的笑脸,定格成童年最美好的回忆。

儿时过年,享受的是微妙的节奏变化,留恋的是时光的温暖注脚,陶醉的是短暂的自我满足。现在很多人对春节意兴阑珊,甚至有些厌烦和恐惧,过了一年,意味着又长了一岁,一定的年龄以后,年前就会生出复杂的情感。如今,年味越来越淡。真到了过年,除了日夜颠倒、胡吃海喝,大家围在一起,低头沉醉在各自的手机里,自娱自乐,相顾无言。

充满饥饿感的岁月一去不复返,遗憾的是,满足感、幸福感似乎也随之而去。

所谓过年,已不再是过年。

此生有幸遇良师

一个人可以选择工作单位，选择生活环境，选择故友挚交，有时却没法选择自己的老师，如果能遇到影响自己兴趣爱好甚至人生走向的老师，那真是莫大的幸运。

我就是这样一个幸运的人，在人生很多重要阶段，遇到了几位好老师。

很多人都羡慕我，有这么多的爱好和特长，其实这些都和我的经历，特别是遇到的几位良师有关。

说到音乐，首先感谢的是我当年就读海门师范时的班主任王洪钟老师。第一次见识王老师的风采是在入学后不久，和任课老师中秋联欢的时候。那时王老师刚从大学毕业，戴副眼镜，文质彬彬，住在学校体育场门口的阁楼里，我们联欢的地方就在他宿舍隔壁的阳台上。

那晚皓月当空，新生们和任课老师都表演了不少节目，王老师的表演让我记忆犹新。他有点腼腆地说不会表演什么节目，就给大家吹一个曲子吧。于是，就拿起一支笛子吹了起来。

悠扬的笛声，在皎洁的月光下，和着阵阵清风，从他的笛子中流淌出来，委婉动听，跌宕起伏，飘荡在空中，一幅幅江南美景徐徐展开：杏花春雨，水波荡漾，杨柳依依，荷叶田田，一叶扁舟由近及远，在夕阳西下的炊烟里渐渐消失……很久以后，我才知道这首曲子叫《水乡船歌》。可以想象，对于一个没有任何音乐欣赏经验的农村孩子来说，这样的音乐所带来的体验难以形容，就像一个从来都是粗茶淡饭的农民，品尝精致的美食后，发出的惊叹和感慨。

那一晚，我被那支笛子彻底征服了。

在王老师的鼓励下，我们全班同学几乎都学起了各种各样的乐器，而我则选择了吉他。在我们那个小县城，教二胡、琵琶、扬琴这些传统乐器的老师一抓一大把，而会弹吉他的人却极少。一次偶然的机会，我看到一则吉他函授班的招生启事，就怀着激动的心情，从日常零用钱中抠出50元钱寄了出去。大约半个月后，我收到了一本油印教材和六盒录音带。从那以后，每到周末，同学们都出去逛街、看录像、看电影，而我则挎着吉他陶醉于音乐的世界。

我学习吉他的劲头几近狂热。那时，凡是看到关于吉他方面的书，我都会毫不犹豫地买下，有些书直到现在还看不懂。天气最热的时候，汗水可以将吉他打湿。最冷的时候，同学们都进入梦乡，我在吉他上无声地按着和弦。指肚开裂了，我用胶布裹好后继续练习。没有练习时间，就把选修音乐的练琴时间腾出来……就这样，借助函授，我从初级班，学到了中级班、高级班。天道酬勤，无数的汗水终于让我能在六弦琴上挥洒自如。我参加了学校的器乐比赛，破天荒地用吉他征服了评委。王老师又组建了班级乐队，经常排练并参加一些演出，一时间声名鹊起、小有轰动。

当时，对于我这个乐盲来说，能亲近音乐、喜欢音乐，完全是王洪钟老师的影响使然。说他教了吗？其实啥都没有教。说没有教吗？其实什么都教了。

而说起我的书法爱好，有一个人不能不提，他就是海门师范的王茂恒老师。

那时我刚考入海门师范，有了真正意义上的书法课。上第一节课时，有个儒雅清瘦的老师走上讲台，说要测试一下大家的书法基础，每个同学都临帖一页交上来。等到第二节课时，王老师把用红墨水批阅过的临帖作业发了下来，说道："大家看看得了几个红圈儿，每个红圈儿相当于20分。"大家都纷纷看向自己的作业本，大致都是三四个红圈儿。王老师随后说："得到5个红圈儿的同学举下手。"有两个同学举起了手，我是其中一个。王老师随即走下讲台，拿起我的作业本向大家展示一下，说："这个同学写得很好，5个圈儿，就是100分，大家要向他学习！"他又走到另一个举手的同学跟前，看了下，说："你也5个圈儿，不过有一个没有画满，所以你90分，不错！"同学们笑作一团，都被他的这一波神操作惊艳到了。王老师又说道："我宣布，张华同学为我们班的书法课代表。"

事后我才知道，王老师是个才华横溢、不拘小节的大才子，在他的影响下，我才登堂入室，认认真真学起了书法。

在书法学习上，我还要感谢两位老师。一位是我小学的数学老师张静修，他写得一手好字，我参加了他的书法兴趣小组，在我稍有进步的时候，张老师把我的作品挂在学校的宣传橱窗，这也是我人生第一次体验存在感。另一位是上海知青，也是我的初中物理老师徐新明，严格来说，他算不上我的书法老师，学校让他辅导我参加县里的一个书法比赛，他对此可能也并不擅长，从来没有（也可能没法）给我示范过一次，只给我一本《初中生书法字帖》，让我在报纸上反复临习其中的一幅行书作品，不管写得如何，他每次都表扬我。一次，他给我三张很大的白纸，用浓重的上海口音说："这叫宣纸，蛮贵咯，比赛咯辰光就用这种纸，侬先适应下。"我怯怯地不敢下笔，生怕糟蹋了这些"蛮贵"的宣纸。后来徐老师带我去参加书法比赛，我至今仍忘不了第一次进城，在烈日下跟着他在小县城穿街走巷的情景，那时的小心脏突突突地乱撞，对徐老师的感激崇拜之情溢于言表。

两位书法启蒙老师称不上专业，但正是因为他们，在那个十分偏远的乡镇，我才有在书法殿堂门口匆匆一瞥、怦然心动的机会。

回到正题，那时海门师范的学习生活环境非常宽松，对于我们这些农村孩子来说，真正找到了自由生长的空气和土壤。现在看来，真的很难再找到一种类似于中师教育的理想状态，既没有应试的压力，也没有升学的顾虑，要做的就是在完成通识教育的基础上，找到自己的兴趣所在，如饥似渴地遨游其中。当时还没有"素质教育"这个说法，却显然最具素质教育的特质和内涵，这可能也是那一代中师生人才迭出的主要原因吧。

海门师范毕业后，我被保送读大专，幸运地走进如皋师范，开启了另一段迥然不同的求学之旅。

我就读的是如皋师范首届文科大专班，因在写作方面的先天不足，和其他同学比起来相形见绌。但是，写作又是必修课，这便给了我无尽的烦恼。半年过去，作文竟未完成一篇。

情况反映到班主任那里，班主任是汪政老师，是国内知名的文学评论家。一天傍晚在沿着操场跑道走向食堂的路上，他问我为何不读书，我说我不喜欢。他又说你为何不写作，我说我不会。汪老师轻叹一声，说他看过我的字，颇有功底，写作的人有这点悟性该多好啊！我未作声，当然，半个月后，也未见于行动。

一日，汪老师又约我周日上他家做客。

当我如约走进他家时，汪老师客厅的餐桌上已摆上一大摞字帖，魏晋唐宋元明清各代名帖应有尽有，我心中自是一惊。接下来的交流证实了我的猜想，汪老师也是此中高手。我内心十分明白，谈完书法，怕是要大谈特谈写作的重要性、必要性了吧。

然而他没有，只是淡淡地说了一句："去我书房看看吧。"

我跟着他走进书房，一下子惊呆了，这是有生以来少有的几次震撼之一。我已然走进了书的世界，偌大的书房被密密麻麻、铺天盖地的书占据着，书架上里外几层码着书，书桌上、椅子上、沙发上、地板上、电脑主机上全是书，在这之前，我绝不敢想象一个人会拥有那么多书。我徜徉其间，随手翻阅着，感觉到我的头在晕眩、手在颤抖。我不知道我是如何笨拙地离开汪老师家的，但是我清楚地记得当时的感叹，我是否应该改变一下读点书了。

在回去的路上，我就找了家书店买了几本书。此后的数十年，我如同开挂了一般，义无反顾一头扎进书海，买书、读书、写作一发不可收拾，直至成为我的立身之本、谋生之道，成为我生活中必不可少的重要部分。或许，汪老师早已忘了这个插曲，但对我而言，他家书房的那道门，无疑就是我人生的开悟之门、跃迁之门。

如皋师范毕业后，我也为人师，就试着把学生带到我简陋、杂乱而丰富的书房，我惊奇地发现，学生们眼神在发亮，呼吸也变得急促，我仿佛又穿越到汪老师当年的书房，看到了那个青涩幼稚的自己。我给学生们特殊的待遇，看中哪本书立马可以带走，但要求还书时做一个简单分享。学生以喜人的势头在发展，于是家长们说他们的孩子遇上了一位真正懂得教育的好老师。

我哪敢掠人之美，这种书房教育源自汪老师，这是一种不言之教、不教之教，它的价值在于，在学生精神生长的关键时期，唤醒他们的理想和能量，找到自己生命的意义和方向。

我想，真正理想的师生关系，恰恰是亦师亦友，大家一起读书、一起聊天、一起运动、一起吹牛，在很不像教育的教育中不知不觉改变并成就学生。

时光飞逝,岁月不居。一代代师范生正渐渐老去,当年为了甩掉"玉米袋"、端上"铁饭碗"而走进师范学校大门的那些人,无意中做出的这个决定是何等明智,他们在师范学校这个特殊的环境里,遇到了那些有情怀、有才学、有信念的好老师,从此打下终身受益的人生底色。

天涯海角有尽处,唯有师恩无穷期。

教育的乌托邦

很多普通的家庭能培养出优秀的人才,很多看似不错的家庭,却只会走出普通的孩子。同样,一流学校不一定能出一流的学生,而一般的学校,却会有特别优秀的学生。教育是仁者见仁、智者见智的事,它事关诸多要素,而每个要素都是非常复杂的变量。

作为一个曾经的教育人,如果允许我构建心目中教育的"乌托邦",我认为理想的教育,至少应该包括这样四个维度。

首先是学生喜欢。

每个孩子有自己的秉性和天赋,从这个意义上讲,每个孩子都是特殊的个体,都有成功的可能。教育就是要找到现实和未来的连接点,努力唤醒它,规划建设好能让学生感到快乐、幸福、成功的区域。

很多人都在批判奥数,其实奥数没有错,但我认为一定要从实际出发。是的,有人登上了珠穆朗玛峰,但并不代表着每个人都能登上,如果一定要让每个人都去尝试的话,绝大部分人可能会累死、冻死或摔死在途中。如果有孩子学了奥数后觉得很喜欢,那么说明他找到了那个连接点,他就不会觉得苦、觉得累,甚至苦和累也是一种快乐,他就有可能在这条路上走得更好、更远。但如果这只是老师或家长出于功利的选择,孩子被捆绑在奥数的战车上,会很痛苦、很抓狂,连同父母和老师们一起陷入一种难以逃脱的困境。

每次在网上看到一些孩子在父母的厉声训斥下,边哭边弹琴的视频，我都为孩子和家长感到深深的悲哀，我觉得这不是琴声，而是教育和梦想破碎的声音。

瓦拉赫上中学时，他的父母为他选择了一条文学之路，但一个学期后，老师对他的父母说："瓦拉赫学习非常努力，但他不适合学文学，即使他再努力，也不可能有所作为。"

随后，瓦拉赫的父母又让他去学画画。但瓦拉赫既不擅长构图，也不擅长色彩，在班上永远垫底。

面对他的"无能"，老师们都爱莫能助。

这时，他伟大的化学老师出现了。

化学老师认为，瓦拉赫虽然在文学和绘画方面表现不佳，但他一丝不苟的品质是做化学实验最难得的条件。于是，在化学老师的鼓励下，瓦拉赫开始潜心化学，他的智慧火花一下子被点燃了，而且一发不可收拾，成为在化学方面公认的"前程远大的高才生"，遥遥领先于其他同学，直到最后荣获诺贝尔化学奖。

瓦拉赫的成功说明了这样一个道理：学生的智能发展是不均衡的，都有强项和弱项，他们一旦找到了发挥自己聪明才智的最佳点，使智能得到充分发挥，便可取得不俗的成绩。后人称这种现象为"瓦拉赫效应"。

"教育是对未来的一种定义。"我们要为学生一生的快乐和幸福打基础、做准备，而不是只为考试做准备。所以，要让学生多学习一些他们发自内心喜欢的东西。很多人可能会问，这个有用吗？既有用，又没用。没有用是因为考试考不到。最重要的并不是学生会不会背一首诗，而是他喜欢不喜欢，如果喜欢，那么没有问题；如果不喜欢，没有兴趣，那么背出来了又有什么意义？学习语文最成功的标志是什么？是学生喜欢读书，而且离开学校仍会一直喜欢下去。学习体育最大的成功是什么？就是让孩子喜欢运动，即使以后没有体育课了，没有体育老师了，还会乐此不疲、受益终身。

现在教育最大的问题，就是忘了孩子们的感受，只有单纯的知识倾倒和灌压，考试成绩单就可以说明一切。我们可能也都知道孩子们不容易、不开心、不喜欢，但因为众所周知的原因，还要咬牙坚持含泪奔跑，高考结束后，学生们恨不得立马把书本烧掉，这是成功的教育吗？

其次是家长认可。

家长需要什么样的教育？这个问题可以转换成：家长希望学校培养出什么样的孩子？这个标准和学校的标准不一定相同。

有人开玩笑说，学校培养人才的标准，最好参照丈母娘选女婿的标准，最实在、最实惠、最具体、最能抓住要害。丈母娘需要的是人品好、能力强、情商高，有发展前景，最终能创造美好未来的人。

家长有时是很无助的，只能集体臣服在教育体制之下，他们在孩子学校、班主任、任课老师的选择上没有余地，在学校教育理念的确立上只能被动接受。一个家庭又不可能以牺牲孩子未来的代价去对抗整个时代、整个体制。社会越来越复杂开放，熟人社会渐渐变成了陌生人社会，"前喻社会"也慢慢变成"后喻社会"。我们要看到这样的变化，研究这样的变化，因为这些都会很大程度上影响和抵消学校教育。

当今社会，至少有三个"家长"：第一家长是父母，第二家长是网络和手机，第三家长就是社会环境。这些"家长"有时会打架，有些因素甚至还会"反教育"，稍有不慎就有可能前功尽弃。所以，家长心目中的教育不只是学校和课堂，更应该有所拓展和延伸，它是一种立足当前、放眼长远的立体而完善的大教育。

再次是社会需要。

一个学生，学校毕业不是最终的、真正的毕业，社会认可才是真正的毕业。社会需要什么样的人？比如有人文精神，有正确的价值观、责任感、荣誉感，有事业心、同情心，有自控能力，等等。教育最终要向社会负责，要面向社会，所以教育不能离现实世界太远。

什么样的人最受欢迎？从我接触到的环境来看，一个单位最受欢迎的，肯定不是性格有缺陷的人，不是没有实践能力的人，不是没有主见的人。只要你有解决问题、团结协作、自主创新的能力，我才不管你是哪里毕业的。反过来，如果你名校毕业，却夸夸其谈、傲慢无理、自私自利，是一个"精致的利己主义者"，也不会有你的立身之地。从教育社会学的角度看，社会需要的是"和谐的人"，而不只是"技术"和"专家"。教育的意义，在于指导学生如何实现以及更好地实现自我价值和人生意义。

卢梭说过："世界上有一门学问最重要，但是这门学问最不完备，这门学问就是关于人的学问。"这是一个常识，可惜很多人没有真的理解。我们的学校不能只看现在这个点，不能只看到学生这个单一的角色，要看到学生作为一个人的基本特点和需求，要学会把时间拉长了看问题，把空间放大了看问题，这样才能真正面向现实、面向社会、面向未来。

最后是老师向往。

我一直认为，如果老师不幸福，学生就一定不幸福，这样的教育就不是成功的教育。老师的职业追求和生存状态一定要统一起来。我们有必要问一下老师们，你们喜欢现在的教育吗？你觉得现在的工作有价值、有意义吗？你快乐、幸福吗？这是一个非常重要的问题。

几个人外出旅游，在森林里遇见了一个正在砍树的樵夫。

看起来这个樵夫快要累倒了，几个人就问："你为什么不把斧子磨一下呢？"

樵夫叹气说:"哪里时间磨斧子啊?砍树已经把我忙坏啦!"

是不是很好笑,但现在很多老师就在这样努力地砍树。

老师最大的动力,是对本职工作的认同感和成就感。我很喜欢这样的观点:"我们不是因为成功而更加幸福,而是因为幸福而更加成功。"如果我们的老师身不由己、背道而驰,那就不可能有成功的、幸福的、理想的教育。

老师首先要成为一个有情趣、有文化、有意思、有内涵、有魅力的人。我儿子喜欢几个老师,一说到这些老师就会很兴奋,就会眉飞色舞,我就很放心,觉得教育成功了一大半。因为好老师是最好的教材,儿子自己愿意成为这样的人。

老师的高度决定教育的高度,教育的高度决定学生的高度,学生的高度决定未来的高度。老师们有没有理想是完全不一样的,同样的行动会有不一样的意义和效果,比如读书、写作、做游戏、布置作业等。什么样的老师是好老师?他们能感受到教育是一件幸福的、光荣的事,而且老师能用自己的无言之教去影响学生,并且是一辈子。

理想的环境之下,才可能有理想的教育。任何事物都有它的局限性,有它不可以超越的社会历史环境。我们不能苛求教育,但我们可以有理想,可以戴着脚镣跳舞,或许这才是理性的选择。

蜗居感怀

一个人和一个地方的关系极其微妙，它在过去的岁月里悄悄埋下种子，从此便融入你的血液，悄无声息，不知不觉，只在思考和行文时，悄然走入思绪和文字，不安分地拨动你的心弦。

对于我，东洲小学（简称东小）就是这样一个地方。

我"离开"东小只是空间上的状态，内心却有无法割舍的情愫。这种情愫最直观的表现，就是和别人谈及东小，我的称呼依然是"我们学校"。按理说这样的称呼是不准确甚至是错误的，然而东小五年的工作经历所产生的惯性让我浑然不觉。我想，真正客观地认识一个地方，最好的时机应该是离开了这个地方以后，随着时间的流逝，屏蔽一切纷扰，沉淀下来的便是最真最美的回忆。

初到东小，为拥有单身宿舍而兴奋不已。每天过的是一张椅一卷书一支笔、一盏灯一杯茶一天星的日子，晚上走在校园，感觉年轻的自己在和年轻的学校一起成长，一切都很美好，一切都值得期待。尽管宿舍只有八九个平方，位于一个自己都说不清楚的角落，然而对于我来说，已经很满足了。因为有了这一席之地，我的书们便不再流离失所。蜗居的面积有限，但在空间上可以大做文章。我把书码在四壁，大大小小，密密麻麻。当我把自己瘦小的身体抛在床上的时候，有了书们的陪伴，感觉那么得安心和舒坦。蜗居年久失修，像一个悬崖上的山洞，每有雨雪侵袭，我都半夜起床，紧锣密鼓地防风、防水、防鼠。因为白天要上课，抢险工作完成后还要抓紧时间睡觉，直到现在我都保持一个很好的习惯，不管夜里外界干扰如何，都能在最短时间内安然进入梦乡。有弊必有利，深以为然。

说到东小的发展和自己的成长，不得不提的一个人就是我的师傅，也是我的大哥、我的朋友许新海校长。我在他身上，感受到一种向上的力量。早在求学时就已听闻他的大名，读过他的文章。正如李敖所说："不认识我的人，喜欢看我的文章；认识我的人，喜欢听我讲话；了解我的人，喜欢我这个人。"这话也适合许校长。他就是这样一个浑身充满了燃烧不尽的能量和激情的人。有幸能在他麾下，做了许多极富挑战性、开创性的工作。东小的日子是紧张而艰苦的，能和许校长共事，内心却无比充实而欣喜。曾有机会留在南京工作，而我毅然回到东小，因为我喜欢那里，更因为有这位大气智慧的校长。

一直以来都很庆幸身边有一群很好的同事。住校的那段时间，黄健辉是我最近的邻居。我住三楼，他住一楼，彼此联系基本靠吼。每到饭点，我只需拉开窗户，大吼一声，他便应了，不等我摆好碗筷，密集的脚步声伴着雄浑的歌声，他已飘然到了门口。次数多了，我那不太高明的厨艺也让他学去几招。健辉是个聪明人，稍加操练，竟也搞得别有一番风味。偶尔在他宿舍品尝几次，进步不可小觑。

那时的邻居，还有童士忠、朱健华、沈辉、施明、姜勇、徐慧灵等。冬日聚会多以火锅，夏日则以小酌，或是宿舍，或是操场，几斤龙虾，几碟小菜，谈工作、论爱情、评人情、析世事。酒入豪肠，大家激扬文字，畅所欲言，不为琐事扰心，不为名利羁绊，日子过得澄净透明。这样的超然物外之乐在外人看来似乎有小题大做之嫌，然此间乐趣，非亲历者无法形容。

往日的一切，如今都已变成回忆，写下这些文字作为注脚，表达一个曾经蜗居东小快乐灵魂的心声。

的确，世界上还有无数学校历史比东小悠久，校园比东小美丽，待遇比东小优厚，但对我而言，只有东小才是最亲最近的天堂。

幸福的尺度

说起东小，总有一种温暖的感觉。这倒不仅仅是说我曾在那里工作过，和许多人有很多的交集、很深的友情，更重要的还在于，在那里有过一段让我迷恋的简单而满足的生活。

其实，真正理想的环境是不需要多少必要条件的，那时的东小便是如此。或者说，一个专注于精神生活的人，物质上的需求必定是十分简单的，那时的我便是如此。

1996年，我师范毕业来到东小，和这所与我同样年轻的学校朝夕相处。那时，我仍较好地延续着师范里那种单纯的状态，不懂人情世故，没有纷繁复杂的社会关系，没有买房买车的欲望和压力。学校把少年宫全托部的首届学生交给了我，我的教师生涯开始了。

那时的生活，一言以蔽之，就是"简单的幸福"。

开学第一天，第一次见到孩子们，五年级的他们小我十岁，他们天真、可爱的笑脸至今仍清晰地印刻在我脑海。那时的教室宽敞明亮，课桌都是单人的，教室的后方有图书架，还为每位学生配备了储物柜，一切都是那么美好，那么令人欣喜。我和学生们一起商量，花了一个晚上的工夫，用泡沫板刻制了一句话："今天我进步了吗？"张贴在教室的后墙。每天在这样的教室里上课，在孔老夫子"每日三省吾身"的教诲中，我能时时听到花开的声音，感受那蓬勃生命带给我的惊喜和感动。

那时的东小正处于招兵买马的初创时期，每年都有大量的年轻教师加入，我们共用一间很大的办公室。这样的办公室，摆满了办公桌，上面堆满了各式各样的作业本，课代表们往来穿梭，办公室常常人声鼎沸，热闹无比。这样的环境，和现在的办公条件相比，不可同日而语，却丝毫没有影响我们的工作热情，在大家眼里，除了学生，就是学校。我们既是老师，也像学生，大家吃在食堂，上课在教室，办公在学校，晚上又住在宿舍。有时，某个后进生有进步了，某个学生获奖了，某个学生发表作文了，我们都发自内心地感到快乐，这种快乐是不掺杂功利的纯粹的快乐。对于工作而言，我们是全身心、无条件的。著名学者周国平曾说过：你做一项工作，只是为了谋生，对它并不喜欢，这项工作就只是你的职业。你做一项工作，只是因为喜欢，并不在乎它能否带来利益，这项工作就是你的事业。以我现在有限的人生经历而言，世界上没有什么比教育更崇高的事业，身为老师，考虑最多的就是如何竭尽全力把学生培养好，让他们能更好地成长。"铁打的营盘流水的兵。"学生一届届地来，又一届届地去。老师们在周而复始中逐渐老去，就像树木可以长高长大，而泥土却永远都不可能五彩缤纷。作为一名老师，那时的我是幸福的，我有自己真正喜欢做的事，能时时感到内在的平静和满足。

那时候许新海校长还很年轻，他是所有年轻人的偶像。许校长是个非常勤奋的人，他的办公室灯光被我们称为"伏尔加河上的灯塔"，我的很多习惯都受他的影响。那时，虽然清贫度日，囊中羞涩，但是书店总是要进的，书无论如何也是要买的。书籍越积越多，自己买的、临时借的，虽无珍籍善本，积存竟也颇为可观。让我感激的是，在宿舍很紧张的情况下，许校长竟然破例给我安排了一间单人宿舍，这让我无比兴奋。宿舍长三米，宽也是三米，三三得九，算不上宽敞，但已是理想的安身之所了。终于，在一个炎热的午后，在一个朋友的帮助下，从学校附近的工地上借来一辆小推车，烈日下几个来回之后，我搬进了新居。新居陈设极其简单，一床一灯一桌一椅，墙上是我手书的"静观万物"斗方，余下的角落便理所当然地被我的书们所占据。起初，这些书摆放得甚是整齐，可日积月累，书的领地侵占到房间中央，继而延伸到椅上、床上，错综凌乱，大有泛滥之势。但我有绝对的把握，随时可以翻出某本需要的图书，如乡下老太清晨捡鸭蛋那般熟练，这让我感到欣慰和自豪。

我的宿舍无仙无龙，自然不敢与"南阳诸葛庐"和"西蜀子云亭"相提并论。但我喜欢我的宿舍，在这里，我可以纵情读书、恣意思考。中国人把学生上学叫作读书，其实做老师的人更应该读书。静静的夜晚，是我在书房中与书相拥最紧密的时光。正是在这个狭小的空间里，我找到了最佳的阅读状态，驰骋于辽阔的空间和漫长的历史，经历了有生以来最密集、最丰富、最庞杂的阅读体验。

如果说阅读是与大师的灵魂交谈，写作则是与自己的内心对话。通过写作，发现和捕捉生活中难忘的场景和瞬间，那是一种发现和表达的快乐。通过文字，我把这种快乐变成了长存的印记。前些时，无意中翻出那时写下的稚嫩文字，颇有恍若隔世的感觉。在文字的那头，可以打捞起一段遥远的时光。在东小，我前后搬过五次宿舍，辗转于校园的东西南北，如今走过校园，看到那些熟悉的建筑，眼前都是满满的回忆。

那时网络还未盛行，甚至手机都尚未普及，这倒反而促成了我们这群年轻教师的交往。教书作文之余，大家过着一种群居生活。比较奢侈的享受，就是在学校门口小得不能再小的小胖饭店小撮一顿，当时店里摆的都是小方桌，肉末粉丝煲、马夹鱼烧茄子、鱼头豆腐汤，都是招牌菜。如果再奢侈一点，就是到马路对面的山城火锅店，那时火锅刚刚兴起，点上一盆酸菜鱼锅底，叫上几个涮锅菜，一桌人围着，有说有笑，有吃有喝。这样的享受在现在看来真是不值一提，但那种苦中作乐的日子，那种有滋有味的生活，那种心无旁骛的状态，在喧嚣浮躁的当下，才是最大的奢侈。

一个人年轻时，外在因素会对他产生较大的影响，我庆幸在这样的关键时刻和东小有缘。不觉间，东小迎来了二十岁生日，荣幸的是，在这二十年的发展历程中，我也是一个参与者、见证者和受益者。二十年，对于一所学校也许算不了什么。但对于我们而言，却有着太多的变化和感慨。我们留下那些记忆的同时，也留下了那些衡量幸福的尺度。更重要的是，这样的尺度，永远都不会过时。

岁月有声

01

小时候,生活艰苦。

餐桌上偶尔会出现黄豆炒花生,黄豆多花生少,我就专挑花生吃。爸爸笑着对我说:"儿子,你的筷子真聪明,每次都能夹到花生;我的筷子不行,只认得黄豆。"

我很得意。

妈妈那时告诉我和哥哥,芋头烂了以后,比不烂时更香、更好吃。

于是,家里煮芋头,我和哥哥就专拣好的吃,妈妈只吃烂的,还一个劲儿说好吃。

后来我才明白,芋头还是不烂的好吃。

02

一次,朋友去体检,肝部发现较大阴影,医生让他尽快做进一步检查。

第二天,我和他爱人送他去医院,检查结果为良性囊肿。

朋友说,躺在CT机上,一秒一秒地煎熬,结束后,第一时间观察我们的表情,听到结果的那一刻,整个世界一下子变得无比可爱。

他又告诉我，夫妇俩昨晚一夜未眠、抱头痛哭，谋划如何处理生意，如何把资产变现，如何在父亲缺席的情况下把女儿培养成人。

如今，朋友驰骋商海，喝酒依旧，放纵依旧，玩命依旧。

03

儿子小学时到同学家做客，同学父母经商，家庭条件很好。儿子回家后，对我们说："我好想成为他们家的儿子啊！"

我们无言以对。

后来，儿子同学到我们家做客，看到我们对儿子很民主，生活学习环境都很宽松。临走时，同学对儿子说："我好羡慕你们家啊！"

我们无比欣慰。

04

在街上遇见一人，非常面熟，一时难以想起，只能喏喏应对。

别后努力回忆数日，仍一无所获。

某一日，灵光一闪：此人原来是我上学时宿舍门口修鞋的，那三年中几乎每天都能见到，二十多年以后，曾经"熟悉"的人，再也无法还原到"熟悉"的环境，成了"熟悉的陌生人"。

05

早上买大饼。

大饼摊生意火爆，经常排起长队。这次去得早，排队人还不多。

等大饼出炉，前面的人依次购买，轮到我时，只剩下两个，而我需要三个。

卖大饼的对我说："只有两个，你拿不齐，还是等下一炉吧。"

我眼睁睁地看着身后两个人，每人拿了一个，心满意足地离开了。

我先到，却要等下一炉，总觉得哪里不对。

06

十多年前，朋友单位特别重申，工作时间严禁打游戏。

朋友是个棋迷，一次棋瘾上来没忍住，就在网上下了起来。难解难分之时，恰逢内急，遂托付同事小王，如果对方动哪步，你就如何这般应对。

几分钟后，朋友回到办公室，见小王一脸沮丧。原来，朋友离开后，领导有事来办公室，撞见小王全神贯注盯着电脑"下棋"，当场对这种明目张胆的"顶风违纪"行为进行了严厉批评。朋友是科长，是小王的顶头上司，小王不便明说，更重要的是，即使他说了实话，领导会信吗？

儿子的圣诞节

早上七点，我被儿子的敲门声吵醒。

儿子非常兴奋："我又收到圣诞老人的礼物了！"

好多年以来，我们都会买一些儿子最喜欢的礼物，在平安夜装在圣诞袜里，偷偷放在他的枕头边。这个简单得不能再简单的游戏，在儿子看来却是真真切切的存在。

最初，儿子将信将疑，他曾经问道："我们家没有烟囱圣诞老人怎么进来呢？"我和爱人说："没关系，我们家有油烟机的通道，再说了，圣诞老人还可以从窗户爬进来。"儿子放心了："我是个好孩子，圣诞老人才会给我送礼物吗？"我们说："那当然。"

于是，每年的圣诞节来临之前，儿子都会许下一个美好的愿望，希望圣诞老人在平安夜帮他实现。圣诞老人自然没法听到他的愿望，而我和爱人却记在心里，每年都认认真真地代圣诞老人完成任务。于是，圣诞节成了儿子一年一度最盼望、最开心的日子，每次儿子拿到礼物两眼放光、吃惊和兴奋的神情让我们难以忘怀。我们告诉儿子，因为圣诞老人认为他是最好的孩子，总会送他想要的礼物。

今年校园里流行溜溜球，各类型号、各种花色层出不穷，儿子乐此不疲，还在学校的"达人秀"中成了"溜溜球达人"。圣诞节前夕，儿子说："今年圣诞老人如果能送一个'光子精灵'溜溜球给我，那真是太好了！"

悄悄地，爱人在网上买到了儿子最喜欢的溜溜球。"平安夜"爱人有事不在家，于是重任就落在了我的身上。儿子睡下后，我特地炮制了一封圣诞老人的来信，把它和藏了多天的礼物一起放在了儿子的枕边。信中"圣诞老人"称赞了儿子一年来取得的进步，表扬了他做得好的地方，同时对新的一年提出了新的希望。

儿子今年已经8岁了，但他对圣诞老人的厚爱没有丝毫怀疑。早上拿到礼物，他认真地说："昨天半夜我好像听到了圣诞老人下楼的声音，他很忙的，急着要到别的地方去，圣诞老人真好！"整整一天，儿子见人就说："圣诞老人给我送礼物了，真的给我送礼物了！是我睡着的时候，悄悄放在床头的，还写了一封信给我，说我表现好，第一个就来看我了……"

相对其他同龄孩子而言，儿子似乎幼稚很多，这是我和爱人一直担心的，但在圣诞节，我们却庆幸和感动于儿子保留的这份难得的童心。

环顾我们周围，为了赢在起跑线上，孩子们把童年过早地让位于各种补习班、兴趣班，过早地参与进大人们的世界，电视和网络上到处都是"神童"的身影，现代版"拔苗助长"不断上演。尼尔·波兹曼曾提出过一个著名的论断："童年的消逝"。有网友感叹："当今社会，已经不允许一个人有太长的童年了！"作家史铁生在《我与地坛》中写道："一个人长大了若不能怀恋自己童年的痴拙，若不能默然长思或仍耿耿于怀孩提时光的往事，当是莫大的缺憾。"

我一贯对所谓的"洋节"不感兴趣，但既然生活的风雨早晚会到来，在这个"被催熟"的环境中，就让孩子在童话世界里多待一会儿吧，让他对童年的美好时光怀有期盼，这比过节更重要。

总有一天，儿子会明白事情的真相；总有一天，他会理解我们的良苦用心。

真的好温暖

1921年,北京协和医院进行最后一科英文考试时,考场上发生了意外。一名女考生突然晕倒,紧急情况下,一位来自福建的女孩毅然放弃了自己的考试,奔向那位考生。当她不顾一切地救助完晕倒的考生时,考试已经结束了。

这个勇敢的女孩知道自己会落榜,没有丝毫怨言,回到家中,准备明年再考。

监考老师将事情的经过报告了协和医院,希望能给她一次补考的机会。医院查看了她前几科的成绩,被她在考场上的表现所感动,决定免试录取她,因为她救人于危难,体现出了一名医生应有的品德。

这位女孩就是林巧稚。

协和医院用温暖回应了温暖,事实证明,那个温暖的决定是十分正确的。

进入协和医院后,林巧稚每年的生日都在产房里度过。她说:"宝宝出生时的哭声就是我最美妙的生日歌。"在她心中,病人永远是最重要的,她爱病人超过爱自己。

1941年,协和医院被迫关闭,为了继续给病人看病,她在小胡同里开办诊所。

新中国成立后,她再次回到协和医院,在离妇产科最近处租了一个小地方。不管在什么情况下,电话铃一响,她都能第一时间出现在病房。她一生未婚未育,她说,自己唯一的终身伴侣就是床头那部电话。

她亲手接生了包括袁隆平院士在内的5万多名婴儿,成为中国妇产科学的开拓者和奠基人,人们亲切地称她为"万婴之母""中国医学圣母"。

林巧稚用她的慈爱和无私,演绎出了医者仁心的最高境界。

我还看到过这样一则真实而温暖的故事。

2020年春节过后,货车司机小陈接到了复工复产的通知,便立即开车上路。

平时,他用18个小时就可以送完货物,但这次他遭遇了越来越大的暴风雪,只能小心翼翼地慢速前进。后来,天气继续恶化,高速公路全程封闭,为了确保抗疫物资及时送达,小陈不得不绕道乡村小路。

此时,干粮早已吃完,寒风穿透了他的衣物,他又累又饿。

眼前出现了一户亮灯的人家,他毫不犹豫地走了过去。门打开了,一位慈祥的老大娘出现在面前。

小陈向她解释自己的处境,请求借宿一晚。老大娘热情地欢迎他,并亲手做了一碗热腾腾的面条。这一刻,小陈感到了久违的温暖和感动。

他拿起筷子,突然愣住了。面条上整齐地摆放着一层蒜丝,他想起了小时候妈妈做的面条,强烈的思念之情涌上心头,不禁热泪盈眶。

老大娘注意到小陈情绪的异样,急忙询问他是否不舒服或者自己做的面条不好吃。

小陈哽咽着说:"大娘,我很小的时候就从家里走丢了,被人带到很远的地方。我跟着养父养母过日子,再也没有见过亲生父母。只有妈妈做的面条我一直记得,今天您做的这碗面条让我想起了她。"

大娘听完这番话,当场愣住了。她的儿子曾经在小时候走失,她和

213

丈夫历经艰辛坚持寻找，但一直没有任何线索。丈夫离世后，她已经是71岁高龄。多年来，她一直心系着失散的儿子，始终没有放弃寻找的希望。

"你肚皮下面有块青记，是吗？你小时候的小名是不是叫小石头？"大娘颤抖着问道。

小陈惊呆了，擦着眼泪不住地点头。

两个人激动地拥抱在一起。

送完货后，小陈第一时间和大娘做了DNA比对，他们确实是母子。

这就是一碗蒜丝面创造的奇迹，真的好温暖。

小小的善举能够改变自己和他人的命运，它的力量如此宏大而真实，期待更多被温暖击中的时刻。

05
寂寞的彼岸

上帝是公平的,
他给所有人一枚硬币,
却只给我们展示其中一面,
而另一面永远无法看到。

人生的底层逻辑

英国科学家焦耳通过大量科学研究提出了"能量守恒定律"。他认为，一个封闭或孤立系统的能量既不会凭空产生，也不会凭空消失，它只会从一种形式转化为另一种形式，或者从一个物品转移到其他物品，而能量的总量保持不变。

人生，其实就是一场能量守恒。

上天关上了一扇门，就会为你打开一扇窗。

有个国王喜欢打猎，一天，他射倒一只花豹，但花豹使出最后的力气，将国王的小指咬掉一截。

国王叫宰相来饮酒解愁，谁知宰相却微笑着说："想开一点，一切都是最好的安排！"国王听了很愤怒，"如果寡人把你关进监狱，这也是最好的安排？"宰相微笑着说："如果是这样，我也深信这是最好的安排。"国王大怒，派人将宰相押入监狱。

一个月后，国王养好伤，微服私访。他来到一处偏远的山林，忽然从山上冲下一队土著人，把他五花大绑，带回部落。

山上的原始部落每逢月圆之日就会下山寻找祭祀满月女神的祭品。

正当国王绝望之时，祭司忽然大惊失色，他发现国王的小指少了一截，是个并不完美的祭品，收到这样的祭品满月女神会发怒，于是土著人便将国王放了。

国王狂喜，回宫后叫人释放宰相，摆酒宴请，国王说："你说的真是一点也不错，如果不是被花豹咬一口，今天连命都没了。"

国王忽然想到什么，问宰相："你在监狱里蹲了一个多月，这又怎么说呢？"宰相喝下一口酒说道："如果我不是在监狱里，那么陪伴您微服私访的人一定是我，当土著人发现国王您不适合祭祀，那岂不是就轮到我了？"

同样，上天打开一扇窗，也会随手帮你关上一扇门。

有的人长命百岁却一生贫苦，有的人有权有势却身陷囹圄，有的人腰缠万贯却命运多舛，有的人聪明绝顶却误入歧途，有的人灯红酒绿却健康堪忧，有的人事业有成却缺少温暖，有的人绝世红颜却命比纸薄，有的人人前风光却人后沧桑，有的人此时是大爷彼时却不得不装孙子……

很多时候，我们觉得有些人很光鲜，只是他们背后的那些不堪，别人没有听到看到而已。正所谓"不如意事常八九，可与人言无二三"。

台湾著名漫画家朱德庸有个作品《我从十一楼跳下去》，共由十二幅图组成。

一女子因为生活绝望，从十一层楼跳了下去。在下坠的过程中，她经过每个楼层的窗户，看见十层往日的恩爱夫妻正在激烈吵架、相互殴打；九层的那个坚强的男子汉，不知为什么正在哭泣；八层的美女发现自己心爱的丈夫与别的女人上了床；七层的少女丹丹正在吃忧郁症药丸；六层失业的阿信，正在看报纸找工作；五层受人敬重的王老师正在偷穿老婆的内衣；四层的女子正在和男友闹分手；三层独居的老伯非常孤独，正在盼望有人来访；二层的莉莉看着半年前失踪老公的照片发呆。

这时，她才明白，在从十一层跳下之前，以为自己是世界上最倒霉的人，看到他们之后，才觉得自己其实活得还不错。她狠狠地摔在地上，十一层楼下那些人都把头伸出窗外，此时她想，他们看到我坠楼身亡之后，也许觉得自己过得还不错。

我们是远视眼，总活在对别人的羡慕里；我们又是近视眼，常忽略自己拥有的幸福。

这世界一定是公平的，上天不会给你既开门又开窗。喝牛奶的，身体可能不如给他送牛奶的。同样的道理，送牛奶的，尽管非常努力，收入可能也不如天天在家喝牛奶的。

当然也有例外。有个人他天资聪颖又相貌英俊，刻苦勤奋又处世圆融，胸怀大志又思维缜密，权倾天下又富可敌国，这样的人是不是堪称完美？但最后呢，他却被皇帝赐死，他的名字叫和珅。

有时，对于人生而言，人们所认为的不公平，其实已经是最大的公平了。

很多时候，老天也很为难，他忙着平衡：一边是自由，一边是束缚；一边是耕耘，一边是收获；一边是高回报，一边是高风险；一边是失之东隅，一边是收之桑榆；一边是欣喜若狂，一边是伤心欲绝；一边是电闪雷鸣，一边是云淡风轻；一边是常人无法忍受的痛苦，一边是常人难以企及的辉煌。

人生行走在得失之间，你不可能既要又要还要，有道是"福兮祸所伏，祸兮福所倚"。

老天是公平的，他给所有人一枚硬币，却只给我们展示其中一面，而另一面永远无法看到。

所以，人生不会完美，也不可能完美。

但从另一个角度而言，如果你能容忍并接受人生的不完美，那么你的人生便是完美的。

正如罗曼·罗兰所说："看清了这个世界，而后爱它。"

一个人遭遇得越多，就越容易珍惜一些小小的幸福。很多人得到的东西越多，却越来越找不到满足感和幸福感。比如，小时候的一顿红烧肉，能让人记住一辈子，现在呢，你是不是对什么都没有了胃口？

所以说，完美人生的起点很低，知足就行。完美人生的顶点很高，永无止境。在我看来，在眼前的苟且中，不忘诗和远方，这才是完美人生正确的打开方式。

没有道理的道理

有一个非常优秀、非常自律、非常努力的朋友向我倾诉，最近陷入烦恼甚至抑郁，不知什么原因，听到很多议论和怀疑的声音。

我和朋友数十年的交情，对他了如指掌，他在我心目中几乎完美，可以用"公而无私、人畜无害"来形容。

这样的人背后还有人说三道四吗？还真有。

叔本华说过，人性一个最特别的弱点就是：在意别人如何看待自己。

但这个弱点是人类的"出厂设置"。

在原始社会，如果一个人被别人讨厌，那么他的处境将十分危险，很可能被集体排斥，大家不会带着你打猎、摘果子，那就意味着死亡，所以那时的人必须"在意他人如何看待自己"。

当代社会就不一样了，我们不需要再依附于别人，每个人都有自己的独立人格和价值。

但一个无法回避的事实是，无论你怎么做，都不缺旁观者、评论者。

有一个《父子抬驴》的故事，讲的是父子二人赶着一头驴进城，有人笑话他们："这父子真笨，有驴不骑，自己走着进城。"于是，父亲就让儿子骑上驴。走了不久，又听到有人说："儿子骑驴父亲走路，这是个不孝的儿子。"父亲忙叫儿子下来，自己骑了上去。但随后又有人说："真是狠心的父亲，自己骑驴，让孩子走路。"父亲听到后，连忙让儿子也一起骑上。心想，这下总该没人议论了吧？谁知又有人说："两个人都骑上，也不怕把那瘦驴压死。"父子俩一听，赶快下了驴子。为了不让人继续说闲话，二人把驴子的四只脚绑起来扛着走。那头驴挣扎了一下，结果父子二人连同那头驴都掉到河里淹死了。

故事有点老套，道理依然年轻。

现实是复杂的，人类也是复杂的，每个人都戴着"有色眼镜"，用自己的立场审视你我、审视世界。

有个画家，创作了一幅作品，把它拿到市场上，在作品旁放了一支笔，并附上一则说明：亲爱的朋友，如果你认为这幅画有欠佳之处，请在画中做上标记。

当画家取回作品时，发现整个画面都涂满了记号，没有一笔不被指责，画家万分失望。

失望之余，画家决定换个方式再试一次，他画了一幅同样的作品，要求观赏者将自己最欣赏的地方标上记号。结果，那些曾被指责的地方，都画满了赞美的标记。

画家感叹道："无论自己做什么，不可能所有人都满意。在一些人看来最丑的，在其他人眼里恰恰是最美的。"

一个人，无论你怎样，一定有人喜欢，也有人讨厌，甚至一个人的优点，在另一个人眼中成了缺点。你的好心，在别人那里成了罪过。

更为扎心的是，别人讨不讨厌你，和你没关系，可能连讨厌你的人自己都说不清楚。

其实，每个人何尝不是如此？

有的人你第一眼看到就很喜欢、很亲切，哪怕他什么都没做，什么都没说，你对他什么都不了解；有的人刚见面就觉得不顺眼、不舒服，

221

总觉得这人绝非同道中人。

这真是"没有道理的道理",很不公平,却没法解释。

所以,一个人的"认知雷达"不要过于敏感,不必因为有人在人群中多看了你一眼,和领导打了招呼对方没有回应,同事在你身后窃窃私语,一个最好的朋友一直没有给你点赞,你敬了酒对方却没有回敬你,而变得惴惴不安。

很多时候,你以为真的只是你以为。

一个人的幸福程度,往往取决于他多大程度上脱离对外部世界的依附。

要建立起自己独立的操作系统,不依靠外在环境,就能研判、分析、处理外界的评价,这是你最安全的"防火墙"和"护城河"。

还是回到朋友的事情上。

朋友勤于学习、不断精进,有人说他野心十足、不知深浅;他坦率厚道、真诚待人,有人说他不懂世故、情商不高;他扎实工作、心无旁骛,有人说他脑筋不活、单调死板;他尊重领导、团结同事,有人说他崇上媚下、工于心计;他淡泊名利、与世无争,有人说他善于伪装、别有用心。

我对朋友说,在别人眼里,你就像一部小说,会有很多种解读,即便是《红梦楼》这么伟大的作品,照样有人会挑出一大堆毛病。

还有,我说,你是不是应该反思一下,是否优秀得让人家嫉妒了?如果你非常普通,谁愿意花时间议论你?

有些人,以圣人的标准要求别人,在他们的评价系统里,你永远都无法做到"零差评"。

有些人拿世故圆滑、精于算计当成熟,拿小人之心度君子之腹,拿自己的尺子去量别人的长短。

有些人对你指手画脚、说三道四，不是为了你好，甚至见不得你好，只是作为茶余饭后的谈资，过过嘴瘾而已，他们不会对你的未来负责。

世间无非三件事：你的事，我的事，老天爷的事。

你的事，关我屁事！

我的事，关你屁事！

老天爷的事，关你我屁事！

朋友笑了，释然了。

《明朝那些事儿》这样写道：这世上只有一种成功，就是用你喜欢的方式度过一生。

我们不懈努力，终极目标不就是为了不泯然于众，活成真正的自己吗？

最后，我把网上看到的一段话分享给他：

这世上有20%的人，不管你怎么努力，都会讨厌你。有60%的人是"骑墙派"，根据你的行动改变对你的态度，一会儿路转粉，一会儿粉转黑。剩下20%的人，不论你多么笨、多么马虎、捅了多大娄子，都会无条件相信你、接受你、喜欢你。

而我就是那剩下的20%，永远是！

朋友听了，长长地舒了一口气，哼着小曲儿，屁颠屁颠回去了。

车如人生

车如人生,人生如车。

一辆车经过加工来到这个世界,和一个人十月怀胎一朝分娩是一样的。

汽车开出4S店,挂着红绸,放着鞭炮,车主欢天喜去上牌,有了行驶证,就可以合法上路了。一个人出生后,在满月酒的祝福声中,父母满怀喜悦取名上户口,更新了户口本,孩子有了正式身份,从此闪亮全场。

汽车档次有高低,这完全取决于主人的实力。好的车,有好的底盘、好的座椅、好的音响、好的灯光、好的动力、好的轮胎、好的制动、好的操控。一好百好,什么都好。而一个人来到这个世界,无法选择自己的家庭和父母。有人一辈子最大的愿望就是去罗马,虽历经千辛万苦,仍然遥不可及。而有人却出生在罗马,高枕无忧,顺理成章。

有的车落户在城市,天生就走平坦宽阔的柏油路。有的车落户在偏僻的农村,只能走坑坑洼洼的乡村小路,经受风沙的洗礼、泥泞的考验。一个人出生在城市,顺理成章地扣好了人生的第一粒纽扣,从学龄前开始就接受良好的教育,像一颗种子,播撒在肥沃的土地,迎风而生,欣欣向荣。有的人出生在农村,甚至山村,犹如被吹到贫瘠山野的种子,顽强发芽,努力生长。好在洗牌的是上天,出牌的是自己,抓到好牌是幸运,抓到烂牌是常态。起点会影响终点,但不会决定终点。最酷的人生，不是抓到好牌，而是打好烂牌。

不同的车，需要不同的保养。一定级别的车，配有专职司机，日日擦洗，时时观察，稍有端倪，即刻修复，车况始终处于最佳状态。就像一个人，养尊处优，吃不尽的山珍海味，享不尽的荣华富贵，满脸红光、神采奕奕。对普通车辆来说，没法讲究，只能将就。加低标号的油，用经济型的轮胎，贴实惠型的膜，细小的划痕，轻微的碰撞，小毛小病，只要不影响出行，先凑合着用，等定期保养时一并处理。像极了芸芸众生，粗茶淡饭，经济实用，行色匆匆。

好在，没有完美的车，只有适合自己的车。一辆车就是一个矛盾的统一体，就是一个合理的悖论。"鱼和熊掌不可兼得。"好的车价格贵，安全性高，但排量大、油耗大、使用费用大。便宜的车，安全性低，但排量小、动力小、油耗小、维护费用小。看功能，看面子，看费用，还是看安全？选择一种车，就是选择一种生活方式。你永远不可能面面俱到、事事顺心。就像人在旅途，不时有车从后面呼啸而过，也有车被你甩在身后，总有车比你的好，总有车比你的差，无论你怎么努力，你始终比上不足、比下有余，被他人笑笑，再笑笑他人。

遇到堵车，车们挤在一起，又归于新的平等，再豪华的车也失去了优越感，失去了动力优势和腾挪空间。再差的车也没有了自卑感、失落感。"人急得像热锅上的蚂蚁，车慢得似背着壳的蜗牛"，所有人只能调整好心态，收起诗和远方，共同应对眼前的苟且。

一辆车像极了一个人。

中控如大脑，发动机如心脏，油路如血管，电路如神经，轮胎如四肢，外壳如躯体，灯光如眼睛，喇叭如喉咙，排气系统如排泄系统……车用久了，难免更换零件，有时需要大修，修好了才能继续上路。但并不是所有零部件都能更换。没有一辆车可以越开越新，都有一个共同的结局——报废，变成一堆破铜烂铁，熔于一炉，复归自然。人病了，需要治疗，需要手术，甚至需要更换器官。和车一样，并非每次都能修好如初。公平的是，谁都有生老病死，谁也不可能活着离开这个世界。一辆车最后比拼的是车况和性能，而一个人最后的骄傲，是没有失眠，没有三高，没有烦恼，活成自己喜欢的样子。

有的车可能会提前出局。面对交通规则和复杂的路况，左冲右突，恶意超车，野蛮驾驶，该踩刹车的时候踩了油门，只想抢先那几秒，没想快进了很多年。所以，道路千万条，安全第一条，快的车未必先到目的地。人也一样，风雨人生路，欲望是油门，自律是刹车。遇到红灯停一停，遇到黄灯看一看，遇到限速缓一缓，切不可图一时之快，一脚油门踩到底，不撞南墙不回头。也不可踩下刹车，抛锚熄火，万事大吉。众所周知，汽车的油门和刹车都靠在一起，刹车踏板比油门踏板更大，这是否在提醒我们，安全比速度更重要？任何时候都不能侥幸，谁也不知道下一秒是意外还是未来。人生如行车，慢就是快、快亦是慢，该快则快，该慢则慢，万一走错了，就要像导航提示的那样"请在前方合适位置掉头"，这样才能张弛有度、进退自如。

更重要的是，要搞清方向盘和油门的关系。

把准方向盘，轻踩油门，方可平稳起步，行稳致远。猛踩油门，再打方向盘，大概率会南辕北辙，适得其反，买了保险也回天无力。就像一个人，知道要去哪里，那就日夜兼程，路虽远，行则将至。没有目标的人生，犹如没有方向盘的汽车，你不知道去哪里，那么你哪里也去不了。

把好方向盘，踩下油门，还要系上安全带。我有一个朋友，出过一次大车祸，差点丧命，从此以后，每次开车必系安全带，还不止一次提醒我们。他的表情温和，语气坚定，曾经的血肉模糊，让这善意的提醒字字千钧、不容置疑。系上安全带可能有点不方便、不舒服；但不系的话，以后不一定再有系上的机会。就像曾国藩所言："耐得千事烦，收得一心清。"没有"小烦恼"，哪来"大自在"？

各式的车，载着各样的人，为了各自的目的，奔向各自的地方。即使相同的车，也遭遇不同的风景。有的诗情画意，有的灯火阑珊，有的风雨交加，有的柳暗花明。高配的车，不等于高配的人生。买得到好的车，未必能买到好的心情。有人宁愿坐在宝马里哭，也不愿坐在自行车上笑。坐宝马车上想哭的人，坐自行车也笑不出来。坐自行车上笑的人，坐上宝马也不会哭。有人开着最普通的车，哼着最喜欢的曲儿，不纠结，不拧巴，白天有说有笑，晚上睡个好觉，在自己的世界里闪闪发光，谁能说这样的人不是人生赢家呢？周国平说："一个人只要知道自己真正想要什么，找到最适合自己的生活，一切外界的诱惑与热闹对于他就的确成了无关之物。你的身体尽可能在世界上奔波，你的心情尽可以在红尘中起伏，关键在于你的精神一定要有一个宁静的核心。有了这个核心你就能成为你奔波的身体和起伏的心情的主人。"

人生就是一场旅行，人是车的过客，车是人的驿站。车来车往，人来人去，车可以更换，人生却不能重来。

只有开好车，才能做好人；只有做好人，才能开好车。

愿好人配好车，好车配好人。

车如人生，人生如车。

习以为常的"习以为常"

一个停电的夏夜，几个人点着蜡烛打麻将。

打到半夜，大家感觉有点儿热。

有人提议："太热了把电风扇开一下。"

有人反对："不能开，一开蜡烛就吹灭了。"

大家都说："对，对，不能开！"

于是，一致同意不开电风扇。

他们竟然忘了停电这件事！

大家习以为常地认为，有电才是常态。

可见，有些东西，越是平常，越易忽视。

譬如健康。

有多少人会关注自己的牙齿？我们甚至在刷牙和吃饭的时候，都会忘了它的存在。只有在一些特定的情境下，才想起原来还长着牙齿。

我在经历一次刻骨铭心的牙疼后，才开始认识牙齿的。

有一天，我感觉牙齿有些胀痛，似有似无，忽轻忽重，没往心里去。几天过后，疼痛加剧，几天几夜无法入睡。夜深人静时，更是无助，感觉牙神经在暴动，太阳穴在跳动，整张脸肿了一圈儿。把手伸进嘴里，又找不到哪颗牙在作祟，恨不得把所有牙齿都抠下来。那时真想把自己打晕，就此了结一生。

突然觉得很奇怪，以前怎么没有发现，牙齿不痛的时候，是多么舒坦，多么幸福！

去了牙科，医生找到了元凶，说发炎期间不能拔牙。又经过几天煎熬，才切断牙神经，拔掉牙齿。当天使般的医生夹着那颗带血的智齿递到我眼前时，我认真地发誓：此生一定要善待牙齿！

从此以后，只要看到有人牙疼，我会第一时间投以同情的目光，还会默默地为自己庆幸："牙不疼，真好。"

我们对耳鼻喉、肠胃肾、肝胆脾、甲状腺前列腺胰腺，恐怕也是如此。

但如果你身边最亲最近的人忽然倒下，在被称为"人间地狱"的ICU病房，看到插满管子的病人，听着各种仪器嘀嘀鸣响，感受压抑而痛苦的气息，你才知道，健康不是一切，但没有健康就没有一切。对躺在病床上的人来说，最大的奢望，不是马拉松，不是马甲线，不是跳伞、潜水、自驾全国，而是走着甚至是活着离开那里。

对一个健康人来说，这是多么微不足道、习以为常。

只有病人才真正懂得健康。让一个人大彻大悟，最好的办法，就是大病一场。

叔本华说过："人最大的愚蠢，就是用自己的健康去换取身外之物。"

我曾写过一篇题为《我在医院思考了一下人生》的小文，引发很大共鸣，意外的是，那么多人曾经在体检时虚惊一场，同样意外的是，短暂的惊吓过后，很少有人引以为戒。

健康对人来说真是一个悖论，既极端重要，又极易忽视。没时间锻炼，就要腾出时间看病；不按时吃饭，就得按时吃药。人生就是乘法，健康为零，一切归零。没有人意识到，身体好，本身就是一种了不起的才华。

我们同样习以为常的还有自由。

最让人能体会到自由可贵的地方无疑是监狱。

有人说，入狱前，自由就是想干什么就干什么；入狱后，自由就是你不想干什么就不干什么。但监狱，是一个你不想干什么，就让你必须干什么的地方。

可以想象，对于一个度日如年、掰着手指头算着天数的犯人来说，"自由自在""无拘无束"该是多么美好的字眼！

那我们不是时刻拥有吗？老实说，真没啥感觉。

人有个通病，习惯成自然，失去才珍惜。

对于那些等电梯都要翻看手机的人，断几天网试试？每天开车上下班的人，把车送去修理厂试试？有父母帮着照看孩子的年轻人，老人回去一个月试试？家中有人做饭的，点半个月外卖试试？吐槽工作太累的人，居家半年试试？倒头就能打呼的人，失眠一周试试？

左手清晨，右手黄昏，生活明朗，万物可爱。看似波澜不惊的日复一日，其实，每一个"习以为常"背后，都是非同寻常。

遗憾的是，有些道理，年轻时无法懂得，懂得时已不再年轻。

最大的底牌

戏剧家夏衍临终前,被病魔折磨得十分痛苦。

秘书说:"我去叫大夫。"

正在他开门欲出时,夏衍睁开眼睛,艰难地说了一句:"不是叫,是请。"

随后昏迷过去,再也没有醒来。

这是夏老生前改动的最后一个字,他没有时间也没有必要作秀,体现出一种深入骨髓的谦和、根植于心的尊严、无需提醒的礼教和无时不在的高贵。

一次招商活动中,遇到一位女企业家,谈话中提及她的企业管理理念,她说她笃信中国传统文化,定期举办各种培训班研读经典作品。所有员工都是食堂的义工,轮流为大家捡洗食材,每年都把员工的父母请到企业参加活动。员工们积极投入,做到"行有不得、反求诸己"……她介绍的几个细节给我留下了非常深刻的印象,后来去她的企业考察,如其所言,一切井然有序、平和妥当,员工们脸上洋溢着满足的微笑。企业入驻园区以后,果然信守承诺、务实笃行。

我有一个朋友,开车时在路口遇到红灯,宁愿在直行车道上排队,也不去空着的右转车道,他说这样右转的车就可以不用等待直接通行。我说你不占其他车也会占的,他说,那是他们的事,每个人只能为自己的行为负责。我现在每次开车都会想到他的话,尽量为别人着想,在直行车道上耐心排队。

很多超市的入口，都有条状的塑料门帘，有些人进去后，会看一下身后有没有人，有人就继续举着，没有人也会慢慢放下，免得不小心砸到后来人的身上。

人品是最大的底牌，这样的人心中一定常怀他人，与之相交，如沐春风。

"魔鬼藏在细节里。"生活的一切原本是由细节构成，无数不起眼的细节，绘就了人生的底色。

多年前，我去一个朋友家做客。朋友很有钱，家里有一个保姆，年纪有点儿大，一直勤快地端茶送水、忙前忙后，朋友也一直指使着她做这做那。突然，从厨房间传出朋友刺耳的训斥声："说过多少遍，洗水果一定要用洗洁精，怎么就是记不住呢？这碗饭看来你是不想吃了！"朋友平时低调、谦恭、有礼，与领导、同学、朋友都相处甚欢，这是我第一次见到他居高临下、颐指气使的陌生姿态。保姆是和我母亲一般年纪的长者，可能也是不得已才出来谋生，吓得看着地面，大气也不敢出。在我看来，这样的长者，哪怕再大的失误，也不必如此说话，更不用说是那样的小事。

朋友一转身，看到我站在门口，立即堆着笑对我说："没事儿，走，我们继续喝茶。"

那一刻，我非常失望。

对弱者的态度，才是社会文明的标尺。我们身边的一些人，也许能力很强，事业很大，但对餐厅的服务员、单位的保洁工、菜场的小商贩、门口的快递员、路边发广告的年青人，缺乏起码的善良和耐心，这些无意识的流露，折射出人性的晦暗，举手投足之间，上下已分，高低尽显。

有句话说得好，我不是看不起你的能力，而是不看好你的人品。

因为某个细节，别人可能就把你的人品判了高下。

曾经读过一篇文章，说的是一位先生与朋友吃饭，回家的路上，父亲对儿子说："你这个朋友，不可深交。"

儿子愕然，这个朋友是生意场上认识的，合作过几次，印象还不错。

父亲说："从吃相看，基本可以知道他是个怎样的人。他夹菜有个习惯性动作，总是用筷子把盘子底部的菜翻上来，划拉几下，才夹起菜，对喜欢吃的菜，更是反反复复地翻，把筷子当成锅铲。"

儿子不以为然："每个人习惯不同，不必苛求。"

父亲摇摇头说："如此吃相，只能说明他是个自私、狭隘之人。面对一盘菜，他丝毫不顾及别人的感受，如果面对利益诱惑，他一定会不择手段占为己有。"

后来发生的一件事，印证了父亲的话，为了一点蝇头小利，那位朋友果然弃义而去。

生活中类似的细节很多，比如：麻烦别人帮忙，觉得天经地义的；看不得别人好的；背后说人坏话当面装好人的；分手后说前任坏话的；只会抱怨推卸责任的；喜欢处处占小便宜的；不顾妇女儿童当面抽烟的；不遵守时间的；浪费食物的；打牌时一直以自我为中心，不断埋怨对家的；喝酒时想尽办法跑冒滴漏的……

人和人交往，始于颜值，敬于才华，合于性格，久于善良，终于人品。一个人能飞多高，能飞多稳，人品的高度，就是天花板的高度，就是人生的高度。

退一万步讲，做不成君子，至少也不要活成自己讨厌的样子。

比较的陷阱

比较是人类的本能，因为只有明确自己在群体中的位置，才能对自己的处境做出正确的判断。

有比较就会有差别。仅仅从财富维度看，人和人的差距很明显。有钱人养一条名犬，雇一个人伺候着，好的狗粮比米还贵，剪个毛、洗个澡、住个院，费用吓死人。

有了钱自然可以任性，一个手机，十来万的限量版、定制版，一根皮带几万元，一块手表上百万，一块玉石、钻石的挂件价值连城，名牌衣服是标配，当然豪车、别墅这些就更不用谈了。普通人如果天天和富人比，日子自然是没法过了，常言道"人比人，气死人"。

丰子恺的文章《比较》，讲了一个有意思的故事。

青年夫妇到避暑胜地找寻旅馆，因人多处处客满，夫妇二人提着皮箱和行杖，叹息道："唉，自己有别墅的人多么惬意，像我们临时找旅馆，真是不便！"

公司职员开着电风扇，在室内办公，望见窗外这对青年夫妇乘专车去避暑胜地，叹息道："唉，有闲避暑的人多么惬意，像我们，被职务所羁，每天坐在这里看电风扇摇头，真是没趣！"

公司对面烟纸店里的老板摇着芭蕉扇，望见公司的职员开着电风扇办公，叹息道："唉，有电风扇的人多么惬意，像我们，不断地摇这把破蒲扇，手腕几乎摇脱，还是汗水直流，真是晦气！"

马路上拉黄包车的经过烟纸店门前，望见老板坐着挥扇，叹息着说："唉，坐在屋里摇扇子多么舒服，像我们，拉了这辆车子在大毒日头底下跑路，真是苦恼！"

黄包车夫经过打铁店门口，铁匠看见了，叹息着说："唉，这几天在路上拉车子多么爽快，像我们，天天在煤炉旁边被烤，这才受罪！"

如果继续比较下去，这个故事可能永远无法结束。

很多人抱怨自己的工作、生活和命运，觉得自己是这个世界上最失意、最委屈的人，却忘了自己光鲜亮丽地坐在整洁明亮的办公室，开着空调，品着香茗，有着体面的工作，拿着别人眼红的薪水。可以说，每个人都是幸福的，只是你的幸福常在别人眼中。每个人都带着无比羡慕的眼神往上看，有了房子想换别墅，有了汽车想换豪车，游了国内还想去国外，不是自己拥有的东西不够好，而是别人的东西比我的更好，于是，痛苦产生了，甚至开始怀疑人生。

有一个朋友说，他从小就很崇拜达·芬奇，那时只知道达·芬奇是画蒙娜丽莎的画家，后来发现他还是个物理化学家、数学家、哲学家、雕塑家、建筑家、解剖学家、发明家和机械设计师。再后来发现他还精通音乐、天文学、地质学、生物学、博物学，凡是他所涉猎的科学和艺术领域，几乎都有建树。再再后来发现他还是个美男子。朋友说，把自己所有的优点和特长放在一起，还不如达·芬奇的一根汗毛，觉得自己很渺小很卑微。

达·芬奇确实有很多我们无法企及的闪光点，但又有多少人知道他曾被别人的流言蜚语中伤和嘲讽？为了合法继承遗产遭受的攻击和指控？为了消除和米开朗琪罗之间的误会受到的难堪和屈辱？

就像跳高和跳远一样，不同的项目，不同的标准，很难简单粗暴地比较。

可能你奋斗一辈子奢求的终点，只是某些同龄人现在的起点。就像很多人工作是为了生活，而有些人工作却只是为了体验生活。

但我觉得不能只在财富上比较，就像一个亿万富翁的妻子，腰缠万贯，衣食无忧，她却无比羡慕自家保姆的生活："你尽管辛苦，但每晚都有老公孩子热炕头，而我老公今晚睡在哪里我都不知道，明天我还是不是这个家的女主人都很难说。"

两个财富悬殊的女人，谁更成功谁更幸福？

有些所谓的成功人士，可谓"人前风光、人后沧桑"，为了事业，忍辱负重，"打掉门牙和血吞"，受苦受累受委屈，应酬多了吃坏了肚子喝坏了胃，把家里当旅馆，上对不起老人，下对不起孩子，中间对不起爱人，而别人只看到风光滋润的一面。有的人虽然工作普通、收入平平，每天都能准时上下班，定时锻炼身体，时时享受人生的真味。

因此，没有完美的人生，只有完美的心态。

人是社会动物，除非你隐居山林，否则你没法逃脱比和被比的境地。上学时常被"别人家的孩子"虐得抬不起头来。我们永远比不过"别人家的孩子"，你偶尔考第一，可人家很少考第二；你成绩好，可人家不但成绩好才艺好形象好还人缘好。反正时时被别人家孩子的光芒压得抬不起头来。工作后又被传说般的同事比得黯然失色、一无是处。好不容易参加同学聚会，意在联络感情共忆芳华，哪知又变成了比工作、比收入、比房、比车、比配偶、比孩子的场合。好在人生评价的标尺随着时间而改变，上半场按学历、权力、职位、业绩、收入比上升；下半场以血压、血脂、血糖、尿酸、胆固醇比下降。其实人和人的比较无非物质和精神两种方式，选择了物质，你的圈子永远有比你条件更好的，即使有幸走在了前列，你又开始拿自己和别人比，有道是欲壑难填、比无止境，终究陷入无限循环的纠结中。不如选择"精神胜利法"，把不如路人甲的痛苦和优于路人乙的快乐进行对冲,比如,世界60多亿人口,你若平静地活着,你就比其余30亿人更幸运。若你上过学,就比20亿不识字的人幸运。若你从未经历过战争、牢狱、饥荒,就比5亿人更幸运。若你有屋栖身,衣食无忧,你就比70%的人更富有。若你银行有存款、包里有现金、每周还有班上,那你已经位列世界上最富有的8%行列。这样"人比人",是要"乐死人"的。

当然更可以自己和自己比。今年是否比去年更快乐?心态是否比以前更平和?今年体重减了多少?收入增加多少?在追求自己最佳状态的过程中,蓦然发现,原来幸福就是在力所能及的前提下,追求自己理想的生活。换句话说,就是在眼前的苟且中不忘诗和远方。

老子说:"罪莫大于可欲,祸莫大于不知足。咎莫大于欲得,故知足之足,常足矣。"意思是,天下最大的罪过莫过于贪得无厌,最大的祸患莫过于不知足,不知道珍惜现有的,过分追逐名利,势必招来灾祸和不幸,知道满足才是永远的富足。

好在现在明白这个道理还不晚。

小人研究

有晴天就有雨天,有光明就有黑暗,有君子就有小人。

小人不是新物种,从古到今,从庙堂到江湖,小人从不缺席。小人的特征很多,虚伪狡诈、心狠手辣、阴险古怪、唯利是图、挑拨离间、无事生非、口蜜腹剑、造谣中伤等,但我认为,这些都没有触及小人最核心的特征,小人之所以为小人,最可怕的地方,就是没有底线。

君子为什么行而有道?是因为他们有自己敬畏的道德底线,"敬"就是尊重,"畏"就是害怕,这是一种人生态度,也是一种行为准则,这是任何时候、任何地方都不能突破的。

《菜根谭》里说:"自天子以至于庶人,未有无所畏惧而不亡者也。上畏天,下畏民,畏言官于一时,畏史官于后世。"有道是"临事而惧",惧的是头顶的星空和人格的标杆,犹如因果报应,必须克制约束自己,不去做越界的事。而小人们恰恰相反,他们没有底线,或者说没有最低,只有更低,因此就无所畏惧、为所欲为。明代思想家吕坤的《呻吟语》写道:"畏则不敢肆而德以成,无畏则从其所欲而及于患。"

没有了底线,一切皆有可能。正因为如此,连没有底线的小人也怕遇到小人。

北宋寇准曾任职吏部,有个属下叫张泊,对寇准恭谨唯诺、令出即行。寇准力排众议多次举荐张泊升职,与自己同掌朝廷政务,并以兄弟相称。一次,张泊上奏皇上,因意见不合,惹得龙颜大怒。张泊惴惴不安地回到家里，意识到这次恐怕会要丢掉权位。忽然想到寇准当下正受到皇上的猜忌冷落，何不将他痛批一番借此赢得皇上的好感，让自己转危为安呢？于是，他借上朝奏事之机，当着众多大臣包括寇准的面，当庭奏称寇准背后大肆诽谤圣上，言之凿凿，声色俱厉，痛斥寇准所谓的悖逆之行。寇准见这位昔日谦卑恭顺的好友同僚忽然恩将仇报、痛下杀手，惊得目瞪口呆，竟支支吾吾不能自辩。宋太宗闻言大怒，数日后就罢免了寇准。

孔子说"君子喻于义，小人喻于利"。对于寇准而言，在利益面前看重义，尽己之力为张洎创造条件；而张洎在利益面前，成了无耻小人。见利忘义的人很多，但能当着恩人的面，毫无遮掩、面无羞色地诽谤，一般人是无法做到甚至无法想象的。

南朝人鲍邈之，是一个太监，颇受信任。太子母亲病故不久要做"生忌"，要一太监值宿一夜，太子便让这个小太监去。不料他竟擅离职守，跑去和宫女鬼混，正巧被太子巡视时撞见。要是别人，不杀也得严惩，太子宽厚，没有治他罪，只是从此开始疏远他。换了常人，自己犯了错，太子又有这样的恩情，一定会深刻反思戴罪立功以图回报。哪知这厮却怀恨在心，探听得皇上身体不适，便跑去密告，称太子请道士作法，欲夺权篡位。太子受此不白之冤，又无法辩解，气急交加，一病不起，不久竟驾鹤西去，时年31岁。须知，此太子非一般太子，他是编纂著名的《昭明文选》的昭明太子，"《文选》烂、秀才半"，说的就是他。谁也没有想到，这样一个博学多才、礼贤下士的君子名士，竟冤死于卑鄙小人之手，不禁让人一声叹息。

曹操刺杀董卓失败后，逃出京城，打算回老家募兵东山再起。董卓在全国范围内通缉曹操。曹操便和陈宫二人逃至成皋，前往曹操父亲的结义弟兄吕伯奢家投宿。

吕伯奢将两人留宿后，对曹操说，家无好酒，要去西村买酒。吕伯奢走后，曹操与陈宫在吕家等候良久，不见吕伯奢回来。这时，忽然听到有磨刀的声音，还听见有两个人低语，说："先绑了，再杀！"曹操大惊，和陈宫一起拔出宝剑，不管男女，一连杀死吕伯奢家八人。

杀完以后，曹操与陈宫来到后厨，发现地上绑着一头猪。原来，吕伯奢是想杀猪来款待曹操，结果被曹操误会。

曹操和陈宫匆忙离开吕家，行不到二里路，就见吕伯奢骑着毛驴，提着酒菜迎面而来，曹操又拔剑把吕伯奢一剑砍死。陈宫大惊，对曹操说："如果说刚才是误会，那么你现在为什么还要杀人呢？明知不对，还要犯错，这是最大的不义啊！"

曹操这时对陈宫幽幽地说了一句："宁教我负天下人，休教天下人负我。"

曹操说出这句话后，直接就把自己钉在了小人榜上。

陈宫就因为这句话，毅然决然离其而去，谁敢和一个自私自利到只能他负天下人，而不让天下人负他的人在一起？

历史上，小人甚至能影响政局的走向，春秋时期楚国的费无忌就是一个很好的例证。

费无忌是楚平王的宠臣。一次，楚平王太子娶亲，派费无忌为太子建迎娶秦国的公主。费无忌看到新娘美貌如花，便不顾一切快马回宫，进言趁太子尚未见面大王先娶之。这一举动完全超出了常人想象的极限，作为一个大臣怎么可以向圣上提出如此奇葩的建议？好色的楚平王更是一个极品，被巧舌如簧的费无忌说动了心，竟然同意了。于是，本该成为太子夫人的秦国姑娘，成了楚平王的妃子。因为此事，费无忌自然更得楚平王的信任。但太子吃了这样的亏，受了这样的侮辱，他日接班后定会报仇雪恨。费无忌不甘坐以待毙，就对楚平王诬陷说太子要谋反。楚平王信以为真，下令捕杀太子及老师伍奢父子，因走漏了风声，太子与伍子胥才幸而逃离楚国。数年后，伍子胥率大军复仇，攻破楚国国都，刨了楚平王的坟，鞭尸三百，算是报了仇。

小人中最没有底线的，非易牙莫属。

易牙是齐桓公的御厨，很得齐桓公的欢心。一天，齐桓公吃过饭之后轻轻地叹了口气，这个细节被易牙迅速地捕捉到了，便问：大王雄霸天下，还有什么遗憾呢？齐桓公半开玩笑地说：我九合诸侯一匡天下，威权无比，人间荣华富贵也都尝遍了，就是不知道人肉是什么味道。

第二天，易牙给齐桓公上了一道新菜，齐桓公吃罢问易牙是何菜。易牙突然泪流满面：大王不是没有尝过人肉的滋味吗，我回家以后把自己的小儿子杀了，为大王做了这道菜，大王啊，好吃您就多吃点……齐桓公感动得稀里哗啦，觉得这个世界上还是易牙对我最好，于是他连管仲的话都不听，信任和重用易牙。结果，齐桓公死后，易牙就把整个齐国搞得一败涂地。

小人如此可恶，"宁伤君子，不伤小人"道出了大多数人的无奈，谦谦君子们也多为那句"卑鄙是卑鄙者的通行证，高尚是高尚者的墓志铭"而黯然神伤。也有人说，真正的领导不在于统率了多少君子，而在于驾驭了多少小人。

小人在短期内总是得势的，故君子鏖战小人，折腰的常常是君子。

相传高僧寒山对拾得说："世间谤我，欺我，辱我，笑我，轻我，贱我，恶我，骗我，又如何处之？"拾得回答说："只是忍他，让他，由他，避他，耐他，敬他，不要理他，再过几年，你再看他。"

短期见效的是社会规则，但颠扑不破的终究是生态法则。小人在命理上终究逃不过那道坎，这就足以让人欣慰了。

我理解你的不理解

坐上出租车，司机一顿吐嘈："现在要求我们礼让行人，可谁让我们啊？行人真是太任性了，只看心情不看红灯，肆无忌惮横冲直撞，有的人慢慢吞吞，像在自己家里散步，在超市抢特价鸡蛋的劲头哪里去了？车子好不容易起步了，又有人过马路，我真是连撞人的心都有，上个月为这破事儿被处罚了三次，这血汗钱可不是大风刮来的啊，可气的是交个罚款还得排队，你说这车还怎么开？"

现在，作为一个行人，有点儿受宠若惊的优越感；作为一个司机，又有点儿战战兢兢的恐惧感。

很多人的身份都在行人和司机之间切换，作为行人，常常对司机满腹牢骚；作为司机，又不免对行人一肚子不满。

每个人丈量这个世界的尺度往往是以自我为中心的，别人不可能完全站在你的位置上思考。

不同的角度，有不同的理解。

有人视力模糊去医院就诊，刚描述完症状，医生就说"我知道了"，随后把自己的眼镜摘下来给病人。病人将信将疑戴上："医生，我看不清楚，头晕。"医生说："怎么可能，我戴的时候很清楚啊。"病人："真的看不清楚啊！"医生很生气："一定是你戴的方式不对，你再试试！"病人："还是看不见。"医生说："你这个人怎么这么奇怪？！"

是不是很搞笑？其实你我可能就是这样的医生。这样的理解大多站在"对面"，而不是对方的角度，把自己的理解强加于别人，并认为自己是正确的。

朋友遇到辞职、离婚等人生大事，想听听你的意见，"其实我挺理解你的"，这个理解后面通常都有一个"但是"，然后用自己有限的视野和判断，自嗨半个小时，还不忘责怪朋友封闭守旧、患得患失。

有个心理学分析，说两个人在谈话时，其实有六个人同时对话：你认为的你、真实的你、他认为的你；他认为的他、真实的他、你认为的他。这六个角色交替混杂，所以很难真正理解对方想要表达的是什么。

每个人有一本独一无二的字典，在不同的视角、不同的时空、不同的维度下，有不同的解释。用自己的字典去解读他人，叫以己度人。事不亲历不知难，如果你没有他的经历，就很难设身处地。

父母和孩子之间也是如此。有道是："我能理解你，因为我年轻过。你不会理解我，因为你还年轻。"等孩子们有了自己的家庭、孩子和事业，才明白什么叫"舐犊情深"，什么叫"举步维艰"。

小王在同学群里抱怨："我失恋旷工，领导不但不理解我受伤的感受，居然还公然对我进行处罚，像这样没有人情味儿的公司到底该不该继续待下去？"小王如果哪天自己创业，坐上管理者的位置，一定会为自己当年的抱怨深深地感到羞愧。

有人说，当别人夸奖自己的时候，表面波澜不惊，其实心里在想：算你有眼光。当有人夸奖别人的时候，表面云淡风轻，心里却想着：我倒要看看这个人究竟有什么本事。

同样的榴莲、臭豆腐，有人百吃不厌，有人避之不及，有道是"吾之蜜糖，彼之砒霜"。

可见，有些事其实哪有什么对错，只是角度不同而已。村上春树说，连我们都无法了解自己，更别说别人了。

不同的条件，有不同的理解。

《了不起的盖茨比》里，父亲对孩子说的那句话："每当你要批评别人的时候，你就记住，这个世界上所有的人，并不是个个都有你那些优越条件。"

王健林曾说过，就是"先定一个小目标，挣它一个亿"。小目标就是一个亿，就是天文数字、天方夜谭，那大目标呢？大家都认定他是"饱汉不知饿汉饥"，纯粹是出来虐人和搞笑的。

但王健林却是"认真的"，他其实没有半点炫耀的意思，在他的朋友圈中，在马云、马化腾等人看来，这句话真的"没毛病"。

不同的环境可以思考不同的目标。对于工薪阶层来说，可以"先挣它个十万"，对于白领们来说，可以"先挣它个百万"，对于创业者来说，可以"先挣它个千万"，对于很多亏得要死要活的老板来说，只能考虑如何"活下去"。

人与人之间最大的差距，就是"三观"的不同。

"三观"的不同，有点儿像狮子和长颈鹿的不同。尽管狮子和长颈鹿都是动物，而且都是哺乳动物，但它们之间最大的不同，是狮子给长颈鹿再多的肉，长颈鹿也不会去吃，甚至都不认为那是食物。同样，长颈鹿给狮子再多的树叶，狮子也不会有什么感激之情。

人与人之间，最难跨越的隔阂是思想的差异，也就是你能兼容他的认知系统，而他却不能对接你的操作系统，你们完全不在一个频道，有时甚至不在一个星球。这种情况下，哪来的相互理解，只有彼此妥协。

婚姻中的"门当户对"，其实就是这个意思。

《简·爱》一书中有这样一段："爱是一场博弈，必须保持永远与对方不分伯仲、势均力敌，才能长此以往地相依相惜。因为过强的对手让人疲惫，太弱的对手令人厌倦。"

一段好的婚姻，不仅是物质上的不相上下，更是思想上的高度契合，感情上的共情共鸣。我抛出来的梗你能接住，你说的笑话我能秒懂，我的妙语连珠你能欣赏，你的言外之意我能玩味。你喜欢的东西，我虽然不喜欢，但还是会买来送给你。你的爱好，我虽然不擅长甚至不理解，但还是会支持鼓掌。这种感觉，就像螺丝找到了螺帽，锁配对了钥匙。相反，最痛苦的事，就是我忍辱负重，你说废物一个；你爱好读书，我说假装高雅；我工作为重，你说不解风情；你小鸟依人，我说百无一用；我待人有情有义，你说狐朋狗友何足挂齿；你捡起一片秋叶感慨万千，我说赶紧扔掉……

所以，这个世界上，最好的关系是彼此相互理解。其次，是相互不理解。最差的关系，就是一个理解一个不理解；一个得不到对方理解，一个不能理解对方，双方都在煎熬。

那么，什么是真正的理解？

很多年前，我借了一个好兄弟一万块钱，后来还给了他。若干年后，他无意中说起，我还他的那沓钱中有多张假钞，但他没有声张，因为他坚信我一定不是故意的。

解释永远是多余的，理解你的人不需要，不理解你的人没必要。

假如

第一次世界大战时，美国军方为动员年轻人入伍，让心理学家精心设计了一套劝说词，据说效果极好："当兵有两种可能：一个是留在后方，一个是送到前线。假如留在后方就没什么担心的。送到前线又有两种可能：一个是受伤，一个是没有受伤。假如没有受伤就不用担心，受伤的话也有两种可能：一个是轻伤，一个是重伤。假如轻伤就不用担心，重伤的话也有两种可能：一个是能治好，一个是不能治好。假如能治好就不必担心，治不好也有两种可能：一个是不死，一个是死。假如不死的话就不用担心，如果死了……还有什么好担心的呢？"

假如这样，不过如此。人是需要寻找确定性的，需要看到退无可退的那道底线。

美国著名牧师内德·兰塞姆，一生一万多次来到临终者的床前，聆听他们的忏悔，他80多岁高龄还让人搀扶着去安抚那些临终的信徒，并为他们挣扎的灵魂祈祷。他把这些人的临终忏悔记在日记本里，并在他生命的最后几年里将它们整理成一本书，书名叫《最后的话》。可在印这部书时，芝加哥爆发了大地震，大火烧毁了他的书稿和整整63本日记，那是他一生的心血，那年他已经90多岁了，余年再也无法回忆起那么多东西。他临终前留下了一个牛皮纸信封，里面有这位受人爱戴的老人留给世人最后的一句话，这句话后来以他的手迹工工整整地刻在他的墓碑上：

"假如时光可以倒流，世上将有一半的人成为伟人……"

很多人幡然醒悟的那一刻，就已经回不去了。

海伦·凯勒出生后不久就因一场疾病变得又聋又盲，从光明走向黑暗会让她瞬间对世界充满绝望与不安。对于她来说，能够看到世界的样子和声音，是一个遥不可及的梦想。正如她在《假如给我三天光明》中写道，假如我们经历过黑暗，一定不会再这样使用我们的双眼，"你看到的所有一切都会变得异常亲切，只要是在你视觉范围之内的东西，你都会用你的目光去拥抱它，最后，你将会看到，一个美丽的新世界展现在你眼前"。

很多时候我们可能意识不到，一些人的习以为常，却是另一些人的期盼奢望。

复旦大学优秀青年教师、32岁的海归女博士于娟，才华横溢，意气风发，一路快马加鞭、高歌猛进，读书、考研、读博、留学、科研事事顺心。她像一只陀螺，不停地高速旋转。直到有一天确诊乳腺癌晚期，她的命运"被掐着脖子按在尘土里"。在生死临界的时候，她才发现："任何的加班，给自己太多的压力，买房买车的需求，这些都是浮云，如果有时间，好好陪陪你的孩子，把买车的钱给父母亲买双鞋子，不要拼命去换什么大房子，和相爱的人在一起，蜗居也温暖。"

但一切都晚了，已经没有了"如果"，只有冰冷残酷的现实。

有人老套而无聊地提出这样一个话题：假如你中了千万元大奖，生活会发生什么改变？

人们想象的剧情是这个样子的：每天都睡到自然醒。然后呢？其实也没有然后，反正没有什么特别的安排，想睡懒觉就睡懒觉，想去健身就健身，兴致来了跟保姆去菜市场散步买菜，可以去参加投资圈的聚会，研究研究股票证券，和朋友喝喝下午茶，漫不经心地聊聊天。

247

然而，这只是前几集的剧情，后几集可能是这样的：买车，买房，买奢侈品，国内国外豪华游，然后再各种任性，然后投资，失败，破产，声名狼藉，众叛亲离，一败涂地。

祖宗有言，"由俭入奢易，由奢入俭难"。中大奖的人大部分结局悲惨，有统计表明，约44%的中大奖彩民会在5年内花完奖金，高达75%的中奖者会破产。

人生，就是这样一部悲喜剧。

曾在网络上看到这样一个荒诞而有趣的讨论：假如时间暂停两年，而全世界只有你一个人拥有，你会做什么？

五花八门、千奇百怪的回答让我们大开眼界：

有不管不顾、痛痛快快打两年游戏的，有吃尽天下美食、阅尽天下美色的，有坚持健身、偷偷整容的，有把每个人剃成光头并打个蜡抛个光的，有好好复习考上理想大学再和前任重修旧好的，有去银行搬回亿万现金的，有开着兰博基尼四处晃荡的，有历经兴奋期、恐惧期、折磨期后孤独自杀的，等等。

当然可以再进一步，假如能穿越到古代，假如人能长生不老，假如可以换一张明星脸，假如性别可以反转，假如一觉醒来发现自己变成一只猫，假如生命只剩下最后一年，假如世界上只有你一个人，假如苏格拉底遇上孔子，那又会怎样？

然而，正如牧师生命留言中那意味深长的省略号，尽管落叶上写满春天的童话，谁都知道，飘落下来的树叶永远无法像小鸟那般重新飞上枝头。

假如，是上天的一个玩笑，抑或是我们自娱自乐、常玩常新的一个游戏。

误会

我刚拿到驾照时,驾车外出小试牛刀,在商业区停车,找不到车位,就顺势拐进一条背街的巷子,走了一半才发觉越走越窄,这时想倒车,自己的技术又不太支持,紧张得满头大汗,只能硬着头皮往前开。

这时,一个大姐骑着电瓶车迎面而来,很不情愿地下车避让,交汇那一刻,她很不满地对我说:"炫技!"

事隔20年,我至今也忘不了,那个既嫌弃又厌恶的眼神。

真是天地良心,作为一个地道的"菜鸟",一是没有"炫技"的必要,二是没有"炫技"的实力,这两个字我真的不配。

下车解释下吧,有点小题大做;不解释吧,心里又堵得慌,无法释怀。

这是一个无奈的误会。

现在,我看到别人车上"别嘀嘀,越催越慢,再催熄火"的车贴时,都会隔着挡风玻璃投以会心的一笑。

我们经常说"眼见为实",但"眼见"也不一定"为实"。

我有一个朋友,是个象棋迷。他所在的公司规定,上班期间不允许在电脑上下棋。

有一天,棋瘾上来,他没忍住,就在电脑上下了起来。

下到关键处,肚子突然不舒服,要去厕所,他就拜托同事代他走几步,并分析当前局势,对方走什么棋,你就怎么应对,如此这般,说白了就是走几步现成棋。

交代完毕，他就直奔厕所而去。

等他回到办公室时，看到同事一脸沮丧。

原来，他离开后，正好有公司领导来办公室，见同事正在电脑前"聚精会神"地酣战，就对他"顶风作案"的表现进行了严厉批评。

被抓了"现形"后，同事不好说是"临时替补"，那是出卖别人，而且在领导看来，"解释就是掩饰"，你越解释，说明你越"心虚"。接受"事实"吧，又感觉吃了"哑巴亏"，简直比窦娥还冤。

有一个人在北京工作，每天都要坐地铁去上班。他是北方汉子，长得人高马大，一般小偷不敢光顾，平常钱包都习惯性地放在裤兜里。

有一次，地铁上的人特别多，几乎人贴人，他感觉背后有个人贴得很近，而且裤兜好像被摸了一下，努力回头一看，是个男的，长得贼眉鼠目，再一摸兜，钱包没了。

他顿时怒从心头起，扭过身，死死盯着他看，还挑衅地问：知道为什么看你吗？

那个人一看不好惹，就想溜，他就尾随着跨过了半个车厢，其间不断质问。

他想，看来不上点手段那人是不会承认了，于是就摘了手表，装进上衣胸前口袋里，做好动手的准备。

这时，他发现上衣口袋里有什么东西，一看，是自己的钱包。原来，他当时看到人特别多，就把钱包顺手装进了胸前的口袋里，自己却忘了。

此时箭在弦上，气氛也已酝酿到位，他就恶狠狠地瞪了那个人一眼，说这次不跟你计较，以后小心一点！

到站后，他匆匆逃下地铁。

那个"贼眉鼠目"的人，至今都不明白，那次莫名其妙遭遇背后可笑的误会。

这个误会，算是虚惊一场。有的误会，后果却相当严重。

《三国演义》中有这样一个情节：

曹操仓皇出逃，途经中牟县被擒，县令陈宫连夜提审曹操，被其感动，释放曹操的同时，自己也弃官追随。

两人逃至曹操父亲结义兄弟吕伯奢家借宿，吕伯奢想用酒招待他们，便前往西村沽酒。

曹操和陈宫坐了很久不见吕伯奢回来，这时听见后院磨刀的声音，又听见下人商量："捆住再杀"，误以为中计，便决定先下手为强，在杀了吕家八口人之后，才看见绑在树上的猪，这才明白这是一场误会。

二人趁着夜色逃到村口，迎面遇到买酒回来的吕伯奢，怕吕伯奢回家后报官，曹操就拔剑把他也杀了。

陈宫万分震惊，质问曹操，你错杀了他们全家，为何还要错杀吕伯奢？

曹操回答道：宁愿我负天下人，也不要天下人负我！

这个血腥的误会，让我们看清了曹操那张多疑、敏感、奸诈、凶残的嘴脸，他也因此永远钉在了历史的耻辱柱上。

当然也有诗意的误会。

一位女大学生乘坐长途汽车回家，中途卸客时停在一棵大树下。无意间，她瞥见路边一家商店名为"阳光不锈"，她想那个店主一定是非常喜爱文学或哲学的人。

车子徐徐启动后，她看清了被大树挡住的部分，原来那间商店的全名是"阳光不锈钢餐具店"。

诗意和现实之间就隔着一棵树，而有时又何止隔着千里万里？

生活中，被误会是一种常态。

多少人因为误会而误会，最后分道扬镳。

被人误会其实也没什么，最怕别人并没有把误会当误会。好朋友用信任稀释误会，会让人感觉一股暖流在心中荡漾。

从这个意义来说，有没有误会，怎么理解和处理误会，或许是人和人之间最好的"试金石"。

真话的底线

世界上最容易也是最困难的事，就是说真话。

说容易，仅需实话实说而已。说困难，那就一言难尽了。

有记者采访95岁高龄的季羡林先生。

记者："这一辈子，您说过假话吗？"

季羡林："我说出口的都是真话，但真话未必都说出口。"

记者不罢休："那为什么不都说出口呢？"

老人反问："你能做到吗？"

大师就是大师。

我国的传统文化，对说话基本都持保守和审慎的态度。孔子告诫自己的学生"敏于事而慎于言"，还说"终身为善，一言以败之"。老子说："知者不言，言者不知。"智慧的人不随便说话，随便说话的人不智慧。多嘴而授人以柄，饶舌常引火烧身，这些都是经过验证的保身之法。总之，言多必失，少说为妙。

假药、假烟、假酒、假奶粉，这些都是伤天害理、人人喊打的。假话则不同，有时人们甚至还心照不宣地予以理解。

齐高帝萧道成酷爱书法，常写字赐给文武百官，一些奸佞小人便抓住机会极力吹捧，称其"天下无双"。当时，官至侍中的书法大家王僧虔，既继承王羲之的衣钵，又自成一家，名满当朝，被誉为"天下第一"。一日，齐高帝半开玩笑地问道："众卿说说，是朕写得好，还是王爱卿写得好？"文武百官答道："当然是陛下第一。"齐高帝转而又问王僧虔："王爱卿，你意下如何啊？"

王僧虔不假思索地回答："自古君有君纪，臣有臣纲，君臣怎可相提并论？臣的书法，在文武大臣中可称第一。陛下的字，自古以来没有哪个帝王可以比肩，所以陛下的书法，是皇帝中的第一。"

有道是"伴君如伴虎"，对于王僧虔来说，关键时刻要会说一些可真可假、亦真亦假、不真不假的话，必要时还要会一些"脑筋急转弯"，这样才能保住自己的脑袋。

当然也有反例。

溥仪在其自传《我的前半生》中记载着这样一则小故事。

慈禧喜欢下象棋，且常胜不败。别人想输棋给她也并不容易，要输得自然而然、恰到好处，这样她才有成就感、愉悦感。有一次，慈禧与一名小太监下棋解闷。中局时，她一个疏忽，被小太监吃去一马，小太监嘴上还喜形于色："奴才杀老祖宗的这只马。"他忘了坐在他对面的是堂堂的慈禧，是具有生杀大权的"老佛爷"。慈禧恼羞成怒，沉下脸来，说道："那我就杀你一家子！"

慈禧金口玉言，说到做到，小太监终究没有王僧虔那么老道。

真话和假话之间，有时难有明晰的界限，没办法做出道德评判。

所以，真话不全说，不难。假话全不说，不易。

假设一个村子5个人里面有一个吃不上饭，如果说，某村80%的人解决了温饱问题，貌似传递的是满满的正能量。但如果说，某村20%的人没有饭吃，问题又好像一下子严重起来。

有一段颇让人上头的野史。传说曾国藩的湘军和太平军打仗，常吃败仗。曾国藩上书皇上表示自责之意，写道"臣屡战屡败"。一个幕僚建议改成"臣屡败屡战"。皇上不但没有责怪他屡打败仗，还表扬了他不甘失败、奋勇杀敌的决心。词序不同，内容和意境就截然不同。"屡战屡败"是一个令人沮丧的结果，而"屡败屡战"只是一个过程，说明不怕失败，很有斗志，只要还在"战"，就有可能胜利。

美国作家梭罗说："说真话需要两个人——一个人说，一个人听。"

讲真话难，听真话更难。或者说，有人想听"负面的真话"时才能听到。

当利益和真相摆在面前，大多数人都会选择利益，自古以来说真话都不是一件讨喜的事。人们听到真话，就像一丝不挂地站在阳光下。所以，一个人宁愿听一百句美丽的谎言，也不愿听一句直白的真话。

我国历史上，司马迁入狱、海瑞被罢、韩愈遭贬、苏轼蒙冤、欧阳修遭逐、王阳明落难，一定程度上都是因言获罪。看看历史上众多"说真话倒大霉"的案例，就不难明白为什么听不到真话了。

相传很久以前，谎言和真相在河边洗澡，谎言先洗好，穿了真相的衣服离开了，真相却不肯穿谎言的衣服。后来，在人们的眼里，只有穿着真相衣服的谎言，却很难接受赤裸裸的真相。

这是多么可笑而可悲的现实。

说真话的，卑微得像说假话。说假话的，正经得像说真话。

你信，就是真话。你不信，便是假话。

真真假假，假假真真；半真半假，半假半真。

假作真时真亦假，真作假时假亦真。

可以确信的是，真的假不了，假的真不了。真话早晚会突围，但那时早已身心疲惫、遍体鳞伤。

1958年，全国各大报纸天天"放卫星"，"人有多大胆，地有多大产"，有数不清的奇谈怪论，像椿树上开满了棉花，樟树上结满了山梨，一只老母鸡连续生了20个4两重的双黄蛋，一头老母猪下了20多头小

255

猪崽，等等。到了秋收季节，亩产万斤粮的报道接踵而来。更有甚者，亩产不仅能达"万斤"，而且能超"十万斤"。

一个人说假话，有危害但并不可怕。全国上下都在说假话，那就很可怕了。社会有这样的土壤，谁会质疑、谁能质疑、谁敢质疑这些"高指标""瞎指挥""浮夸风"呢？违背常识的结果，必然会受到惩罚。

说假话是个技术活，累人。但事实上，说真话更需要技术，说真话比说假话更累。

说真话本身就是一种幽默。安徒生《皇帝的新装》中的小男孩，是一个纯真可爱的孩子，他不懂什么叫逢迎，更不知道什么叫所谓的成熟。但时过境迁，当下学生们的作文，足以颠覆我们的看法。

"夜深了，微弱的灯光下，妈妈还陪在我的身边，时不时地摸一下我的额头，我仿佛看到她头上又增添了几根白发，心里特别感动……"后面一般都会写道：我病好了，妈妈却累病了。

这是大家都非常熟悉的经典片段，估计很多语文老师还会在相关词句下画红线，以示赞许。同样，学生已被这种积极的、向上的评价所绑架，在他们看来，作文只有这样写才有高度，才能得高分。

看到这样一则笑话：

儿子写日记："夜深了，妈妈在打麻将，爸爸在上网……"

爸爸看后很不满意："日记源于生活，但要高于生活！"

孩子马上修改为："夜深了，妈妈在赌钱，爸爸在网恋……"

爸爸更不满了："看看电视台、报纸是怎样写的，一定要弘扬正能量，以正面宣传为主！"

孩子再次修改为："夜深了，妈妈在研究经济，爸爸在研究互联网+……"

爸爸看后说："这还差不多，但深度不够，有待进一步提高。

以后你长大了成了硕士研究生，你就知道应该这么写了：妈妈在研究信息不对称状态下的动态博弈，爸爸在研究人工智能与情感供给侧的新兴组合。"

爸爸接着说："要是你打算成为博士，得这样写：妈妈在研究复杂群体中多因素干扰及信息不对称状态下的新型'囚徒困境'博弈；爸爸研究的是：大数据视角下的六度空间理论在情感侧供给匹配中的创新与实践。"

在现实生活中，谁能说这只是一个笑话呢？

每次去书店，都会去翻翻那些学生优秀作文选，了解下孩子们的写作生态。不知从何时起，学生作文变得这么隆重、华丽、唯美了。老师们把如何开头、如何行文、如何结尾、如何起承转合、如何提升主题诸如此类的"应试神技"过早地教给了学生，给出了种种"范式"。曾听说一位初中老师，印了很多好词好句的讲义给学生背诵，比如与水有关的"好词"：水流湍急、一泻千里、波澜壮阔、波涛汹涌、水平如镜、翻腾怒吼、高山流水、千山万水、水滴石穿、水乳交融、滴水不漏、杯水车薪、洪水猛兽、流水无情……比如描写校园的"好句"："校园里有迷人的四季：桃红柳绿的春天，花繁叶茂的夏天，枫红菊香的秋天，松青雪白的冬天。"老师要求把这些"好词好句"记得滚瓜烂熟，并尽可能地用到作文中。学生们肯定是听话的，他们写出来的作文主题鲜明、思想向上、结构精巧、文字老到，只是缺少了孩子应有的那份纯真和童趣。要知道，孩子们眼中和心中的事物是不一样的，作文就是把自己看到的、想说的写出来，如此而已。

一个二年级学生，有着过人的想象力和创造力。一次，老师要求写一句描写外貌的话。他写了这样一句："星期天，我看到一位阿姨眉毛很淡，淡得好像忘了长出来一样。"

他把自己的"杰作"交给老师，他不会写"眉"字，用到"眉"的地方全部用拼音替代。老师看后，眉头一皱，给他一个"良"，并告诉他：考试的时候可千万别写这些陌生的字，拼音错了会扣分的！这个小孩听了，十分伤心。不知道真正到了考试时，这个学生还会迸发出这些绝妙的"思维火花"来吗？估计会，但终究不会。老师们一次次的皱眉，终会使孩子失去对于创新的兴趣和信心。学生有时"曲意逢迎"所谓的要求，甚至自己都觉得写了一篇垃圾文章，但老师的评价却很好，因为它具备了某些得高分的要素。但所谓的好作文真的有什么标准吗？如果一定要一个标准，我认为首先就是真实。鲁迅先生在《写作秘诀》中把怎样写文章概括成"有真意，去粉饰，少做作，勿卖弄"。用心写的作文自然而然会散发出质朴的味道，虽然没有足够的文采，没有华丽的修辞，甚至用词、标点、结构都可能有瑕疵，可是你还会被深深地打动。我个人认为，这虽然不是优秀的文章，但最起码应该属于"好"的范畴。就像一个人站在你面前，尽管穿着简单朴实，但十分整洁得体，你就觉得很真实、很亲切。相反，一个人衣着华丽、扭捏造作，你就会感到很反感、很厌恶。

英国作家菲尔丁说，世界正在失去伟大的孩提王国，一旦失去这个王国，那就是真正的沉沦。有什么比学生丧失自主思考、自我表达的激情更让人担忧呢？有什么比孩子丧失想象力和创造力更令人痛心呢？

说过了假话和套话，话题应该回到真话上来。

讲真话，这是从幼儿园就开始灌输的人生准则之一，可谓无人不知、无人不晓。一个人从早晨醒来到晚上睡觉，谁敢保证说的每一句话都是肺腑之言？美国一对一百多岁的黑人姐妹出了一本书，在扉页上她们写道："亲爱的，我们已经一百多岁了，在我们这个年纪，用不着去顾虑什么了，我们想说什么就说什么。"

当然，这种境界不是每个人都能达到的。

更困难的还在于和别人意见不同时的取舍。孔子曾说过："君子和而不同，小人同而不和。"他认为道德高尚的人，一定是用自己的正确意见来纠正别人的错误意见，绝不盲从附和。而道德低下的人则相反，只会盲从附和，从不肯表达自己的不同意见。在一个假话、套话充斥的世界里，很多人的眼睛都在盯着你，说真话实在是一件很痛苦的事。所谓"一句话让人笑，一句话让人跳"，风云雷电全在一句话之间。真话是一把锋利的刀，它可能伤害别人，也可能伤到自己。少数人从千万人中挺身而出，甘为当代的"堂吉诃德"，刺痛了善听假话的人，毫无疑问日子也就不那么好过了。正因为如此，我们或许更容易理解，为什么人们常常在网络上，用假名说着真话，而在现实生活中，却常常用真名说着假话。难怪有人戏称，这年头说真话没人信，说假话没人管了。

钱理群先生说，人说话应该有底线，这些底线依次是：力图说真话，不能说真话则应保持沉默，无权保持沉默而不得不说假话时则不应伤害他人。

问题在于，有多少人能守住这一底线呢？

06

他乡的故乡

天空没有留下翅膀的痕迹，
但我已飞过。
我把所有的美好，
都装进行囊，
让它时刻温暖我的心田。

新疆五年

2013年12月11日的一个雪夜，我来到新疆。是夜，我写了一篇《再回新疆》的小文：

此刻，我已站在新疆伊犁的土地上。

十年前，第一次踏上这片土地，就给我留下了无比深刻的印象。世界上竟有如此美好的地方！我和很多人说，如果要旅行，新疆是一个理想的目的地。朋友们接受了我的推荐，回来后大呼过瘾，迸发出更多感慨和赞叹。

是的，新疆有太多美景等着我们去欣赏，有太多的惊喜等着我们去发掘，有太多的传说留给我们去探寻，每一个目光停留的地方几乎都有故事，这些都会成为下次再去新疆的理由。

从地图上看，江苏到新疆几乎要穿越整个中国。从早上七点在上海虹桥机场候机，直到晚上近十点才抵达。隔着飞机的舷窗，看着下面层层叠叠、连绵起伏的皑皑雪山，想象着版图上空划过的那条长长的航线，在空中感受这块约占中国版图六分之一的省级行政区，不禁感慨万千。对于世界而言，一个人的力量很小很弱，甚至在某些时候可以忽略不计，但有些事情由很多原本没有任何关系的人们携手，一步步向前推进。在这样的进程中，我愿意成为那个无名的促进者，成为那些美好事物的见证者和创造者。

经过多日雾霾的侵袭，新疆给我最直观的感受便是空气的清新,这里是可以做深呼吸的地方,饱和的氧离子让我顽固的咳嗽缓和了很多。其次,离开摩肩接踵的人群和拥堵不堪的车流,深切地感受到这里的宁静,这种宁静来自这块土地的广袤、历史的沧桑和文化的厚重,这是一种大而静、重而静、厚而静,或许人在生命中的某个阶段是需要某种热闹的,但最终必将抛却喧哗走进静寂,但此时静寂已进入不同的境界,就像飞机穿越了对流层进入了平静的平流层。阅读和写作是我安顿自己最理想的选择,我乐于在这样的独处中思考和享受人生。再次是时差。这里的作息似乎让人无法理解,每天都似可以睡懒觉的双休日。上午十点上班,所以早上至少可以睡到九点,晚上八点才下班,当内地华灯初上时,这里还是艳阳高照。我以前一直不明白中央台为什么在晚上九点还要重播《新闻联播》,现在算是顿悟了。最后,便是这里绝美的风景。有句话说得好:"想看蓝天在西藏,想看碧水在青海,如果两个都想看,那就去新疆!"况且新疆之美,既有大气和壮美、高远和释然,更有醇厚和甘甜。

　　写完上面的文字,拉开窗帘,四周寂静,路灯点点,天还未放亮,楼下的马路上已有汽车无声地滑过,孤寂的尾灯闪着红光。我的内心,有了久违的平和与安然。

　　我暗自庆幸再回新疆,这是怎样的机缘?

　　一切慢慢来,新疆已触手可及,我有的是时间。

今天是2018年12月11日,蓦然发现,时间像潮水一样涌了过去,我到新疆已整整五个春秋。五年的台历摞在一起,该是很厚的一叠吧,想象着一张张撕下来,真可以"慢慢来"。

然而,时光很瘦,指缝太宽。

经常有人问我:在新疆几年了?

我答：五年了。

最常见的是一个惊愕的表情：啊？！

我早已习以为常、见怪不怪了。

到了新疆，才知道什么叫边境、民族、文化、宗教、团结，什么叫朴实无华、一望无际、大漠孤烟、大美无言。有道是"纸上得来终觉浅"，对我来说原来这些只是一个概念甚至一个词语，而今都已是丰富多彩、蔚为壮观的具象。

我一直认为，来到新疆，是我这辈子最正确、明智、成功的选择。人生有两条路：一条叫经历，一条叫心历。有心历的人，才明白快感和幸福感的不同、欲望和需求的差异，才能看到那个一直存在、但不曾真正看到的世界。

回忆是时光里温热的余烬。总有一天，我会幸福地回味这段难得的新疆经历和宝贵心历。

新疆五年，是以为记。

九度杏花开

四月芳菲尽,九度杏花开。他乡成故乡,故乡成远方。

经常有人问我,如何能在万里之外的边疆坚守九年?人生能有几个九年?

是啊,夜深人静时,我也追问过自己,这九年,背井离乡,抛家别子,为了一片遥远而陌生的土地,值得吗?

季羡林先生曾说,一个人,一辈子,要处理好"三种关系":一是人和自然的关系,二是人和人的关系,更重要的是处理好"自己"和"自己"的关系。

援疆工作,一届三年,一般期满就算"圆满",便可"凯旋"。而我三年三年又三年,这完全是我自己和自己对话、争论、妥协的结果,在那些决定去留的关键时刻,在艰难、矛盾甚至痛苦的抉择中,我没能"说服"自己,没能"放过"自己。

我们赤裸裸来到人世时,就向死而生,走向一个确定而悲观的终点。当一个人开始寻找人生意义时,他的人生就是充满意义的。

为了安顿好老百姓的生产生活,我和伙伴们从零起步,历经风雨,饱尝艰辛,创办了伊宁县纺织产业园区。2017年8月15日,是我终生难忘的一天。那天,园区一期建成启用,1805名少数民族农牧民成为产业工人,告别面朝黄土背朝天的日子,他们的命运从此改变。如今,入园企业越来越多,有的员工买了私家车,有的员工买了商品房,有的员工还当上了厂长。对我来说，每次走进园区、走进车间，看到那些忙碌的少数民族员工，都会由衷地感到幸福：他们拥有了梦想，走向了美好。面对怀疑、质疑、讥讽，我们始终埋头苦干，流汗奔跑。

在我看来，失败只有一种，那就是半途而废。我把最清晰的脚印，留在最泥泞的路上。刚到伊宁，看到当地教育的严峻态势，我夜不能寐。教育是对未来的一种定义，教育的高度决定孩子的高度、未来的高度。教育没有希望，未来就没有希望。为此，我们自我加压、自讨苦吃，新建学校、引进师资，全方位助力教育发展。功夫不负苦心人，一批批学生考取了重点大学，甚至有少数民族学生因此走进了北京大学的校门，当地老百姓燃起对教育的希望。

为了让当地买不到、买不起课外读物的孩子们有书可读，我们组织了"让阅读照亮边疆孩子的未来"图书捐赠行动，我发动家乡南通的亲朋好友和爱心人士，共募集图书110多万册。大家真是好样的，有的帮助宣传发动，有的自发组织车队转运，有的义务帮助打包，那些带着体温的爱心图书运抵新疆，往往还没来得及上架，就被渴望知识的孩子们抢去一睹为快了。

因为我的任性，这么多年，没能在年近八旬的母亲跟前尽孝。知子莫若母，她怕影响我工作，偶有电话，却只道家常，不言思念。我知道，她一定是多少次拨了号码后又放下，那些朴素平淡的家常话，凝聚着一个母亲思儿心切、情难自禁下的强颜欢笑。我离家时，儿子才五年级，如今已上大二，在他成长中最需要我的时刻，我缺席了，这成为我终生的遗憾。我的妻子，身有病痛，却挑起了家庭的重担，累了，不敢放下，只能左肩换右肩，默默前行。

路遥说过："你既然选择了一条艰难的道路，就得舍弃人间许多美好。"我是个自私的人，愧对亏欠很多人，尤其是家人，此生难以偿还。然而，自古忠孝难两全，这个世界总要有人担当和牺牲，总要有人义无反顾、横刀立马，"虽千万人，吾往矣"，尽管眉梢添雪、风华不再，但我无怨无悔，心甘情愿。

前几天，三个维吾尔族老干部过来找我，给我戴了一顶小花帽，说了一句让我无比感动的话："你可能不认识我们，但我们都认识你，默默关注你，你为这里做了很多事，这么多年你辛苦了！"

一位哈萨克族大姐来我办公室，送给我她亲自缝制的哈萨克族大袍，含泪对我说："我们不忍心再挽留你了，你回去和你的家人一起吧！"

一位当地素不相识的老百姓给我发短信："是您让我感到温暖，看到了无法用财富和职位衡量的东西，看到了有人愿意无条件地为他人付出，看到了情怀和担当，谢谢您。"

一位我最敬重的作家朋友，为我填词一首："生来豪杰应如斯，苦乐凭谁知。胡杨不倒，大业新创。衣锦何迟迟！十年心血伊宁改，历历不胜思。天山雪映，杏花伤谢。心烫去留词。"

我的力量微薄而有限，但我在某段时期、某个范围、某种程度上影响和改变了某一个地方，这就够了。

天空没有留下翅膀的痕迹，但我已飞过。

看着灿烂的杏花和各族同胞同样灿烂的笑脸，我常常泪流满面，这是幸福的泪水、喜悦的泪水、牵挂的泪水，就让它们恣意滴落吧，留在这片热土上，融入我深爱的"第二故乡"。

为什么我的眼里常含泪水？因为我对这土地爱得深沉。

如果让我再次选择，我还是会选择这种滚烫的人生。

此去经年，山长水阔。离愁切切，前路漫漫。

此时此刻，我的脸上云淡风轻，内心早已兵荒马乱。

蓦然回首，一幕幕奋斗的场景，一幅幅拼搏的画卷，一个个煎熬的时刻，仿佛就在眼前。一个人在一个地方待久了，就容易产生感情，这种感情，就像悠悠流淌着的伊犁河，源头只是一条支流，越到后面越广阔，越到后面越深沉。

我把所有的美好，都装进行囊，让它时刻温暖我的心田、伴随我的一生。

我挥一挥衣袖，作别他乡的云彩。悄悄地我走了，正如我悄悄地来，带着泪水，带着不舍，更带着祝福。

新疆人的文化解读

各地的人都有不同的群体性格，比如南方人的精明、谨慎和细致，东北人的豪爽、粗犷和仗义。有些人去过这些地方，有些人身边就有这样的同事或朋友，大家都能接受并认可这样的群体性格。

我们对新疆人的印象大多缘于媒体宣传和自己的想象，因为很多人没有去过这个在中国版图中较为偏僻、连某宝都不包邮的地方，现实生活中也很少接触到新疆人，这些"想象中的新疆人"，也就愈加神秘。

前几天去内地招商，一个客商正儿八经地问我："你在新疆是不是骑马上班的？"

还有一次去内地考察，负责接待的人问我："你长得不像新疆人啊，能听懂汉语吗？"

当然，问题远不止这些，譬如"新疆是不是都是沙漠？""新疆是不是有很多小偷？""新疆人是不是很少洗澡？""新疆人早饭是不是吃西瓜，中饭晚饭吃烤串儿？"等等。

我在新疆工作生活了近十年，那里有我各民族的同事朋友，在频繁的交往中，感觉自己真正走近并了解了他们。作为一个外地人，从某种意义上来说，我比新疆人更懂新疆人。

新疆人首先给人的印象是大气。

新疆人的大气和文化有关。新疆是东西方文化的交汇地，诸多文化、宗教、语系在这里碰撞交融，因此新疆天生就具有很强的包容性。

新疆绝不会歧视外地人,因为新疆人很多都来自不同的地方,大家都是外地人。在他们看来,不同的民族、不同的语言、不同的习俗才是新疆色彩斑斓的共同底色。

这种文化的包容,最直观地体现在饮食上。当五湖四海的人相聚在新疆,也带来了"粤、川、鲁、苏、浙、闽、湘、徽"八大菜系,为了照顾各地人的品味和习惯,新疆菜就平衡了各大菜系的特点,找到了"最大公约数",所以新疆菜具有明显的多元化、混搭风,有点儿辣,有点儿咸,有点儿油,既把各地特色杂糅在一起,又能普遍接受,再加上新疆本土的风味美食,大家都能愉快地聚在一起,各取所需,各得其所。

新疆人的大气还和环境有关。不到新疆不知中国之大,拥有我国六分之一版图的新疆,一个地州到另一个地州,比一个省到另一个省还要远。面对全国最大的山脉、最大的沙漠、最大的盆地,人变小了,相对视野就变大了,新疆人自然有了宽广的胸怀。他们天生亲近大的东西,比如以大盘鸡为代表的大盘菜系列,盘子大得离谱,菜多得吓人,尽管品相不够精致,但绝对是真材实料。到饭馆吃个家常拌面,面条随便加,吃饱为止,都是免费的。不像大城市的人们,家中空间逼仄,室外高楼鳞次栉比,天天穿梭在川流不息的车流和熙熙攘攘的人流中,没有什么回旋的空间,机智灵敏有余,而大度雄健不足。所以,上海、苏州、广州等地的菜,盘子很小,花样很多,善于在有限的空间里闪躲腾挪、做足文章。

新疆人心胸开阔、坦率直接,决不拐弯抹角。遇到可爱的女子,他们会热烈奔放、直抒胸臆,"如果你要嫁人,不要嫁给别人,一定要嫁给我。带着你的嫁妆,带着你的妹妹,坐着那马车来"(《达坂城的姑娘》)。即使在生意场上,新疆人也不会圆滑变通,"多了不要、少了不行",干脆痛快,避免了很多不必要的揣度和算计。

维吾尔族有句俗话:人生除了生死之外,其他都是"塔玛霞尔(闹着玩儿)"。生活中没有什么过不去的坎儿,天大的事,尽力过后,就能泰然处之、一笑了之。他们决不矫揉造作、无病呻吟,是真正活在当下的人,不管明天怎样,今天先对付过去再说,时时保持阳光的心态,这真是一种豁达随性的大智慧。国际自然医学会把新疆确定为世界五大长寿地区之一,恐怕这也是一个主要的原因。

当然,优缺点相生相伴,和内地人比较而言,新疆人显得有些粗枝大叶,不拘小节。

到过新疆的人总能感觉到,当地人的时间观念不是很强。一个地方的时间感是和当地的环境条件相适应的。新疆长期以农牧业为主,日出而作,日落而息,在时间观念上具有一定的凝固性和恒常性,看太阳的位置就能判定时间,就能满足生产生活的需要。比如牧民赶着牛羊到另一个山头,只需一个大体的时间尺度,早半小时晚半小时,影响不大。

这种粗略的时间观念,延续至今。在新疆,最难理解的就是当地人口中的"马上"。在草原上问路,牧民们伸手往远处一指:"那——边,马上就到。"说不定还有几十公里的路程,半天都到不了。新疆的朋友约好了吃饭,到了点儿过去,很有可能见不到一个人影儿。打电话过去,准说"马上"到,这个"马上"可能就是半个小时或一个小时,搞得人无可奈何、哭笑不得。这样的事儿多了,新疆人对时间的把握就更加宽容、更加自由了。

说到新疆人,很多人一定会想到他们的热情好客。

哈萨克族是一个特别注重守望相助的民族,遇到困难和发生灾害时,人们靠着别人的帮助就能渡过难关。哈萨克族有句谚语:"祖先留下的财产,有一部分是留给客人的。"是否好客关乎一个人的声誉和美德,即使素不相识的客人来到毡房,他们也会拿出家里最好的食物招待。在新疆有这样一种说法,只要沿途有哈萨克人,哪怕赶一年的路,也不用带一粒粮食、一分钱。哈萨克族人从来都不会拒绝客人投宿,他们认为,"在太阳落山时放走客人,跳到水里也洗不清这个耻辱"。

新疆的饭馆,只要客人坐下来,不管你是否消费,都会沏上一壶免费的热茶。远方的客人到了新疆,那就是大事,一定要郑重其事地安排,恨不得把自己所有的时间、所有的情感、所有的资源都投入进去,体现出浓浓的人情味。

维吾尔族和哈萨克族请客往往就在自己家里,先上一大桌水果,再上一大堆点心,还早早地宰了羊杀了鸡,手抓肉、烤肉、大盘鸡满满的一大桌,还有自家做的奶茶、抓饭、酸奶等。认识新疆人最理想的地方就是酒桌,他们喝酒的仪式感十足,一端就是三大杯,五十克的杯子,基本上都是高度白酒,加上发自肺腑的祝酒词,一句句暖心的话、一杯杯浓烈的酒、一盘盘可口的菜,客人不喝得昏天黑地、东倒西歪,不喝到深更半夜、月明星稀真有点对不起主人的一片盛情。

内地人请客和新疆人请客有很大不同。内地受市场经济大潮的冲击,在接待上也注重效率,有时即使为了表示自己的姿态,选很好的酒店,点很贵的菜,喝很好的酒,但很少讲掏心窝的话,总觉得感情的温度上不来。新疆人到了内地,在酒席上总觉得浑身不自在,总觉得有点冷场。内地吃饭的速度也快,一个多小时过去,看着时辰差不多了,主人就草草宣布结束。这在新疆是很忌讳的,这么戛然而止,你怎么知道客人喝够了、喝好了呢?所以必须由客人宣布结束才算圆满。

新疆人热爱生活,善于在生活中发现美、享受美。

新疆盛产俊男靓女。走在大街上,随处可见高鼻梁、大眼睛、长头发,身材高挑、体态婀娜的美女。特别是维吾尔族、哈萨克族和回族,如果要出门，必须认真打扮一番。男的戴个礼帽，穿件风衣，显得气宇轩昂、风度翩翩；女的化个淡妆、收拾下头发，戴上耳环、手镯和项链。即使是家庭条件困难的人，也会想尽办法置办一套专门用于参加活动的服装，叫作"喝茶的衣服"，认为穿着这样的衣服出门，是对别人最基本的尊重。在个人形象上，他们只会讲究，不能将就。

在生活中也是如此，水果、茶杯、酒具等决不会随随便便拿出来，都配有专用的托盘。即使在最简陋的农舍和毡房，都能看到鲜艳的地毯、壁毯和冬不拉。维吾尔族清早起来的第一件事，就是打扫庭院，把灶台和锅盆擦得一尘不染。他们不会"各扫门前雪"，会顺便把门前的道路，打扫得干干净净。

新疆人酷爱花，把花看作幸福和吉祥的象征，喜欢在庭院里种植花卉、果树和葡萄，营造一个宁静清新的小环境。家里还摆放着盆景，都养得滋润。这可能和新疆的气候有关，冬季寒冷而漫长，户外冰天雪地、一片萧条，这些盆景就能带来一抹春的气息，激发人们对春的期盼。

新疆人喜欢亲近自然，过一种闲散自足的生活。每当春回大地，新疆人在湛蓝的天空下赏起了杏花，奔驰在一望无际的草原上。初夏来临，新疆人开着自家的三轮电瓶车，带着一家老小，找一棵大树，铺开毯子，吃着馕啃着瓜，唱着歌跳着舞，这是一种远离物质、远离浮躁、远离压力、远离烦恼近乎奢侈的幸福。

会说话就会唱歌，会走路就会跳舞。在新疆，这句话并不夸张。

我印象最深的一次，新疆维吾尔自治区歌舞团的歌手正在县城的广场演出，突然跑上去一位70多岁的老汉，完全是庄稼人打扮，衣服破旧，裤腿上还沾着泥巴，上去后便忘情地跳了起来，那舞姿真叫娴熟优美。歌手也来了劲，边唱歌边和老汉斗起舞来，整个场面顿时沸腾起来，喝彩声口哨声掌声此起彼伏。后来主持人现场采访了老汉，原来他从小对跳舞就很痴迷，这次进城办事，循着奔放的歌声而来，一时没有忍住，就上去跳了起来。

　　内地人对这样的场景定会大呼意外，这种"情不自禁"在新疆早已见怪不怪。新疆人对歌舞的喜爱到了"不可救药"的程度。现代人普遍缺少表达自己情绪的途径，唯有新疆人例外。只要鼓声和音乐声响起，他们便会扭动身子"闻乐起舞"，这不是表演，而是生活必不可少的一部分，是灵魂的舞蹈、激情的释放、内心的表达。纵然生活再苦再难，只要还能唱歌跳舞，感觉也是甜的。"如果只有两个馕，一个可以吃掉，另一个应该当手鼓，敲着它跳舞。"这和内地人酒足饭饱之后，在KTV声嘶力竭的发泄有着天壤之别。

歌舞新疆

刚到新疆时，在饭店吃饭，忽然传来一阵响亮的歌声，循声而去，见隔壁包间，一群人似乎喝了不少酒，气氛很嗨，有人在满面红光地唱歌，一桌人都打着节拍，投入而享受。一曲唱罢，又有人接着唱，歌声掌声笑声欢呼声碰杯声不绝于耳。我很吃惊，忙问老板他们为何唱歌。老板说："你是外地人吧？"不等我回答，又漫不经心地说道："在新疆，唱歌还要理由吗？"

唱歌当然要有理由啊，在我的印象中，唱歌是一件很隆重的事。比如，在文艺演出中的唱歌，服装、音响、灯光、舞美等一应俱全，场面恢宏而华丽，空气中充斥着灼热的味道。对普通人来说，最有机会唱的可能就是《生日歌》了，但那更多的是一种仪式、氛围和程序，唱得怎么样倒在其次。至于在K歌房唱歌，一群人在一起，你方唱罢我登场，唱得好的暗自得意，对五音不全的人来说，却是如坐针毡，在别人好意的坚持下，硬着头皮拿起话筒，像课堂里那个被点名回答问题的可怜学生，转头一看，闲聊的闲聊，玩手机的玩手机，大家显然已于心不忍而又忍无可忍了。

新疆的歌舞就完全是两个概念了。哈萨克族有句谚语，"马和歌是哈萨克人的两只翅膀"。对于哈萨克族来说，会走路就会骑马，会说话就会唱歌。婴儿出生后，男女青年便聚在一起，三天三夜轮流唱起祝福歌，在父母眼中，歌声就是给孩子最好的礼物。此后，无论婚礼、生日,还是节日、聚会乃至葬礼,他们都用歌声忠实记录着生命的年轮。

有幸参加过一次哈萨克族婚礼,与其说婚礼,不如称之为歌舞晚会更为恰当。婚礼的酒席十分简单,歌舞倒成了正餐。新人进门要唱歌,落座要唱歌,开场要唱歌,敬酒更要唱歌。随着婚礼的进行,参与的人越来越多,场面越来越壮观,歌手们放声歌唱,旋律更加热烈奔放,口哨声、喝彩声此起彼伏。一对80多岁的哈萨克族夫妇,汇入人群,伴着冬不拉和手风琴的节奏,翩翩起舞,容光焕发,他们的白发和皱纹里刻着生活的沧桑,神情却分明陶醉在快乐的当下。在这样的场景中,时间在舞蹈的节拍中失去了度量,再苍老的舞者也即刻获得新生。孩子们更不会闲着,他们穿梭其间,没人教过他们,舞蹈就像吃饭、喝水一样自然,无师自通而又不可或缺,一举手、一投足都像模像样、韵味十足。我不停地用手机留住这美好的时光,唯恐错过任何一个细节,直至耗尽最后一格电池。

维吾尔族对歌舞的痴迷更是到了令人难以理解的程度,歌舞是仅次于空气、阳光的必需品,无论在城市的商场和街道,还是在乡村的庭院和巷道,会经常听到美妙的琴声、清脆的手鼓,看到那热情奔放的舞姿。他们唱歌跳舞不受人员、场地和时间的限制,随情而发,想唱就唱,想跳就跳。他们热情外向,豁达乐观,纵使生活再艰难,唱着、跳着,不知不觉中就忘掉了忧愁。有一次去看望一个特困户,家中可谓一贫如洗,在屋子的角落里,我赫然看到了冬不拉的身影。转身再看院子,不见蔬菜的踪影,一大簇火红的鲜花却开得汪洋恣肆。

维吾尔族有一种很有意思的民间娱乐活动叫"麦西莱甫",意思是"聚会"。"哪里有维吾尔族人,哪里就有麦西莱甫。"麦西莱甫可以随时随地举行,果园里、葡萄架下、河岸边、草原上,男女老少席地而坐,随手打起手鼓,弹起热瓦普,没有舞台,没有灯光,没有音响,甚至没有演员和观众之分，或者说大家既是演员也是观众，他们来不及拍尽身上的尘土，就已融入快乐的海洋。在现实语境中，舞蹈已成为一场灵魂为挣脱肉体的束缚而做的温柔斗争，在时间的沙漏里高奏凯歌。一千多年前，在天山的壁画中，人们就已发现翩翩起舞的人群。在热情、乐观、幽默的维吾尔族看来，生活中怎么可以没有歌声和舞蹈？一个不会跳舞的人是不可理喻、不能交往的。

王蒙在他的散文《新疆的歌》中写道："在遥远的伊犁，几乎每一个本地人都会唱《黑黑的眼睛》这首歌，几乎每一次喝酒的时候都要唱这首歌。"去过新疆的人都知道，在新疆喝酒是要唱歌的。酒到微醉，就会有人主动站起来献歌，没有半点扭扭捏捏，伴着歌声，自然而然就有人跳起新疆舞，那旋律那舞姿那氛围那感觉，现场感十足，在场的每个人无不陶醉其中。听完歌当然要喝酒，那一盅盅小老窖，经过歌舞的催化，变得更加丰满醇厚、回味悠长，几个轮回下来，直到大家都醉意朦胧才尽兴而归。这样的场景在内地自然是无法想象的，我和几个新疆朋友到了内地，出于某种惯性，酒后一时兴起唱了起来，竟引来围观无数，被当成异类，只好草草收场。如果在新疆，情况会大不一样，邻桌的人会热情地端着酒杯过来，握个手，说上几句赞扬的话，再敬上一杯，打着响指一起唱起来跳起来，那才叫淋漓畅快。

有时真有点羡慕古人，他们可诗词唱和，对酒当歌，纵情山水，呼啸山林，而现代人尽管有了丰富的物质生活，却缺少必要的精神空间，特别是缺少了表达和宣泄的途径，因而愈加焦虑不安。古诗云："言之不足，歌之咏之；歌咏之不足，舞之蹈之。"新疆人是幸运的，他们有歌舞，在他们看来，有歌舞的地方就是天堂。

新疆酒事

人们认同新疆人的酒量，就像认同新疆的美景那样顺理成章。

新疆人的酒文化表现为写意式的直线思维，他们不会考虑多少细枝末节，就像《水浒传》中水泊梁山英雄们"大块吃肉、大碗喝酒"，彰显出狂放、豪爽、乐观的性情。在新疆，喝酒是一项很重要的活动，任何事都可以和酒联系起来。开心了，喝酒；不开心了，喝酒。一个人无聊了，喝酒；很多人在一起热闹了，喝酒。外出送行，喝酒；回来接风，喝酒；结婚、添丁、生日、搬家、过节更要喝酒。春天了，走，喝点儿酒提提神；夏天了，走，喝点儿酒消消暑；秋天了，走，喝点儿酒解解乏；冬天了，走，喝点儿酒暖和一下。什么都是喝酒的理由，或者说根本就不需要什么理由。

新疆人天生都爱喝酒，也都能喝酒，不管何时何地，有酒的生活就是美好的生活。

在新疆，只要能生火，就能吃到烤肉烤肠烤腰子，就能把铁签撸出火星来。新疆人实在，喜欢吃"大菜""硬菜"，牛肉羊肉，一盘一盘地上，鸡鸭鱼必须整只上，青菜也就是个点缀，不像内地的小鱼小虾、时令蔬菜，吃下一大堆都不顶事儿，还没有到家就饿了。

更重要的是，新疆喝酒都讲规矩，有很强的仪式感。一只羊上桌，主人的每个动作都有说法。吃羊头，是对客人最大的尊重；吃羊眼，是高看一眼；吃羊耳朵，是要洗耳恭听；吃羊脸，是给面子。主人削了肉给你，你必须吃，吃完就要喝酒。

这酒还不能乱喝，总的来说"喝酒像开会，敬酒要排队"。

像开会，说的是主人要像组织会议一样履行"提酒"程序。这有点儿类似于祝酒词。一般来说，主人要"提"三杯，表示欢迎、感谢、祝福之类，在无数次的提酒中，新疆人练就了超凡的口才，通常都能讲得声情并茂、文采斐然，客人们深受感染，大为感动，此时不一饮而尽，会让人心生愧疚。新疆的酒杯比内地大几号，一两大小的杯子习以为常，等主人们依次把酒提完，十来杯酒就已下肚。在新疆有一种奇怪的现象，那就是红酒啤酒都不算酒，几乎所有的场合，只喝一种半斤装的叫作"小老窖"的高度白酒，而且以"箱"为计量单位，从纸箱中拿出一瓶瓶白酒，就像从弹药箱里掏出一枚枚手雷一般。主人们提酒的程序结束，酒量小的客人已进入微醺状态。

要排队，说的是在主人提酒结束之前，客人必须保持只能喝不许回敬的被动状态，颇有"打不还手、骂不还口"的意思。等到客人好不容易排到队，轮到自己提酒，也要入乡随俗，像主人一样提酒，还要说出个一二三来，客人们平日里难得有这种即兴发言，硬着头皮提完酒，不管多大酒量，都已摇摇欲坠、飘飘欲仙了。

在内地，敬酒的程序就简单多了，主人寥寥数言，象征性地举下杯，就算开了场。随后宾主双方像走马灯一样相互敬酒，不温不火，自由而随意，远没有新疆那么认真和隆重。新疆人到了内地，酒桌上的节奏发生这么大的变化，有时会有点儿手足无措、无所适从。

最有意思的是哈萨克族人喝酒。哈萨克族作为游牧民族，在一望无际的草原上，少有人来做客。一旦有人来，他们会拿出最大的热情招待客人。客人到了以后，他们让客人在羊群中挑出一只最肥的羊，随后开始宰杀、烹煮，客人们可以先吃些水果、干果、馕、奶茶、酸奶疙瘩，等吃到羊肉时，至少也是两三个小时以后了。接下来便觥筹交错，酒不断，歌不断，舞不断，大家有说有笑，载歌载舞，同乐同喜。此时，毡房内氤氲着酒的浓香，歌舞有了酒的迷醉，酒也有了歌舞的律动。吃多了可以歇会儿，喝多了可以躺下，醒来后继续喝，在似醉非醉、似醒非醒中，所有的烦恼和不快都抛到九霄云外，就这样一直喝到第二天早上。对于视时间为生命、效率为金钱的内地人而言，一般的酒局差不多一两个小时就可以结束。但哈萨克族作为游牧民族，以太阳升落为时间参照，在他们看来，早几个小时晚几个小时又有什么关系呢？

在新疆的酒桌上，不仅有"巴郎子"（小伙子），还有"女汉子"。女汉子只要能上桌，都能大大方方端杯喝酒，绝不扭捏作态。数杯白酒下肚后，能说会道、能歌善舞，把整个酒桌的气氛调节得其乐融融、热气腾腾。

回到酒文化的话题，新疆人和内地人对酒的认识差异很大。在新疆人看来，酒是表达感情、体现处事风格乃至格局胸怀的重要载体。吃饭不喝酒，总觉得哪里不对。酒是试金石，往往"微兮恍兮，存乎一心"，认为喝酒和做人一样，一定要坦率、真诚、投入。酒没喝好，就体现不了自己的热情，就是怠慢了朋友。新疆人劝酒的方式很特别，是主人领头喝，用行动说话，用真情感人，因此总能让客人平稳起步、渐入佳境，最后能喝八两的喝了一斤，直到腋下腾云、脚下生风，直喟叹"策马奔腾活得潇潇洒洒"。

内地人的思维是工笔素描式的，偏向平和内敛，在他们看来，再怎么说，酒也只是一种透明的液体，对于酒的需求远不如新疆人那样重要和迫切，不论酒桌上如何天昏地暗、飞沙走石，永远守住底线、留有余地、进退自如，表情不丰富但内心戏超精彩，可谓"春风化雨精致细腻"。这也可能是为什么好酒多产自南方，而酒量大的人却多在北方的原因所在。当新疆人在酒桌上遇到内地人,尽管他们善饮,尽管他们的热情似火、激情豪迈,但"东北虎,西北狼,喝不过内地小绵羊",笑到最后的往往还是内地人。对此,新疆人嘴上不说,但心里还是颇有微词。

初到新疆时,经常看到有人走路歪歪斜斜、腾云驾雾,有人满脸通红、卧睡草地,更有人拎着酒瓶手舞足蹈、边走边唱。如今,我已见怪不怪,因为对新疆人而言,酒就像流淌的血液一样不可或缺。酒既是水又是火,既能浇灭心中的愁,又能点燃内心的火,新疆人对酒的迷恋,何尝不是对幸福生活的品味和追寻?

新疆时差

时差，在我们印象里似乎只有出国的人才能感受到。但作为一个中国人，无须到国外，只要到神奇的新疆，便能真切感受到。

新疆在中国最西部，太阳从东方升起，地球自西向东自转，新疆的东部先看到太阳，等照到2000公里外的西部，就是两个多小时以后了。

这样的时差，使新疆人的生活节奏比内地慢了很多。

新疆人一般上午十点上班、两点下班，下午四点上班、八点下班。

在新疆，下午一两点都是"中午"，而晚上六七点还算"下午"。

所以，新疆的"早晨"从中午开始，"下午"从晚上开始。

内地人忙着上班的时候，新疆人还在睡觉。有时一早接到内地朋友的电话，问我"早饭吃了吗"，我迷迷糊糊地回答"还在做梦"。

内地人吃上午饭了，新疆人才上班。

内地人快进入梦乡的时候，新疆人刚吃完晚饭，夜生活还没有开始。有时吃完晚饭，习惯性地拨通内地朋友的电话，那头早已说起了梦话。

因为这个时差，现在和内地的亲朋好友打电话之前都要下意识地看下时间。

对于新疆人来说，这样的时差是幸福的，每天可以凭空多出两个小时来。

新疆人不大可能在晚上七点准时收看《新闻联播》，只能下班以后看重播。

新疆是个最适合"晚睡晚起"的地方，十二点不睡觉不算熬夜，两点前睡不着不算失眠。

新疆孩子作业做到半夜十二点，也算不上好学生。

新疆人看"欧洲杯"基本不用熬夜。

由于日照时间长，新疆成为全国闻名的瓜果之乡，有道是"吐鲁番的葡萄哈密的瓜，库尔勒的香梨人人夸，叶城的石榴顶呱呱"，这里是"吃货的天堂"。

新疆的冬天，早上一般九点多才天亮，出门还能看见星星和月亮挂在空中，颇有些披星戴月的感觉。全国性的电视电话会议一般九点半以后才开始，就是为了照顾新疆的与会者。以前，我对这样的时间安排颇有微词，到了新疆才意识到，自己的眼光是多么狭窄，见识是如此短浅。

高考是新疆与内地少有的同步的事了，这也给新疆的学生带来一些不便。为了适应九点开考的时间，新疆的学校在高考前两个月就开始调整作息。

到了夏天，新疆白天时间最长的时候，早上六点天亮，晚上十一点多才天黑，晚饭后仍是艳阳高照，万物都挣得了额外的光阴，一天可当两天过。

对于新疆人和内地人来说，适应时差同样是件很困难的事。

新疆人去内地，到了晚上，大脑认为可以睡觉了，而身体却因惯性无法配合，两眼雪亮，了无睡意。第二天六点多又要睡眼蒙胧地起床吃饭，除了该睡觉的时候睡不着，其他时间都想睡，节奏完全乱套。由于饭点间隔短，常常会有一种奇怪的错觉："刚吃了饭，怎么又要吃饭？"总觉得一天到晚都在吃饭。偏偏内地晚饭也吃得早，还没打瞌睡，肚子又饿了起来。真是该吃的时候吃不下,想吃的时候没饭吃。

同样,内地人到了新疆也不容易。冬天早上六点起床一看,窗外还是漆黑一片,左等右盼,三个多小时后,天才慢慢放亮。因为白天时间长,就老是期盼:"何时才能吃饭啊?"

不仅新疆和内地有时差,新疆各地也有时差。

新疆最东部的哈密太阳下山了,如果马上坐上飞机,一个多小时后,在最西部的喀什,还能再看一次日落。

新疆各地有时差,只能说新疆实在太大了。

很多人知道新疆大,但没有参照物,不知道究竟大到什么程度。

最直观的就是某宝新疆地区不包邮,很多人对此很不理解,但是平心而论,责任不在店主。

你看,新疆有166万多平方公里,一个省就撑起了中国六分之一的版图,比江苏、上海、浙江、山东、安徽、河南、河北、北京、天津、山西、陕西、湖北、湖南这13个省市面积之和还要大一点。一个新疆等于七个英国、六个新西兰、五个意大利、四个日本、三个法国、两个土耳其、一个伊朗。从乌鲁木齐开车去塔什库尔干塔吉克自治县要20多个小时,从乌鲁木齐坐飞机到喀什要两个小时,差不多就是北京到上海的距离。

这么大的新疆,谁敢包邮?我们真的错怪店主了。

新疆的若羌县是全国面积最大的县,有近20万平方公里,相当于江苏和浙江两个省的面积之和。该县的罗布泊镇,有5万平方公里,面积超过25个深圳。

由此可见,在新疆,一个镇的地域可能大于内地的一个市,一个县的地域可能大于内地的一个省,新疆的镇长和县长管辖的范围,可能比内地的市长和省长管辖的范围还大。

在新疆人眼里，500公里之内不算远。新疆司机说"马上就要到了"，那可能还有200公里的路程。如果他们告诉你有点远，那才是真的远。

有人说在新疆开车才叫任性，上了高速，导航提示："前方直行600公里……"

有个段子说，内地大车司机在新疆疲劳驾驶，一不小心趴在方向盘上睡着了，一个多小时后醒过来一看，车还开着呢，人还好着呢，路还直着呢。

话说以前新疆人出去要饭，都要骑个驴，不然没到下个村就饿死了。

这些显然有点儿夸张，但如果在新疆的戈壁滩上开车，公路通往天际，一眼望不到头，几百公里不见人烟，让人觉得一辈子都走不完，那肯定是真实的。

如果有机会走一下连接南北疆的"中国最美公路"——独库公路，其一半以上的地段从崇山峻岭、深川峡谷中穿过。山下可能还是夏天，到了山上就是冬天，而半山腰便是春天和秋天，这样的路，一天能看遍春夏秋冬，一天能走过风霜雨雪，一天能跨越千年历史。你可以在不断切换的奇妙场景中，实现一次完美穿越。

所以说，没有去过新疆的人生是不完整的。

在新疆吃肉

内地人对新疆的饮食，最直观的印象就是肉多。

内地人特别是南方人，吃肉比较精细，喜欢切成肉片、肉丝、肉丁，荤素搭配，花样繁多，这种吃肉的方法，充其量只能算是"婉约派"。内地人吃肉的最大尺度，不过是做个东坡肉或红烧肘子，偶尔吃上一顿，就大呼油腻、心怀愧疚，对在乎自己身材的人来说已是罪大恶极。

如此种种，在新疆人看来多少有点矫情和做作，他们在心里嘀咕：那也叫吃肉？

在新疆吃肉，那才叫豪放，才叫过瘾。饭桌上，你会看到羊肉、牛肉、马肉、鸡肉各种肉，一律按公斤大盆大盆上，而且简单粗暴，纯纯的肉，不加其他配菜。倒不是说新疆没有蔬菜，而是他们认为请人吃饭，多上肉、上好肉才是对客人最大的尊重。

新疆人请你吃饭，某种意义上就是请你吃肉。他们会提前约好客人，轻描淡写地说"没啥吃的"，只是"宰个羊"，简单聚一下。

真正到了聚会的时候可一点儿都不简单。可以想象一下那个热闹的场面：宾主落座后，会举行一个简短的仪式。一个很大的盘子，装上羊头，还有江巴斯骨（带肉的羊髋骨）、肋条、羊肚、羊蹄等羊身上几个重要的部件，这种"小而全"的手法，是为了告诉客人，这只羊就是专门为你们准备的。主人还要动手分肉，比如把江巴斯骨给最尊贵的人，把羊头给最年长的人，把羊耳朵给最年轻的人，把羊眼睛给最好的朋友。分肉的过程就是主人祝福的过程，这是主人劝酒最好的时机，客人们一般都不好意思推辞，这也是内地人在新疆容易喝多的原因之一。

手抓肉是一定要做的。新疆以前主要以农牧业为主，囿于简陋的生产生活条件，手抓肉的做法可谓"大道至简"，只需把羊肉放进锅里，加上水，煮烂，出锅前撒上盐即可。内地的吃货们看了，一定会生出疑问：煮羊肉都不加葱、姜、蒜、料酒吗？回答是肯定的，不加！

关键在羊身上，这可不是普通的羊，它们长年漫步在一望无际的草原上，享受着蓝天白云阳光空气，饿了，俯首可食绿绿的嫩草；渴了，可去寻找甘甜的溪水；困了，随处都是理想的休憩之地。羊们和大自然融为一体，便会心情愉快、茁壮成长。难怪很多游客到了新疆后，都不想离开，都想在这里做一只"幸福的小绵羊"。

而内地饲养场里羊们的生活简直就是水深火热了，它们暗无天日、饱食终日，难免生出生无可恋、抑郁厌世之情。羊们短暂而痛苦的一生，郁积了太多的痛苦和委屈，所以在内地做羊肉，要想方设法去除那股膻味儿，用各种调料加以掩盖，食客们约等于间接地吃着饲料和调料了。而新疆的手抓肉最接近肉的本味儿，热气腾腾一盘子上来，随便抓上一块，那种肥而不腻、酥而不烂的口感，那种简单的真实、低调的丰富，堪称人间至味。

内地人初到新疆，遇到这么鲜美的手抓肉，忍不住风卷残云、大快朵颐，不知不觉就吃撑了。新疆本地人完全适应了肉食，且到了无肉不欢的地步。我听过最夸张的吃法，据说两个人能把一只羊分而食之。不过吃的时候，要把羊肉放在身后，吃完了再拿，如此反复，因为放在眼前看多了难以吃下，这多少有点儿掩耳盗铃、自欺欺人的意思，很是可爱。新疆的有些民族，以前会在腰间别一把刀，吃肉时便于削肉剔骨。这种随身携带吃饭工具的习惯，折射出他们对于吃肉的喜好和执着。

说到新疆的美食，很多人一定会想到烤羊肉串，在新疆没有"烤羊肉串"这一说，而一律称作"烤肉"。烤肉是最有代表性的新疆美食，这是一种细活儿，做法颇有讲究。肉质一定要好，最好取当年的羊，新疆人叫"没有结婚的羊娃子"，肉质十分细嫩，带着淡淡的奶香和草香。在新疆的街边巷口，在烟雾缭绕的烤架前，经常会有戴着小花帽的维吾尔族人用特有的声调吆喝："哎——没有结婚的羊娃子肉，不香不要钱——"，尾音拖得很长，能引来很高的回头率。

烤肉前先将羊肉切成大小适中的块状，用盐、洋葱、蛋黄拌匀腌制，然后串在特制的铁签上，一般会串上五粒，第四粒是肥肉，其余都是瘦肉。随后便可放在炭火上烧烤，在炭火的洗礼下，羊肉的水分逐渐蒸发，肥肉的油脂细细地渗出来，浸润着其他瘦肉，发出"滋滋"的声音，待羊肉慢慢变色后，撒上盐、孜然和辣椒粉。此时，弥漫在空气中的香气，肆无忌惮地钻进鼻孔、融入血液并在你的全身游走。烤肉一定要趁热吃，一口咬下去，鲜美的肉汁穿过焦香酥脆的表皮，在口中绽放开来，让人唇齿留香、回味悠长。

最好的烤肉是红柳烤肉。人们就地取材，用新鲜的红柳枝串着肉，红柳枝特有的香味儿渗入羊肉，形成一种特有的味道，让人食欲大开、欲罢不能。我的一个朋友，在新疆一口气吃了13串烤肉，创造了他个人吃肉的纪录。每次提及新疆、提及烤肉，他都强忍口水、兴趣盎然。

新疆的烤肉技术博大精深、登峰造极，几乎撑起了新疆美食的半壁江山。在新疆，几乎什么东西都可以烤，烤羊肉、烤羊肝、烤羊心、烤羊肠、烤羊排、烤腰子，烤包子、烤蔬菜、烤鹅蛋、烤馕。从规模上来讲，小一点的可以烤鸽子，大一点的可以烤全羊，甚至还有烤骆驼，据说这是世界上最大的一道"硬菜"。我曾亲眼看到过一次，在一个巨大的馕坑前，一辆吊车把一只大骆驼吊进去，烤制前骆驼身上要抹上十多种调料，经过五个多小时，烧掉很多木材才能烤熟，出炉后，数百人浩浩荡荡排队抢购，这样的场面真让人永生难忘。

到了冬季，哈萨克族过冬必备的美食就是马肉和马肠。每年第一场雪过后，都会有哈萨克族的朋友热情邀请，到他们家里做客。那时的饭桌上，一定会出现马肉和马肠。尽管室外风雪交加，但只要吃了脂肪丰富、瘦肥分明的马肉，不仅能促进血液循环，还能御寒生热，如果再喝上几杯烈酒，便会热气升腾、脚下生风，足以抵御滴水成冰的严冬。

新疆的大盘鸡是人所皆知的名菜。大盘鸡，顾名思义，一定是大。新疆本来就"大"，所以没有上海、广州、江浙那些地方"小而精"的审美观念。第一次在新疆看到大盘鸡的人，一定会瞪大眼睛，明白这才是名副其实的"大"。大大的盘子，装着新疆本地的土鸡，至少半只以上，加上软糯甜润的土豆，配上青椒、辣椒、大蒜、皮牙子，辣中有香，粗中带细，一盘子少说也要几公斤，吃起来特别过瘾。吃的时候，可以加上很宽的皮带面，皮带面饱蘸着浓厚的汤汁，既爽滑又筋道。皮带面不够吃，可以再要一份，一般不会加钱。在很多专做大盘鸡的餐馆里，四五个客人点个大盘鸡，既当菜又当饭，再点上一打新疆本地的乌苏啤酒，实在是绝配。有一次，我看到一个客人自斟自饮，竟然把一大份大盘鸡吃得干干净净，真是惊为天人。内地饭店的菜单上也经常写着"新疆大盘鸡"，不过我的经验是尽量少点，无论盘子、食材还是味道，都和"大盘鸡"这个名字相去甚远。

在新疆几乎是"无鸡不成宴"，每次聚餐，鸡肯定是必点的菜品。除了大盘鸡，还有椒麻鸡、八块鸡、粉蒸鸡、辣子鸡等，都是美味中的美味、极品中的极品。对于某些民族而言，鸡屁股还不能随便吃，一般要让给德高望众的人，内地人对这样的礼仪深以为趣又难以理解。

当然，我认为最好吃的还是手抓饭里的羊肉。做手抓饭时，先将新鲜羊肉用清油煸至变色，然后放入皮牙子、胡萝卜在锅里翻炒出香味儿，再把泡好的大米放入锅中，焖上四五十分钟便可出锅。手抓饭最大的妙处，便是米有肉香、肉有米香。特别是颜色金黄、酥烂诱人的羊肉，浸润着胡萝卜和皮牙子的味道，除了亲口品尝，很难用语言来形容。

新疆吃肉最大的后果，就是体重日增，裤带渐紧，内地人来新疆胖个五六斤是稀松平常的事。在新疆很少看到很瘦的人，因为对于喜欢吃肉的人来说，"长得漂亮"不如"活得漂亮"，在美食和身材的纠结中，身材应该也必须让位于美食。

甜美的任性

马未都三十多年前去新疆阿克苏，路过一片杏树林，看见树上挂满了白杏，树下坐着一个维族老汉，身边摆着几个铁桶，就问老汉："杏子多少钱一斤？"老汉用半生不熟的汉语说："两毛钱一脚。"意思是出两毛钱，可以向杏树踹一脚，掉下来的杏子全归你。这让马未都兴趣盎然，天下竟然有这么新奇的卖法。

他给了老汉两毛钱，拎起桶走向杏林深处，选择一棵枝头低垂、硕大无比的杏树，铆足了劲儿猛踹一脚，脚腕子都快肿了，未见一颗杏子落地。刚想踹第二脚，老汉说："再交两毛！"他就选择了一棵细小的杏树，不轻不重地踹了一下，掉下来的杏子就捡了半桶。

那一脚，让马未都想到的是，凡事不能太贪心，一定要量力而行。

而我想到的，是新疆的水果。

全国盛产水果的地方多如牛毛，但对"瓜果之乡"新疆来说，都相形见绌。

上天偏爱这方热土，赐予水果生长所有的优越条件。

新疆是大陆性气候，空气十分干燥，每年降雨量很少。有一次去南疆，我问当地人："这里下雨最少的年份，下了多少雨？"对方说："多少？一滴雨都没有下！"这个回答着实让我大开眼界、永生难忘。

新疆夏季日照时间特别长，内地人晚上十点后可以吃夜宵，但新疆人表示太阳还在天上，晚饭尚在进行。

去过新疆的人都知道，必须备上一件厚厚的外套，因为晴天和阴天、山上和山下的温度迥异。特别是早上和晚上的温差极大，便有了"早穿棉袄午穿纱，围着火炉吃西瓜"的奇妙现象。这样的天时地利，更利于水果的能量储存和糖分积累，凡是内地有的水果，只要新疆能长出来，品质要比内地高出几个等级，都堪称"极品"。

新疆流传着这样的顺口溜："吐鲁番的葡萄哈密的瓜，叶城的石榴人人夸，库尔勒的香梨甲天下，伊犁的苹果顶呱呱，阿图什的无花果名声大，下野地的西瓜甜又沙，喀什的樱桃赛珍珠，伽师的甜瓜甜掉牙，和田的薄皮核桃不用敲，库车的白杏味最佳。一年四季有瓜果，来到新疆不想家。"

如果允许用一个词来形容新疆的水果，我只想选择"甜美"。

一年之中，最先登场的是"瓜果中的报春花"——桑葚。新疆的桑葚每年五六月份便陆续成熟，路边随处可见，不但有紫的，还有白的，白的比紫的更赏心悦目、清甜可口。春暖花开的时候，看到孩子们想方设法爬上树去，玩得满身泥土，吃得如痴如醉，常常会想起小时候淘气的自己。

说起新疆的水果，人们一定会想到葡萄。

我很羡慕新疆的维吾尔族人，羡慕他们每家都有一个宽敞院子。更羡慕的是，每个院子里几乎都有一个葡萄架，既能遮阳避暑，又能大饱口福。仰首可见一串串葡萄，密密匝匝，错落有致，似乎要把粗壮的棚架压断。那黄的、绿的、红的、紫的，一颗颗如珍珠，似玛瑙，晶莹剔透，纯洁耀眼。漫步在葡萄架下，无论往哪个方向，都令人目不暇接、心生欢喜。低下头，葡萄叶筛下的阳光倾泻在地上，斑驳陆离，煞是耐看。随手摘下一颗送进嘴里，那种"葡萄架下吃葡萄"的惬意，只可意会不可言传。

"吐鲁番的葡萄熟了，阿娜尔罕的心儿醉了……"美丽的葡萄沟伴随着这耳熟能详的歌声，名扬四海。葡萄沟靠近全国最热的火焰山，在这片最热的大地上，流淌着最凉的天山雪水，孕育了世界上最好的萄萄。

万绿丛中，不时有音乐声传来，那身着鲜艳衣裙，葡萄般水灵娇美的维吾尔族姑娘飘然而至、翩翩起舞，宛若一首美妙的田园交响曲，令人陶醉。

在新疆买葡萄更有意思，无论你买不买，都可以随便品尝，自信的老板甚至会递来一大串让你"品尝"，你不吃老板还不高兴，认为你看不上他的葡萄。那一粒粒葡萄像一块块糖，甜得惊人，等你品尝完基本上已是半饱了。

人们常说"吃葡萄不吐葡萄皮儿"，新疆的葡萄都很鲜嫩，又无农药残留，不但无皮可吐，连葡萄籽儿也可一同吃下，在大快朵颐的同时，能清热祛痰、润肤养颜。

俗话说："便宜没好货，好货不便宜。"如果到过新疆，吃过新疆的水果，这句话可能就要改成"便宜有好货，好货很便宜"。

在新疆，经常可以见到外地的游客围在路边的瓜摊，买上一个大西瓜，当场切开，大伙儿分而食之，那种恰到好处的甜，恰如其分的沙，常常引来一片赞叹。更意外的是，又大又甜的西瓜还超级便宜，才几毛钱一公斤。内地人初到新疆，以为是几毛钱一斤，觉得很便宜，后来明白新疆以"公斤"为计量单位，就觉得幸福来得太突然了。有时老板偷懒，甚至不用称重，一个瓜收你十五块二十块钱了事。

我刚到新疆那年，觉得便宜，就经常买西瓜，买回后切成两半，却半个都吃不完，扔了又觉可惜，常把自己的肚子吃得滚圆，没过多久就胖了一圈儿，成了"甜美"的烦恼。

新疆有一种特有的"高配"吃法，就是就着馕吃西瓜。放久的馕坚如磐石，遇见香甜的西瓜，一下子就变得柔软香糯起来，口舌间流淌出浓浓的新疆味道。

　　新疆的哈密瓜也是又多又好又便宜，难以想象，500多年前它还是皇家的御用水果，如今平民百姓都可以随时享用。地道的哈密瓜甘美肥厚、香甜醇郁，当地人有贮瓜过冬的习惯，无论哪个季节到新疆，哈密瓜都是必备的水果。新疆人喜欢以水果代茶，无论到谁家做客，客人坐下后，首先端上的不是茶水，而是各种新鲜的水果。吃饭也是如此，第一道"菜"一定是水果。而且新疆吃水果的顺序还颇有讲究，要先吃西瓜，再吃更甜的哈密瓜，这样才有渐入佳境的感觉。反之，再甜的西瓜也会变得淡而无味。

　　我从小生长在江苏中部的农村，很多水果只在课本中见过，比如苹果，红红的，圆圆的，觉得很遥远，不知道吃起来什么味道，有种发自内心的好奇和向往。那时听外地打工回来的邻居说，有些地方的苹果像我们的红薯一样，随处可见，想吃就吃，当时就狠狠地咽了一下口水。心想，苹果这么"高级"的东西怎么可能和红薯相提并论？

　　若干年后到了新疆，才知道邻居的话并没有夸张。

　　新疆最常见的水果可能就是苹果了。不管什么地区，不管什么民族，不管是街道、果园还是庭院，随处可见苹果树，真的可以任性到"想吃就吃"。前几天去果园，看到很多苹果烂在树下，问主人为什么不捡起来，得到的回答很霸气：树上的都来不及摘，哪管得了地上的？

　　"暖气潜催次第春，梅花已谢杏花新。半开半落闲园里，何异荣枯世上人。"这是唐代诗人罗隐眼中的杏花，新疆早春的杏花，已从诗中的意象幻化为触手可及的景观，尽管山上依旧白雪皑皑，大地早已春心荡漾，惹得房前屋后、漫山遍野的杏花争相怒放。一阵微风吹来，伴着沁人的花香，片片花瓣悄然飘落，恍若梦中仙境、天上人间。转眼到了杏子成熟的时节，空气中弥漫着甜甜的味道，树上累累的果实挑逗着你的味蕾，此时只恨自己的肚子有限，徒有想法没有办法。当地人说，吃完杏子要把杏仁一并吃下，这有助于消化，和吃面条时"原汤化原食"有着异曲同工之妙，其中是否有可靠的科学依据，不得而知。

有一种脾气倔强的杏子，成熟后仍挂在枝头，直到自然风干，故得名"树上干杏"，又叫"吊死干"，听来颇为悲壮。也许因为这种坚守和执着，这种杏子更加果香浓郁、清新酸甜。

一个朋友来新疆，每次必买一箱蟠桃小心翼翼地拎上飞机。他说成熟的蟠桃皮薄肉多，一口咬下去，嘴角两侧都会滋水，尽管吃起来有点儿狼狈，但正是他喜欢的感觉。

新疆的香梨又香又甜，果肉呈半透明状，入口即化，汁水近乎喷溅，满嘴留香，打嗝都有余韵。多少人在内地，吃了多少年被冠以"新疆"名号的香梨，来到新疆后才知道，真正的美味完全超出他们的想象，觉得几十年的梨都白吃了。

新疆的石榴有"果中西施"的美誉，寓意着吉祥、团圆、和睦，"籽粒透明似珍珠，果汁浓甜似蜂蜜"，每次在爽口润心的同时，我都会想到一个温暖而贴切的比喻："各族人民要像石榴籽一样紧紧地抱在一起"。

新疆的瓜果当然远不止这些，还有娇艳欲滴的草莓、高端大气的西莓、性温味甘的樱桃、消渴生津的李子、饱满浑圆的大枣、略带奶香的无花果、玲珑可爱的圣女果等。

新疆天高地广、物产丰富，都说新疆人随遇而安、知足常乐，置身这样的美景，这样的美食，换了谁都想任性一把，就为这个也值得去趟新疆。

眼中有山水，心中有诗意，醉时有清风，醒来有明月，这才是人生最大的任性和最美的风景。

英雄的温度

170年多年前的一个寒冬，新疆早已大雪纷飞、天寒地冻。

此时，一个落寞的身影，经过四个多月长途跋涉，踏上了这片遥远而陌生的土地。从抗英斗争的功臣，威震四海的英雄，声名赫赫的两广总督、钦差大臣，到功过颠倒、蒙冤革职、谪戍边疆的罪人，他老态龙钟，步履蹒跚，前途像飘零的雪花般虚无苍茫。

这个人就是林则徐。

谁都可以理解此时林则徐的心情。

他"扶病出关"，经历"瀚海龙沙，荒程万里；衰龄病骨，风雪长征，濒于九死之形"，而他时刻难忘、悲愤填膺的是国家民族的命运，他时刻牵挂东南战局："中原之事，未敢忘怀""无时不悬悬于心目间"。将出玉门关时，他更是担忧"知是旷怀能作达，只愁烽火照江南"。

尽管此时他已被剥夺了奏事权，但他"侧身回望，寝食皆不能安……前事可悲，后患尤太，每一思之，心肝欲裂。天佑我国家，或有伟人而出殄死此虏，而不知其为谁？奈何！奈何！"居庙堂之高则忧其民，处江湖之远则忧其君。

眼看强敌越来越近，自己却离东南前线越来越远。命运和林则徐开了一个巨大的玩笑，他做梦也没有想到，自己有一天会从东南海防，辗转而至西北塞防。

谁也没有想到，壮志未酬、无职无权的林则徐竟在新疆找到了新的方向。

有道是英雄相惜，林则徐得到了新疆最高长官、时任伊犁将军布彦泰的信任，得知他临近伊犁边界的消息，布彦泰专门派人前去迎接，给予隆重的礼遇。两人从此交往甚密，布彦泰称林则徐："赋性聪颖而不浮，学问渊博而不泥，诚实明爽，历练老成……平生所见之人，实无出其右者……窃为人才难得。"随后，林则徐被委以实务，掌管粮饷事宜，参与了伊犁地区开垦荒地、兴修水利等众多活动。

龙口渠是林则徐接管的首个重大水利工程。

尽管喀什河地势险峻、水流湍急，工程难度巨大，但林则徐凭借内地多次主持治河的丰富经验，以花甲之年、病弱之躯，呕心沥血、昼夜运筹，工程四月动工、九月告竣，用工十万有零。经布彦泰验收，"一律完竣，委系十分坚固"。这就是今天伊犁的人民渠，各族百姓出于对林则徐的敬仰和怀念，亲切地称之为"林公渠"。

后来，林则徐又增修了皇渠工程，长达210多公里，是清代新疆长度最长、灌溉面积最大的水渠。工程完工后，众多官员和废员得到嘉奖、提拔和赦免。直到今天，它仍是当地农田灌溉的主要水源，受益农田达20多万亩。

在伊犁州伊宁县的皇渠边，有一尊林则徐的塑像，林公凛然正气、目光炯炯，塑像底座上刻有"民族英雄林则徐"字样。斯人已逝，然河水泱泱，如那"苟利国家生死以，岂因祸福避趋之"的豪言，深沉热烈，滚滚向前。

伊犁屯垦的突出成效，引发新疆各地争相仿效，掀起了垦荒的热潮，道光帝随即谕令林则徐勘察南疆垦地。

此时，林则徐虽已劳累成疾、病魔缠身，他仍从伊犁起程，扶病奔波于天山南北，出没于大漠风沙，经受了酷暑严寒，一年多遍历新疆10城，行程3万多里，勘察荒地68万多亩。途中涉及诸多政策、制度、矛盾，他都认真研究、梳理，并提出很多建设性的意见，得到了各族百姓的热烈拥护。

在往南疆勘察时，林则徐目睹沿途大部分地区土地虽然肥沃，但因严重缺水，无法灌溉，被无奈闲置，十分痛惜。在吐鲁番看到"坎儿井"后，他进行了深入研究，对挖井技术进行了改进，并因地制宜地加以推广，基本上解决了水资源的问题。

新疆自古盛产长绒棉，纺织业却十分落后。林则徐就把内地的纺棉技术，传授给当地群众，教他们制纺车、学织布，大大改进了纺织技术。从此，"林公车"这一美名流传至今。

在勘垦过程中，林则徐经常关心了解塞防形势，密切关注沙皇的侵略意图，研究防御策略，大声疾呼"终为中国患者，其俄罗斯乎"。果然不到20年，沙俄通过《中俄勘分西北界约记》等不平等条约，割走我国西北领土44万平方公里。1881年又通过《中俄伊犁条约》及相关界约，割走我国领土7万平方公里。

林则徐建议"改屯兵为操防"，也就是把固定的屯兵制，改为驻军分期分批轮流耕作和训练的操防制，把"兵"和"农"结合起来，既能屯足粮食、精进武艺，又能加强边防、共御外侮。多年以后，这一思想被左宗棠所吸纳，据说左宗棠征战新疆、收复失地，带的就是林则徐绘制的地图。

林则徐是我心中的英雄，他在新疆仅三年两个月，却以自己的家国情怀、赤子之心，留下了一串串坚实的脚印。

事实上，历史上众多高贵的灵魂——文天祥、岳飞、范仲淹、苏东坡、柳宗元、郑板桥、左宗堂、张謇——都是这样的风骨。苦难和挫折搭建的人生坐标，更能测出一个人生命的高度和深度，更能看出人格的伟大和高贵，他们拎着纱帽做官，似官非官，亦官亦民，或激越、或悲壮、或无畏、或感叹，但他们都有同样的温度，浓烈而炙热，至今尚有余温。

新疆的风骨

到过新疆的人，都会被她的广阔、壮美而震撼。

但很少有人知道"新疆"这一地名的由来。

清政府在乾隆年间，平定了天山南北，将这一故土归入大清版图，1884年在新疆建省，取"故土新归"之意，把这块160多万平方公里的地方命名为"新疆"。

其实，"新疆"并不"新"，早在汉代，这个被称为"西域"的地方就是中国领土。

乾隆做梦也没有想到，一个甲子以后，这一疆土又会狼烟四起、金戈铁马，险些让自己的赫赫战功付之东流。

1867年，匪首阿古柏在新疆建立了所谓"哲德沙尔汗国"，宣布脱离清廷。俄国乘机侵占了伊犁，英国也虎视眈眈，与阿古柏签订条约，获得种种特权，大肆瓜分新疆。

西北边陲大部分地区陷入敌手，新疆正面临着从大清版图上消失的危险。

然而祸不单行，此时日本又点燃了侵略台湾的战火，东南沿海频频告急。

清政府既面临新疆危机，又面临沿海危机，东南与西北同时受敌。晚清的中国，就像一间四处漏风的破屋子，堵不胜堵，防不胜防。

朝廷内部也发生了"海防"和"塞防"的重大分歧，在这场事关领土主权和国家利益的激烈争论中,形成了两派截然相反的意见。

一派以李鸿章为代表,力主放弃新疆。他认为新疆地处边陲,是个化外之地,远离京城,犹如一个人的手脚,"新疆不复,于肢体之元气无伤",每年花费几百万两银子意义不大。新疆三面被外敌包围,俄、英势力已经深入,即使勉强收复,将来也很难固守。国家的财力、军力无法顾及新疆的存亡,清军"可撤则撤,可停则停",应集中财力用于"海防"。

此时的新疆已命悬一线、岌岌可危,关键时刻,有一个人力排众议、挺身而出。

这个人就是左宗棠。

左宗棠认为"东则海防,西则塞防,二者并重"。"天山南北两路粮产丰富,瓜果累累,牛羊遍野,牧马成群。煤、铁、金、银、玉石藏量极为丰富。所谓千里荒漠,实为聚宝之盆。"新疆的安危关系到蒙古、陕西、山西、甘肃乃至京城的安全。如若放弃,必然导致"我退寸而寇进尺"。新疆落入沙俄之手,内陆将永无宁日,故"规复新疆,势在必行"。

经过艰难的斗争,左宗棠的"规复论"最终战胜了李鸿章的"弃守论",清廷旋即任命左宗棠为钦差大臣,督办新疆军务,率军西征,收复失地。

要知道,左宗棠此时已是六十有四的花甲老人了。

在他看来,"西事无可恃之人,我断无推卸之理,不得不一力承当"。

1876年4月,他亲率7万多将士挥师新疆。

左宗棠此举绝非心血来潮,更非意气用事,而和多年前的一次会面有关。

1849年冬,林则徐因病开缺回乡,从云南昆明回福建原籍,乘船经湘江,专门约见左宗棠。两人在长沙码头停泊的舟中见了面,并秉烛夜谈至天亮,史称"湘江夜话"。

这次谈话的内容主要是关于如何经营新疆的问题。两人次日告别时,林则徐将自己在新疆整理的宝贵资料,包括新疆地理观察数据、战守计划,以及俄国在边境的政治军事动态等,全部交付左宗棠,并且说,"吾老矣,空有御俄之志,终无成就之日。数年来留心人才,欲将此重任托付。东南洋夷,能御之者或有人;他日西定新疆,舍君莫属。以吾数年心血,献给足下,或许将来治疆用得着"。

送别时,林则徐拍着小他二十多岁的左宗棠的肩膀说:"将来完成我的大志,唯有靠你了!"

这是他们第一次也是最后一次会面,这次会面改变了新疆乃至中国的命运。

回福建后,林则徐重病不起,命次子代写遗书,向咸丰皇帝举荐左宗棠,称其为"绝世奇才""非凡之才"。

林则徐是左宗棠一生最为尊敬和崇拜的人物,西征时的左宗棠,耳边一定回响起林公"不破楼兰誓不还"的谆谆嘱托。

这场收复新疆的军事行动,是一场决胜千里甚至万里之外的远征,难度可想而知。"筹饷难于筹兵,筹粮难于筹饷,筹运又难于筹粮"。西征之路,既无水路,也无大道,只能靠人力、骡马,很多地段只能靠骆驼运输。

更大的问题还在于,左宗棠既要和敌人周旋,又要冒着巨大的政治风险,在政敌的明枪暗箭中闪转腾挪。如果失败,没有人会为他分担丝毫责任,但一定会把他抛出来当替罪羊。

熟读历史、久经官场的左宗棠一定明白这个道理。

但他没有退缩,甚至没有犹豫。

此时,家庭变故也深深地折磨着他。左宗棠的夫人和长子先后病故，让他在精神上连遭重创。他又年迈多病，常常因军务繁忙而咳血于营帐。他在家书中写道："我年逾六十，积劳之后，衰态日增……断不能生出玉门关矣。"

他没有辜负林则徐的期望，用自己的胆略和才华在新疆大地上书写了神话。

左宗棠不愧为我国近代史上杰出的军事家。他确定了"先北后南"的战略方针，环环相扣，步步为营，先打北疆的薄弱之敌，收复乌鲁木齐，再歼南疆的敌军主力，最后收复伊犁。因军费、粮草十分紧张，加上新疆幅员广阔、地形复杂、交通不便，他又确定了"缓进速战"的战术原则，每一次战役开始前要充分准备，不急于交战。当作战条件成熟之后，要速战速决，避免持久战。

左宗棠的西征军以摧枯拉朽之势，只用了三个月就收复了北疆，只用了一年多就收复了除伊犁以外的全部失地。

左宗棠收复新疆具有不可估量的深远意义，这是鸦片战争以来，中国人民反抗外来侵略取得的一次重大胜利。中国的近代史不忍卒看，但左宗棠留下的那抹亮色，是晚清夕照图中最光彩的一笔，足以让国人欢呼振奋、热泪纵横。

新疆收复后，沙俄仍拒绝交还伊犁。清廷派总理衙门大臣、吏部左侍郎崇厚为全权大臣赴俄谈判，非但没有收回伊犁，反而签订了丧权辱国的《交收伊犁条约》，被割去伊犁以外的大片领土，并赔偿白银280万两。

左宗棠震怒了："伊犁我之疆土，尺寸不可让人！"

69岁高龄的钦差大臣再次出关了！

1880年5月，左宗棠让士兵抬着棺材，率兵西征，决心背水一战，收复失地。

白发苍苍，战鼓隆隆，军旗猎猎。

大漠孤烟，黄沙漫天，悲壮凄凉。

这次他没准备活着回去。

左宗棠指挥西征大军分三路对伊犁地区形成合围之势，对沙俄入侵新疆的军队形成军事压力。曾国藩之子曾纪泽也在谈判桌上据理力争，终于在1881年2月24日签订了《中俄伊犁条约》，使沙俄交还了伊犁和特克斯河一带，伊犁又重新回到祖国的怀抱。

一个英国外交官说："中国已迫使俄国做出了它从未做过的事，把业已吞下的领土又吐出来了。"

南京大学教授缪凤林先生曾评价道："唐太宗以后，对于国家领土贡献最大的人物，当首推左宗棠。"

左宗棠两次率兵西征，一路进军，一路修桥筑路，沿途种植杨柳树，后人尊称其为"左公柳"。左宗棠的湖南同乡杨昌浚西行时，见道旁柳树成荫遗泽后人，遂赋诗一首："大将筹边尚未还，湖湘子弟满天山。新栽杨柳三千里，引得春风度玉关。"

如今，我每次去霍尔果斯，在"耻辱碑"前向西眺望，巍巍昆仑，莽莽群山，心中那份感慨难以自抑。

所有的国泰民安、岁月静好，都是有人在民族危亡、强权压迫时，用气节和生命铸就的，正是那铮铮铁骨和熠熠初心挺起了中华民族的脊梁。

"弱国无外交。"其实世界从未改变，只有自己强大，才会有尊严。

今天，当我们庆幸占我国六分之一国土的新疆仍在祖国版图上的时候，不应该忘记这位抬棺入疆、"手抚长缨剑出鞘，将军一战定天山"的倔强老人——左宗棠。

他的风骨，就是新疆的风骨，更是中华民族的风骨。

痛饮新疆

很多内地人到了新疆，都会惊奇地发现，酒量一下子大了很多，原本应是"云里雾里"的状态，却依然"云淡风清"。据我多年观察，内地人能痛饮新疆，至少有八大理由：

一是先吃后喝。内地人做什么事都讲究效率，喝酒也不例外，喜欢直奔主题，往往热菜未上而白酒先行，有道是"基础不牢、地动山摇"，久经酒场、霸气侧漏的新疆人到了内地，空腹喝酒时，往往无法适应肠胃中酒精浓度瞬间飙升的节奏，常常折戟而归。第二天醒来一想，不懂哪个环节出了问题，只能感慨"东北虎，西北狼，喝不过内地小绵羊"。而在新疆吃饭却恰恰相反，会有一个比较长的前奏，先吃些干果、馕、水果、酸奶、凉菜、热菜等，十分钟以后或三分饱才开始倒酒。这个习惯很人性化，好比给肠胃做了一次"热身运动"。这些食物附在胃肠黏膜上，减缓人体对酒精的吸收。同时，水果的果糖，馕的淀粉，可以加快酒精的分解代谢，为可持续喝酒打下坚实的基础。

二是肉食多。新疆的酒席上，酒肉不分家，喝了酒必须吃肉，吃了肉才能喝酒，酒仗肉势，肉仗酒威，是名副其实的"大口喝酒、大块吃肉"。肉食中的脂肪不易消化，可以更好地保护肠胃，有了这道屏障，自然就不容易醉了。

三是有好酒。新疆有一种奇怪的现象，无论乌鲁木齐、地州还是县市，跑到哪里，基本上只喝一种新疆地产酒，那就是被称为"新疆茅台"和"小老窖"的伊力老窖,这种酒白瓷瓶,半斤装,形似手雷,46度,酒香扑鼻,酒味绵长。内地人喝酒论瓶儿,新疆人喝酒论件儿,一件儿10瓶,一桌人出去喝酒不带上两件儿心里不踏实。第一轮人人有份、人手一瓶,算是循环赛,第二轮能者多劳、酌情分配,就是淘汰赛。这种酒有三大特点:一是价格适中,五六十元一瓶,大家都可以接受。二是质量好,纯粮酿造,喝多了不上头、不闹心,第二天起来仍是一条好汉。三是半斤装。这个半斤装(250克)可大有学问,和常规的一斤装(500克)相比,完全符合喝酒人的心理,既能消除畏惧感,又能提升成就感。正是因为这些特点,"小老窖"独霸新疆多少年,别的酒很难在新疆打开市场,这在全国恐怕也十分少见。当然,新疆被誉为"夺命红乌苏"的本地啤酒另当别论。我有一个好兄弟,酒量奇大,一次喝了四瓶红乌苏,昏睡半天也没有缓过来。以后出去吃饭,不扶墙只服红乌苏。

四是酒文化博大精深。新疆喝酒有仪式感,有严格、规范的"提酒"程序,可以归纳为"喝酒像开会,敬酒要排队"。提酒是门技术活儿,主人不但要提酒,还要连提三杯,每一杯都要说话,或者说"表达",因为酒桌上常有这样的训练,新疆人口才都很了得,提起酒来大大方方,洋洋洒洒,把感情表达得很充分、很到位。主人们依次提完酒,若干杯酒就已下肚。按照规矩客人们也要振奋精神、保留最后一份清醒完成提酒程序,同样也要说话,还要照顾到在场的每一个人。等主客双方把酒提完,在酒的催化下,现场气氛快速升温,大家都在不知不觉中喝多了。有时遇到合适的人,找到合适的话题,那更是畅快淋漓、不醉不归了。

五是热情好客。新疆有句老话:"握十次手,不如喝一顿酒。"客人来了是一件很隆重的事,主人要杀鸡宰羊、倾其所有招待你。只有你喝好了、喝高了，主人才有面子、才会高兴。面对这样的热情和真诚，你无法做到无动于衷。加上新疆人非常看重喝酒的风格，有道是"酒品如人品、酒风如作风"。你不会喝可以，实在喝不下也可以，但绝不能偷鸡摸狗、"跑冒滴漏"，这是喝酒的大忌。把酒喝好了，大家就成了兄弟，留下深刻而美好的印象，下次见面不只是握手，必须来一个大大的拥抱。

六是时间长。到过新疆的人，都有一个比较深刻的印象，那就是节奏慢。内地一顿酒的工夫，也就一个半小时左右。在新疆喝酒只看状态，不看时间。有一个喝酒的规矩，主人不能提最后一杯酒，必须由客人提出，认为只有客人提出结束，才是喝高兴了、喝尽兴了。如果客人不说结束，那就要继续喝下去。特别是到了哈萨克族人的毡房里，等客人到了以后，主人才把羊牵来，让客人选一头最肥的羊，宰了以后再做成一道道美食。宰羊的时候，客人们便就着水果、干果和点心慢慢喝起酒来，等到羊肉上来已是几个小时以后了。有一个朋友去哈萨克族朋友那里做客，回来说喝酒时间太长了，一直从晚上八点喝到十二点，别人听了以后觉得有点儿长，但也可以接受啊。朋友说，是喝到第二天中午的十二点！新疆的一顿酒，可以是内地几顿酒的时间，身体有更多的时间分解酒精，所以能比内地多喝一点酒，也在情理之中了。

七是有歌舞助兴。新疆有道特效"醒酒菜"，那就是歌舞。在新疆，会说话就会唱歌，会走路就会跳舞，会喝水就会喝酒。吃饭是为了身体，喝酒是为了灵魂，歌舞是为了快乐。内地的客人到了新疆，各种程序、各种礼节下来，酒基本上到了嗓子眼儿，这时候席间一般就会有人主动站出来，乘着酒兴为大家献歌献舞，客人们当然也不能闲着，跟着唱一唱、跳一跳，在轻松愉快的气氛中，不知不觉中出了汗、消了酒。从这个意义上来说，在新疆酒是歌舞的引子、感情的引子、快乐的引子。

八是心情放松。新疆是边疆，离内地近则千里，远则万里，内地人去一趟新疆是要下一点决心的。好不容易到了新疆，感受了疆土的辽阔、风景的绝美，颇有几分"对酒当歌，人生几何"的感慨，觉得到此一游而人生无憾。在这样的情境中，暂时远离喧嚣，远离压力，远离烦恼，心情一下子明亮起来。酒中堪累月，身外即浮云。受情绪心态的影响，多巴胺、内啡肽充分释放，击穿所有的防备，找回自己，禁不住主动倒满，甘醇的美酒慢慢化作微醺的醉意。"何以解忧？唯有杜康。"此时，喝的不是酒，而是生活的色彩斑斓，人生的五味杂陈。于是，一个新的记录诞生了。

在新疆接待内地客人，酒到关键处，相持不下时，可以适时亮出以上研究成果，依我的经验，未过四条，客人早已端起酒杯，一饮而尽了。

酒中乾坤大，壶中日月长。也许，喝酒最好的理由，就是无需理由。

后　记

当我敲完这本书的最后一个标点时，窗外万籁俱寂，整个世界都已入梦，如水的月光洒满每个角落。

我的微信名叫"无事乱翻书"，这个"乱"字也许并不雅致，却很贴切。不管谁的书，不管什么书，我总想翻翻。忘了在哪里看到这样一句话："能倚在墙根看闲书的人，内心一定很幸福。"我的"乱翻书"也颇有这个意思。乱翻书的习惯小时候就有了，那时家里没书，午睡时就翻翻父亲那本沾满油渍的《电工手册》，生火做饭时就翻翻不知何处捡来的没头没尾的武侠小说，到邻近的生产队会计家串门时就翻翻难得一见的《农民日报》。工作以后，就翻得更加随意，我成了本地书店的常客，一摞一摞地买，一宿一宿地翻，老板见了我眉开眼笑，我用自己几乎所有的工资，激发起他们对书店无限美好的憧憬。

巴金曾说过："读书是在别人思想的帮助下，建立起自己的思想。"书翻得多了，想法就多了起来，对周边事物也多了几分关注和思考。有时候有话想说，但人微言轻，一时不知道对谁说，仿佛一股倾泻而下的急流，找不到出口，就在夜深人静时写成了文字，成了所谓的文章。我一直认为，"乱翻书"才是自在、快乐而幸福地读书，无须向他人交差，不必自我加压，只管日复一日、年复一年"乱翻"下去。书是一个人思想的脚手架，历史的沉淀、经典的熏陶、艺术的启迪越来越多，脚手架搭得越来越密，越来越结实，冬日暖阳下，曲径通幽处，清风徐来时，视野所及，皆有欣然会意之乐。

这么多年下来，我个人觉得"翻书"和写作最大的好处，就是通过体验、思考、发掘、回忆、咀嚼，由内而外感受一种从容的力量、淡定的心态、生命的觉醒和坚持的意义，这些足以对抗周遭的喧嚣和浮躁，和这个世界建立良好的精神关系。天地茫茫，潮起潮落，发现自己、审视自己、成为自己，才是人生第一大事。

感谢北京出版集团主题分公司总经理王曷灵，没有她的亲力亲为，本书不可能顺利付梓。感谢为本书付出汗水的编辑老师宋佩谦、王亮鹏、张晓，感谢汪政老师作序，感谢王子薇设计封面，感谢成汉飚先生题写书名，感谢家人默默的担当和支持，感谢您耐着性子翻完本书。

愿大家能找到幸福的尺度，愿大家成为自己，愿大家幸福。

张 华

2023年11月